역사의 끝까지

역사의 끝까지

루이스 세풀베다 장편소설 엄지영 옮김

EL FIN DE LA HISTORIA
by LUIS SEPÚLVEDA

Copyright (C) Luis Sepúlveda, 2016
Korean Translation Copyright (C) The Open Books Co., 2020
All rights reserved.

Korean edition published by arrangement with Literarische Agentur Mertin
Inh. Nicole Witt e. K., Frankfurt am Main, Germany, through Imprima Korea
Agency, Seoul.

이 책은 실로 꿰매어 제본하는 정통적인 사철 방식으로 만들어졌습니다.
사철 방식으로 제본된 책은 오랫동안 보관해도 손상되지 않습니다.

차례

제1부
9

제2부
107

에필로그
257

감사의 말
289

부록
291

옮긴이의 말
297

수인 번호 824, 카르멘 야네스 〈소니아〉에게 이 책을 바칩니다. 그리고 비야 그리말디에서 지옥 같은 시간을 보낸 모든 이에게도 이 책을 바칩니다.

제1부

고로 터럭 하나 들어 올리는 데 많은 힘이 필요치 않고 해와 달을 보기 위해서 밝은 눈이 있어야 되는 것이 아니듯, 우레와 천둥을 듣기 위해서 밝은 귀를 가져야 하는 것은 아니다.

손자, 『손자병법』

1
북위 55도

친애하는 동지 여러분.

『리버레이터』[1] 다음 호 표지로 레프 트로츠키의 사진이 실릴 거라는 소식을 들었습니다. 매우 적절한 결정이라고 생각됩니다. 한 달 전쯤 나는 상트페테르부르크에서 벌어진 마지막 전투에 관한 기록을 여러분께 보내 드린 바 있습니다. 상트페테르부르크는 당시 유데니치 장군이 이끌던 백군(白軍)과 크라스노프[2] 아타만 휘하의

1 미국의 작가이자 정치 활동가인 맥스 이스트먼이 1918년에 창간한 사회주의 계열의 월간지. 이하 모든 주는 옮긴이의 주이다.

2 Pyotr Nikolayevich Krasnov(1869~1947). 돈 카자흐족 출신의 군인으로 반혁명 백군 운동의 지도자, 즉 아타만(대장) — 이하 아타만으로 표기 — 들 중 하나였다. 여타 백군과는 달리 그가 이끌던 군대는 남동부 돈 강과 쿠반강 지역을 거점으로 소비에트 통치를 전복하고, 볼가강 유역의 주요 도시인 차리친시를 포위했다. 트로츠키와 스탈린이 이끄는 볼셰비키 군은 간신히 카자흐 백군의 공격을 물리치고 차리친을 방어했을 정도로 고전했다.

카자흐 군대에 의해 포위된 상태였죠. 그때 트로츠키는 아직 정비가 덜 된 적군(赤軍)을 이끌고, 혁명의 요람인 그 도시에서 소비에트 권력을 수립하는 데 성공했습니다. 볼셰비키 혁명이 일어난 지 2년도 채 되지 않았을 때인데 말입니다. 거기에 그치지 않고 그는 발트해에서 크림반도에 이르기까지 노동자, 농민, 학생, 군인 들로 구성된 진정한 소비에트 정부를 더더욱 공고히 했습니다.

승전을 기념하기 위해 레닌이 도착하기 전에 트로츠키와 자리를 함께할 기회가 있었습니다. 역사에 남을 만한 순간이었죠. 그때 패배한 카자흐족의 아타만인 표트르 니콜라예비치 크라스노프가 마을의 경찰서장 앞으로 끌려왔습니다. 그는 온몸을 부들부들 떨며 승리자의 눈을 감히 쳐다보지도 못한 채 애원하는 눈빛으로 목숨만 살려 달라고 울면서 간곡히 호소했습니다. 상트페테르부르크의 볼셰비키를 모조리 처단하겠다고 호언하던 돈 카자흐족 아타만의 당당하던 모습은 온데간데없었습니다.

그 순간, 넵스키 대로[3]에서 크라스노프를 죽이라는 고함 소리가 들려왔습니다. 그런데 트로츠키는 심각하

3 상트페테르부르크에 있는 번화가로 네바 강변에 있다.

지만 동정 어린 눈길로 패배자를 말없이 지켜보기만 했지요. 마을의 경찰서장이 명령을 내리자 적군 병사가 나서며 탁자 위에 참혹한 사진 한 장을 올려놓았습니다. 예카테리노슬라프[4]에서 50여 명의 노동자들이 카자흐 군대에 의해 교수형에 처해진 장면이었지요. 트로츠키는 크라스노프에게 그 사진을 보라고 했습니다.

그 사진을 보자 카자흐의 아타만은 휘청하더니 쓰러질 뻔했습니다. 그래서 적군 병사 두 명이 옆에서 붙잡아야 했지요. 자신이 러시아 인민을 상대로 수없이 많은 범죄를 저질렀음을 입증할 수 있는 명백한 증거가 나타났으니 그럴 만도 하지요. 그 순간, 그는 곧 총살형이 집행되리라는 것을 알았습니다. 하지만 트로츠키는 다음과 같은 말로 그를 진정시켰습니다. 〈표트르 니콜라예비치 씨, 소비에트 권력에 대한 어떤 공격도 중단시키겠다고 약속할 수 있겠습니까? 당신네 땅으로 조용히 건너가 다시는 카자흐 군대를 일으켜 노동자, 농민, 학생, 군인 들의 소비에트에 맞서지 않겠다고 당신의 명예를 걸고 약속할 수 있겠습니까?〉

4 현 우크라이나 중동부에 위치한 도시로, 러시아 혁명 후에는 드니프로페트롭스크로 개칭되었다. 2016년 5월에 탈공산화 과정에서 현재의 드니프로라는 이름으로 바뀌었다.

13

돈 카자흐족의 아타만인 표트르 니콜라예비치 크라스노프는 고개를 끄덕이며 동의하더군요. 그리고 목숨을 살려 줘서 고맙다고 울먹이는 목소리로 중얼거리더니 두 명의 적군 병사의 호송을 받으며 물러났습니다.

스몰니 학원[5]의 넓은 강당에는 마을의 경찰서장과 나, 이렇게 둘만 남게 되었습니다. 트로츠키는 내가 무슨 질문을 던질지 미리 짐작했는지 이런 말을 하더군요. 〈카자흐족의 아타만 같은 이를 순교자로 만드는 것은 도리어 반혁명 세력을 강화시킬 뿐입니다. 반대로 그들을 약화시키려면 이처럼 치욕적인 패배만큼 좋은 방법도 없지요.〉

레프 다비도비치 브론시테인 트로츠키가 카자흐 아타만의 목숨을 살려 준 것이 정말 잘한 일인지의 여부는 역사가 판단할 것입니다.

존 리드[6]

5 예카테리나 여제의 명령으로 1808년 세워진 러시아 최초의 여학교로 귀족의 딸들만 다닐 수 있었다. 이곳은 1917년 8월부터 소비에트 중앙 위원회와 볼셰비키 당 본부 그리고 군사 혁명 위원회로 사용되었다.

6 John Reed(1887~1920). 미국의 언론인이자 시인 그리고 사회주의 활동가이다. 제1차 세계 대전 당시 특파원으로 유럽에 있던 중 러시아 혁명을 목격하여 쓴 르포르타주 『세계를 뒤흔든 열흘』을 발표했다.

2
남위 33도

20년 전만 해도 나는 여름이면 지옥으로 변하는 이 도시에 발을 디디지 않았다. 간다고 해도 필요한 만큼만 머물다 곧장 떠나곤 했다. 나는 찾은 적도, 보고 싶었던 적도 없는 이를 만나러 가곤 했다. 내가 그렇게 한 이유는 그 누구도 자기 그림자의 추적을 피할 수 없었기 때문이다. 어디로 가든 그것은 중요하지 않다. 다만 과거에 우리가 했던 것, 그리고 과거 우리의 그림자가 마치 저주처럼 집요하게 우리를 따라다닌다.

나는 택시 운전사에게 호텔 주소를 알려 준 후 뒷좌석에 앉았다. 시원한 에어컨 바람을 쐬는 동안, 말 많은 운전사가 아니기를 바랐지만 이번에도 운이 따라 주지 않았다. 차가 출발하자마자 그는 바첼레트[1] 대통령을

---

1 Verónica Michelle Bachelet Jeria(1951~). 2006년 칠레의 최초 여

욕하기 시작하더니, 2월 더위[2]도 그녀 때문이라고 했다.

「이제 곧 나간다니까 그나마 다행이죠. 그 여자가 왜 대통령으로 뽑혔는지 아세요?」 운전사가 고개를 살짝 돌리며 물었다.

「말해 보세요.」

「여자이고 공산주의자인 데다 바첼레트 장군의 딸이기 때문이라고요. 이제는 좀 괜찮은 사람이 대통령이 되면 좋겠어요. 우선 나라를 잘 다스릴 줄 알아야 하고, 또 돈이 많고 사업을 할 줄 아는 사람이어야 된다고요. 그러니까 나처럼 사업가적 기질이 있어야 한다는 얘기죠.」

이 나라에는 자기 입에 총부리를 넣어 달라고 아우성치는 자들이 많다. 그리고 조용히 닥치고 살 것인지, 아니면 총에 맞아 죽고 싶은지 중에서 하나를 선택할 수 있게 해달라고 애원하는 자들도 적지 않다. 하지만 나는 방금 이곳에 도착한 터라 내 수중에는 단 한 자루의

성 대통령으로 선출되었으며 2010년 3월 퇴임하였다. 그리고 2013년 대선에서 승리해 이듬해 3월 재취임하였으며, 2018년 3월 대통령직에서 퇴임했다. 공군 장성이었지만 1973년 9월 11일 군부 쿠데타에 반대한 이유로 투옥되어 결국 옥사한 알베르토 아르투로 미겔 바첼레트 마르티네스의 딸이기도 하다.

2 칠레는 남반구에 위치하고 있기 때문에 2월이 여름이다.

총도 없었다. 택시는 한국산이었는데, 고급 승용차를 모방해서 만든 모델이었다. 그리고 백미러 뒤에는 소나무 모양의 방향제가 걸려 있었다.

「손님은 현 대통령의 아버지가 누구인지 아세요?」 한동안 잠자코 있던 택시 운전사가 다시 입을 열었다.

「어차피 기사님이 말할 텐데 뭐 하러 물어보세요?」

「또 다른 공산주의자죠.」 그는 조수석에 올려놓은 신문을 못마땅한 눈초리로 힐끗 내려다보며 말했다. 신문 표지에는 조만간 퇴임할 대통령이 하얀 옷에 삼색 어깨띠[3]를 두른 채 미소 짓고 있는 사진이 실려 있었다. 이처럼 구제 불능의 인간들이 이 나라에 득실득실하게 된 것이 자기 탓이라는 듯 겸연쩍은 미소였다.

저런 자들을 가르칠 수 있는 유일한 방법은 입에 총부리를 집어넣고, 알베르토 바첼레트가 아옌데 정부에 끝까지 충성을 다한 공군 장성이라는 사실을, 그리고 그런 충성의 대가로 자신의 군 동료들에게 모욕과 더불어 구타와 잔혹한 고문을 당하다가 끝내 살해당했다는 사실을 기억시키는 수밖에 없다.

3 칠레 국기를 상징하는 파란색과 하얀색 그리고 빨간색으로 이루어진 어깨띠로 대통령의 권위를 상징한다.

「산티아고에는 사업차 오신 거예요?」 운전사가 물었다.

「아뇨. 전 외과 의사예요. 전두엽 절제 수술 전공의죠.」

「그게 뭐죠? 제가 워낙 무식해서요.」

「멍청한 자들이 내 손에 걸리기만 하면 모조리 머리를 열어 생각을 못 하게 만드는 오물 덩어리를 끄집어내는 수술이죠. 그건 그렇고 거기 신문이나 한번 봅시다.」

그 후로 입을 다문 것을 보면 말귀를 알아들은 모양이었다. 택시는 처음 보는 고속도로를 따라 달렸다. 마포초[4] 강변을 따라 늘어선 낡은 빈민촌 위로 2월의 뜨거운 햇볕이 사정없이 내리쬐고 있었다. 그리고 잿빛 스모그 아래로 이 도시에서 가장 높은 빌딩들이 희미한 윤곽을 드러내고 있었다.

신문에 나온 사진을 보면서 또 한 명의 고결하고 충직한 인물인 루이스 로르카가 떠올랐다. 1971년 어느 날, 그는 고등학교 교복을 입은 채 청년 사회주의자 동맹 시위에 앞장서고 있던 작은 금발 소녀를 가리키며 말했다.

「저 아이가 바로 바첼레트 장군의 딸이라네. 그리고

4 칠레의 산티아고 한복판을 가로질러 흐르는 강.

두 명의 경호 요원이 그림자처럼 그녀를 둘러싸고 있
지. 어쨌든 저 아이를 지켜야 한다네.」루이스 로르카가
진지한 목소리로 말했다. 그 당시 극우 단체들은 거의
준군사 조직이어서 무차별적으로 테러를 자행하고 있
었다. 우리도 폭력으로 맞설 수밖에 없었다.

호텔 프런트에서 마그네틱 카드를 받았다. 방 안에
들어가자마자 나는 서랍을 일일이 열어 살펴본 다음 창
문을 열고 거리를 내려다보았다. 구체적으로 밝힐 수
없는 그 무언가를 찾는 듯했지만, 사실은 습관적으로
하던 행동이었다. 따지고 보면 나는 20세기 중반 사람
이다. 잠도 별로 없는 데다 롭상 람파[5]의 책을 읽지 않아
도 뒤통수에 제3의 눈이 달려 있는 20세기의 사람들 말
이다. 나는 곧바로 데스크에서 얻은 지도를 찬찬히 뜯
어보면서 가능한 탈출 경로를 외우기 시작했다. 그러고
시계를 보니 약속 장소에 나가기까지 아직 두 시간 정
도 남아 있었다. 마음의 여유가 생기자 침대에 벌렁 누
웠다.

아침 일찍 일어난 데다 무더위로 인해 피로할 만도 했

5 Lobsang Rampa(1910~1981). 심령 현상이나 오컬트 사상에 관한 책
을 써서 널리 알려진 영국 출신의 작가로, 자신의 영혼에 달라이 라마가 빙
의했다고 주장한 『제3의 눈』을 출간했다.

지만, 이 도시 전체가 함정이었던 그 시절로 돌아온 것처럼 온몸이 팽팽하게 긴장되었다. 기억 속에 남아 있는 찝찝한 기분의 정체를 밝히기 위해 나는 눈을 감고 최근 며칠 사이에 일어난 일을 하나씩 되짚어 보았다.

어느 날, 불길한 소리와 함께 걸려 온 한 통의 전화가 칠로에섬 남단 푸에르토 카르멘에서 평온하던 내 삶을 송두리째 앗아 가버렸다. 나는 휴대 전화나 인터넷에 연결된 컴퓨터 등 내 위치가 추적당할 수 있는 어떤 도구도 일절 사용하지 않는다. 하지만 이제는 그 누구도 우주에서 우리의 일거수일투족을 감시하는 빅 브라더의 눈을 피할 수 없다. 컴퓨터 화면 앞에 앉아 구글 어스를 실행한 다음 대륙, 나라, 주, 도시, 동네 위로 커서를 움직이기만 해도 우리가 찾는 곳의 최근 정보를 상세하게 알아낼 수 있다. 아마 크라머도 나의 행방을 알아내기 위해 그 방법을 사용했을 것이다.

사실 나는 푸에르토 카르멘에서 페티소[6]의 도움을 받아 장작을 패고, 남극의 기나긴 겨울을 나기 위해 땔감을 마련하면서 살기만 하면 안전하리라 생각했다. 나는

6 뒤에 나오는 페드로의 별명으로 키 작은 사람을 의미한다.

베로니카와 함께 바다를 바라보면서 세월을 보낼 수만 있으면 더 바랄 것이 없었다. 내 팔을 붙잡은 채 해변에서 파도로, 또 카일린섬과 라이텍섬으로, 그리고 어렴풋이 보이는 파타고니아의 해변으로 움직이는 그녀의 시선을 느끼는 것이 나의 유일한 즐거움이었다. 언젠가 함께 배를 타고 해협을 가로질러 코르코바도만까지 가서 암수 한 쌍을 이루며 다니는 흰긴수염고래를 보자고 한 내 약속에 면역이 되었는지, 그녀의 눈동자는 거기에 그치지 않고 언제나 코르코바도 화산을 찾다가 눈 덮인 산꼭대기에 고정되곤 했다.

낮이 긴 2월의 어느 화창한 날 베로니카가 일광욕을 하는 동안, 페티소와 나는 그 틈을 이용해서 장작을 패거나 낚시 도구를 손보고 있었다. 그런데 그때 내가 키우던 두 마리의 셰퍼드 사르코와 라이카가 차가 다가오는 소리를 듣고 잔뜩 경계하는 눈치였다. 녀석들은 등을 곧추세우고 으르렁거리면서 베로니카를 둘러싸고 앉아 있었다. 몇 분 지나지 않아 랜드로버 한 대가 해안의 오솔길을 따라 다가오는 모습이 보였다.

굳이 말을 하지 않더라도 늘 경계하면서 사는 데 익숙한 이들이 있다. 베로니카와 나 그리고 페티소가 지

21

금까지 살아온 방식이 딱 그렇다. 차가 우리 앞에 멈춰선 순간, 페티소는 베로니카를 집 안으로 데려다주고 서둘러 돌아왔다. 그는 약실에 총알이 하나 장전된 9밀리 마카로프 권총을 내게 건네주더니, 자신의 〈단짝〉인 레밍턴 870 엽총 — 강철 탄창이 끼워져 있었다 — 을 단단히 붙잡은 채 헛간으로 물러섰다.

랜드로버에서 젊은 남자가 내리더니 인사조로 개들을 가리키며 물었다.

「사나운가요?」

「사람 나름이죠.」

그는 내 대답을 가까이 와도 좋다는 허락으로 여겼는지 내 쪽으로 천천히 걸어왔다. 내게 다가오는 동안 그는 입고 있던 점퍼의 지퍼를 열고 팔을 벌렸다. 무기가 없다는 것을 보여 주려는 심산이었다.

「후안 벨몬테 씨?」 그는 어금니를 드러낸 개들에게서 시선을 떼지 않은 채로 물었다.

「그것도 나름이죠.」 나는 개들을 진정시키면서 대답했다.

「옛날에 그런 이름을 가진 투우사[7]가 있긴 했죠.」

7 후안 벨몬테 가르시아를 말한다. 스페인 역사상 가장 위대한 투우사

「투우사는 헤밍웨이의 열렬한 독자이기도 했죠. 그나 저나 당신이 누군지 밝히는 게 도리가 아닐까요?」

남자는 내 앞에 멈춰 서더니 레밍턴을 겨누고 있던 페티소에게 고개를 돌리며 말했다.

「당신이 발디비아로군요.」 그가 말했다.

「데 발디비아요. 페드로 데 발디비아.」 페티소는 불쾌한 표정을 지으며 자기의 이름을 바로잡아 주었다. 그는 언제나 자신의 성 앞에 붙은 〈데de〉가 귀족적 체취를 풍기게 해준다고 믿었다. 마치 프로이센인들 사이에서 〈폰von〉이라는 단어가 그렇듯이 말이다.

「나를 이렇게 요란하게 맞이할 거라는 이야기는 없었는데요.」 그는 점퍼 안주머니에서 무언가를 꺼내며 말했다. 그것은 가장 최근에 나온 위성 전화였다. 그는 짧은 안테나를 뽑더니 번호를 누르고 잠시 기다린 다음 내게 전화를 건넸다. 그리고 잠시 후, 지난 20년간 잊어버리려고 그토록 애를 썼던 크라머의 목소리가 수화기를 통해 흘러나왔다.

「오, 벨몬테. 투우사의 이름을 가진 나의 옛 친구로

로 현대식 투우의 초석을 공고히 했다. 벨몬테는 헤밍웨이와 교분을 나눈 것으로 유명하며, 『오후의 죽음』과 『태양은 다시 떠오른다』에서 등장인물로도 나온다.

군.[8] 내가 보낸 친구가 돈하고 산티아고행 항공권이 든 봉투를 건넬 걸세. 아냐, 아냐. 그렇다고 고마워할 것까지는 없네. 하지만 우리의 초대를 거부할 수도 없겠지만 말이야. 자네가 어떤 독일인, 그러니까 전 슈타지[9] 요원 살해 사건과 아무런 관련이 없다고 칠레 경찰을 설득하느라 내가 얼마나 애먹었는지를 생각한다면 말일세. 티에라델푸에고에서 그 사건이 일어난 지도 벌써 20년이 다 돼가는구먼. 벨몬테, 자네 나라는 참 희한하더군. 학살자와 아페리티프를 마실 수는 있어도, 살인 사건은 공소 시효조차 없는 중죄니 말이야. 하여간 벨몬테, 다시 자네를 볼 수 있다면 기쁘기 한량이 없을 걸세.」

  그렇다. 이렇듯 과거 우리의 그림자로부터 벗어나는 것은 도저히 불가능하다.

---

  8 크라머와 벨몬테의 첫 만남에 대해서는 루이스 세풀베다의 『귀향』에 나와 있다.
  9 슈타지Stasi라는 이름으로 알려진 국가 보안부는 1950년부터 1990년까지 존재했던 독일 민주 공화국, 즉 구동독의 정보기관이었다. 반체제 인사 감시 및 탄압, 국경 경비, 해외 정보 수집, 대외 공작 등을 주 임무로 활동한 기관으로 알려져 있다.

3
북위 46도

1945년 2월 8일 아침, 크림반도 전역과 마찬가지로 얄타[1]에도 한파가 몰아닥쳤다. 그리고 우크라이나도 영하 4도의 날씨가 계속되고 있었다. 하지만 미겔 오르투사르 — 소비에트 관리들에게는 〈미샤〉라는 이름으로 알려진 — 는 조수가 건네준 찻잔은 거들떠보지도 않은 채 메뉴를 짜느라 여념이 없었다.

스탈린이 바라는 바에 따르면, 연회는 캐비아로 시작해서 철갑상어 젤리와 산양구이의 순서로 나와야 했다. 반면 처칠을 위시한 영국인들은 캐비아로 — 이를 싫어하는 이는 아무도 없었다 — 시작해서 황소 스튜 요리와 마카로니가 나오기를 원했다. 루스벨트와 미국인들은 캐비아의 냄새를 워낙 싫어해서, 매일같이 샴페인을

1 우크라이나의 크림반도 남쪽 끝에 있는 항구 도시.

곁들인 흰 살 생선 요리나 샐러드와 닭튀김을 요구했다.

미샤는 방금 도착한 〈얄타 208〉 상자에 고급 식재료가 들어 있음을 확인하고 흡족한 미소를 지었다. 그는 양 꼬치구이와 에스카베체 소스[2]에 절인 메추리 요리를 추가하기로 했다.

조수가 메추리의 털을 뽑는 동안 미샤는 자신이 관리하고 있던 재고를 세밀하게 조사하면서 감소분을 일일이 기록했다. 영국인들이 흑해 앞에 있는 리바디아 궁전[3]까지 가져온 물건은 다음과 같다. 위스키 144병, 진 144병, 셰리주 144병, 홍차 1백 킬로그램, 베이컨 1백 킬로그램, 두루마리 화장지 1백 개, 종이 냅킨 2천5백장, 도자기 및 식기 350세트, 처칠과 스탈린 그리고 고위 관료들을 위한 로버트 번스 컬런 5백 개와 성냥 1천갑. 한편 미국인들은 라인산 와인 1천 병, 조니 워커 및 킹 조지 위스키 1천5백 병, 송아지 고기 2천 통, 커피 원두 1천 킬로그램, 바비큐 소스 1천 병을 반입했다. 여기

2 올리브유와 포도주 그리고 식초와 월계수잎 등으로 만든 소스.
3 크림반도 리바디아에 위치한 궁전으로, 러시아의 마지막 황제인 니콜라이 2세와 그의 가족이 머무르던 여름 휴양지다. 1945년 얄타 회담이 이곳에서 열렸으며, 루스벨트 대통령과 미국 파견단이 별관에서 머물렀다.

에 모스크바 주재 영국 대사관이 기증한 1928년산 샤토 마르고 와인 12병, 다양한 브랜드의 위스키 5백 병이 그 대미를 장식했다. 윈스턴 처칠이 〈위스키는 티푸스에 특효가 있을 뿐만 아니라 머릿니 구제에 효과가 있으니까 절대 아끼지 말라〉고 지시했기 때문에 대사관에서 특별히 신경을 쓴 모양이었다. 보드카와 캐비아 그리고 크림반도산 샴페인은 개최국에서 부담했다.

미샤가 맡은 임무는 이오시프 스탈린, 윈스턴 처칠, 프랭클린 루스벨트부터 7백 명에 이르는 고위 관료와 통역관들 그리고 각국 수행원에 포함된 영사 기사에 이르기까지 모든 이에게 식사를 제공하는 것이었다. 러시아, 영국, 미국 요리를 담당하는 요리사와 조수들이 모두 그의 지시를 받고 있었다. 그래서인지 포마드를 발라 검은 머리를 빗어 넘긴 이 남자의 정체가 무엇인지, 영어와 러시아어를 자유자재로 구사할 뿐만 아니라 스탈린의 전속 요리사라는 이유로 NKVD, 즉 내무 인민 위원회[4]조차도 무서워하는 이 인물이 누구인지 궁금할 수밖에 없었다.

---

4 소비에트 연방의 비밀경찰 조직으로 스탈린의 정권 동안 자행된 정치적 숙청의 실행 기관이었다.

미겔 오르투사르에 관한 NKVD의 보고서는 대부분 공란으로 남아 있었다. 국적란에는 칠레라고 기재되어 있지만, 확인되지 않은 정보란에는 다음과 같이 적혀 있었다. 미겔 오르투사르는 1936년 3월에 한 여인을 따라 리스본에 도착한 것으로 추정된다. 그 여자는 마리아 마르타 에스테르 알두나테라는 이름을 가진 가수로, 선전부 장관 요제프 괴벨스의 비호 아래 두어 편의 영화에서 주인공을 맡았을 뿐만 아니라, 로시타 세라노라는 가명으로 인기를 떨치는 등 나치 치하의 독일에서 두각을 나타냈던 연예인이었다.

그 보고서에 따르면, 그는 리스본에 체류하는 동안 비토리아 호텔에서 요리사로 일했다고 한다. 같은 해 4월, 갑자기 직장을 그만두고 마드리드로 떠났지만 사전에 인민 전선[5] 측 중요 인사와 접촉한 흔적은 없었다. 그는 마드리드 시내 카야오 광장 2번지에 있는 플로리

---

5 스페인 사회주의 노동자당, 노동자 협의회, 스페인 공산당, 공화당계 좌파 단체는 물론 파시즘에 반대하는 진보적 자유주의자들을 규합한 진보 세력 연합체다. 이는 유럽에서 확산 일로에 있던 파시즘에 대항하고자 범 좌파 세력과 노동자 세력이 뭉친 것으로 볼 수 있다. 1936년 선거에서 승리를 거둔 인민 전선은 그 여세를 몰아 과감한 개혁 정치를 실시했는데, 결국 군부와 교회를 위시한 기득권 세력이 1936년 7월 스페인령 모로코에서 군사 반란을 일으켜 스페인 내전이 발발했다.

다 호텔에 요리사로 들어갔는데, 그곳에서 미국의 종군 기자인 어니스트 헤밍웨이 그리고 존 더스패서스[6]를 접촉한 것으로 알려져 있다. 그리고 네덜란드의 영화 제작자인 요리스 이번스가 「스페인 땅」[7]을 제작할 무렵 이를 도운 것으로 전해지고 있다. 그는 스페인 공화주의를 지지했지만, 그 어떤 기관이나 단체에도 가담하지 않았다.

NKVD의 보고서에 따르면, 그는 1936년 7월 『프라우다』[8]의 스페인 주재 특파원이던 미하일 콜초프[9]와 가까워졌다고 한다. 당시 콜초프 동지는 세계주의를 표방하는 오르투사르의 정체가 의심스러우니 조심하라고 주의를 받았지만, 그다지 대수롭게 여기지 않은 듯했다. 오히려 콜초프 동지는 보고서에서 오르투사르가 소비에트 연방 공화국에 매우 우호적인 태도를 가진 〈요리의 예술가〉라고 부르기까지 했다. 콜초프 동지가 보

6 John Dos Passos(1896~1970). 미국의 소설가로 1937년 내전 중이던 스페인으로 건너갈 정도로 진보주의 운동에 깊이 가담했다.

7 스페인 내전 당시 공화국 정부를 지지하기 위한 목적으로 만들어진 선전 영화로, 존 더스패서스와 헤밍웨이가 각본을 쓰고 당시 연극배우였던 오손 웰스 ─ 후에 헤밍웨이로 교체되었다 ─ 가 내레이션을 맡았다.

8 공산당의 기관지로 1912년 창간했던 신문. 〈진실〉이라는 뜻이다.

9 Mikhail Efimovich Koltsov(1898~1940). 소비에트의 언론인이자 NKVD 요원을 지냈다.

낸 마지막 보고서에는 오르투사르에게 러시아어를 가르쳤는데, 이제 어느 정도 유창하게 한다고 적혀 있었다.

콜초프 동지의 청원에 따라 1939년 1월 NKVD는 오르투사르의 통행 허가증을 연장해 주었을 뿐만 아니라 그가 모스크바를 자유롭게 여행하고 루사코프 노동자 클럽의 수석 요리사 자리를 얻을 수 있도록 필요한 모든 조치를 취해 주었다.

1939년 9월 1일, 소비에트 연방 인민 위원회 위원장이자 소비에트 연방 공산당 중앙 위원회 총서기인 이오시프 스탈린 동지가 루사코프 노동자 클럽을 방문해 식당에서 만찬을 한 직후, 오르투사르에게 소비에트 시민권을 부여하고 크렘린으로 즉시 거처를 옮기도록 명령을 내렸다고 한다. 비록 독일의 폴란드 침공 소식이 전해지면서 만찬이 중단되기는 했지만, 그날 이후로 오르투사르는 스탈린 동지의 전속 요리사로 일하게 되었다.

리바디아 궁전의 주방은 넓은 테라스로 이어져 있어서 다양한 종류의 소금 절임 식품을 보관하기에 안성맞춤이다. 두 명의 러시아인 조수는 캐비아를 담을 얼음

접시를 손수 조각하고 있다. 그 순간, 사방이 고요해지더니 위대한 분이 천천히 걸어오는 소리가 들린다. 그러자 조수들이 일제히 자리를 피한다. 스탈린은 회색 외투를 어깨에 걸친 채, 국가 보위부 부장인 라브렌티 베리아[10]와 담소를 나누고 있다.

미샤 오르투사르는 스탈린이 무엇을 원하는지 훤히 알고 있던 터라 식초에 절여 겨자씨와 빨간 월귤 열매를 곁들인 청어 요리를 통에서 서둘러 꺼낸다. 그리고 주방으로 달려가 흑빵 위에 발트해에서 잡은 생선을 얹어 가져온다.

「역시 미샤로군. 자네는 내가 뭘 원하는지 늘 족집게처럼 맞춘다니까. 저번 만찬에 나온 굴 소스를 얹은 스테이크 요리도 정말 맛있었네.」 스탈린은 그의 어깨를 두드린 뒤 자리에 앉아 비스마르크 청어 요리를 먹기 시작한다.

「오늘 오전에 처칠과 산책을 했지. 그런데 그 건방진 영국인이 폴란드 얘기를 하면서 이러더군. 〈독수리라면 작은 새들이 무슨 노래를 하든 내버려 둘 줄 알아야

10 Lavrentiy Pavlovich Beria(1899~1953). 소비에트 연방의 정치가로 동향인 스탈린 집권하에서 내무 인민 위원회의 위원장과 국가 보위부 부장으로 활동하면서 대숙청을 주도했다. 콜초프를 처형한 것도 베리아였다.

합니다.〉 그래서 내가 이렇게 대답했다네. 〈친애하는 총리 각하, 새에 관해 이야기하기에 앞서 나는 당신들에 의해 오스트리아에 합병된 카자흐족들이 하루속히 소비에트 조국의 품으로 돌아오길 바라고 있습니다.〉」

스탈린과 베리야가 떠난 후 미겔 오르투사르는 수평선이 안 보일 만큼 낮게 구름이 깔린 흑해를 망연히 바라보고 있다. 그는 조금 전 작은 새 이야기를 듣고부터 울적해진 기분을 달랠 길이 없다. 자기도 모르는 사이에 그 여인, 〈칠레의 나이팅게일〉이라 불리던 로시타 세라노의 추억에 아련히 젖어 들었다.

그가 용기를 내서 스탈린에게 개인적인 부탁을 한 적이 딱 한 번 있는데, 그것도 그녀와 관련된 일 때문이었다. 1941년 7월, 유럽 절반이 나치의 군홧발에 밟혀 신음하고 있었을 때, 그는 친구인 미하일 콜초프를 통해 로시타 세라노가 독일에서 곤경에 빠진 사실을 알게 되었다. 칠레의 나이팅게일은 나치 고위직과의 친분을 이용해 유대인 난민과 덴마크 레지스탕스를 몰래 도와주고 있었다. 그 사실이 탄로 나면서 그녀는 결국 숙청되고 전 재산을 몰수당하는 불운을 맞이했다. 하지만 나치는 대중의 우상을 죽일 경우 오히려 역효과가 날 것을 우려해 그녀를 처형하지는 않았다. 독일의 소비에트 연방 침공, 즉 그 유명한 바르바로사 작전[11]이 개시되기 며칠 전, 오르투사르는 스탈린을 만나 로시타 세라노가 스웨덴으로 갈 수 있도록 통행 허가증을 만들어 줄 것을 당부했다. 그 덕분에 그녀는 결국 1943년 스웨덴에서 조국인 칠레로 돌아올 수 있었다.

흑해의 희미한 수평선을 바라보는 동안 그 여인, 칠레의 나이팅게일이 부르는 감미로운 노랫소리가 그의 귓전을 울리는 듯했다. 〈비둘기가 그대의 창문에 내려앉으면, 나라고 여기고 사랑스럽게 대해 줘요…….〉

11 제2차 세계 대전 당시 나치 독일이 소비에트 연방을 침공한 작전을 가리킨다. 작전 기간은 1941년 6월 22일부터 1941년 12월까지였으며, 작전 명칭은 신성 로마 제국의 프리드리히 1세의 별명인 〈바르바로사(붉은 수염)〉에서 유래했다. 바르바로사 작전의 원래 목표는 소비에트 연방의 일부를 정복하는 것이었으나 실패했다. 이로 인해 아돌프 히틀러의 작전 계획에 중대한 차질이 생겼을 뿐만 아니라, 결국 나치 독일이 제2차 세계 대전에서 패하는 데 가장 큰 원인이 되었다.

4
남위 33도

약속 장소는 산크리스토발 언덕 기슭의 울창한 정원
으로 둘러싸인 디베르티멘토 레스토랑이었다. 현관에
들어서려고 하자 짧은 금발에 귀에는 소형 이어폰을 꽂
은 두 명의 남자가 앞을 막아섰다. 그중 한 명은 두 손을
배 위에 포개고 나를 가로막은 채 차가운 눈초리로 쏘
아보았다. 나머지 한 명은 손도 대지 않고 내 몸을 수색
했다. 그는 내 겨드랑이와 허리띠 쪽에 휴대용 스캐너
를 갖다 대기만 했다.

「수상쩍은데.」 아무것도 나오지 않자 그는 중얼거리
면서 나를 안으로 들여보내 주었다.

나는 들어가면서 저 두 명의 러시아 보디가드들이 산
티아고에 무엇 하러 왔는지 그리고 크라머와 대체 무슨
관계인지 생각했다.

그 순간 갑자기 목덜미의 털끝이 오싹 일어나는 것 같았다. 그러곤 수많은 패배에서 살아남은 자로서 당장 거기서 빠져나오되, 크라머는 물론 손에 걸리는 것이면 무엇이든 지옥으로 보내 버려야 한다는 직감이 들었다. 몸을 반쯤 돌렸을 때, 문 앞을 지키고 있던 두 명의 보디가드가 주먹을 쥐고 손마디를 꺾고 있었다. 나를 초대한 크라머는 당당하지 못한 행동이라면 그 무엇도 용납하지 않는 인간이었다.

세월 앞에 장사 없다더니 크라머도 처음 만났을 때에 비해 많이 늙어 보였다. 나는 그의 나이는커녕 이름조차 모른다. 그가 복잡하고 민감한 법률 문제만을 다루는 보험 회사 로이드 한자에서 일한다는 것 말고는 아는 것이 없다. 지금으로부터 20년 전, 함부르크에서 처음 만났을 때도 그는 이미 노인이었다. 늙지 않은 것이라고는 그가 앉아 있던 최신식 휠체어밖에 없었다. 에어컨이 켜져 있어서 쾌적한 느낌을 주었지만 크라머는 추운지 쓰지도 못 하는 다리 위에 두툼한 알파카 모포를 덮고 있었다. 큰 키에 육중한 체구의 남자가 그의 곁을 지키고 있었는데, 내 나이 또래로 보였지만 많이 뚱뚱한 편이었다. 그는 촉촉한 물기가 도는 파란 눈으로 나를 보면서 피스코 사위[1]를 홀짝거리고 있었다.

「벨몬테, 여긴 참 아름다운 나라일세. 자네가 왜 여기로 돌아왔는지 충분히 이해할 만하구먼.」 크라머는 의자를 손으로 가리키며 말했다.

「관광이라도 하시려고요? 그렇다면 절경을 소개하는 가이드북을 갖다드릴 수도 있는데요.」

「예나 지금이나 달라진 것이 전혀 없군. 여전히 대담하고 다부지니 말이야. 벨몬테, 나는 그런 자네가 마음에 든다네. 나를 다시 만나서 기쁘지 않은가?」

「전에 옴이 옮은 개를 기르셨죠. 이제는 그 개 대신나를 맞이한 저 두 놈을 기르시는 건가요?」

「오, 카나야! 녀석은 이미 저세상으로 갔다네. 참 좋은 개였지. 참, 내 옆에 서 있는 이분을 알고 있을 텐데.」

남자를 나를 보면서 미소 지었다. 짙은 눈썹 때문에 파란 눈동자의 빛이 바랜 듯 보였고, 혈관이 뺨에 불거져 나온 걸로 봐서는 알코올 중독이 분명했다. 그는 내게서 눈을 떼지 않은 채 손으로 술잔을 어루만지고 있었다.

---

1 아직 익지 않은 포도를 증류시켜 만든 일종의 브랜디인 피스코에 과즙을 넣어 먹는 칵테일.

「소비에트 기갑 부대 로디온 말리놉스키 군사 학교.[2] 당신을 훌륭한 저격수로 만든 게 바로 나였죠. 그때 받은 훈련이 많은 도움이 되었을 겁니다. 예를 들어, 니카라과에서 말이죠. 나는 스타니슬라프 소콜로프 대령이오. 예전처럼 슬라바라고 해도 됩니다.」그가 러시아어 특유의 억센 억양이 섞인 스페인어로 말했다.

아니다. 과거 우리의 그림자는 결코 우리를 놓아주지 않는다. 내가 슬라바를 처음 만난 것은 1977년이었다. 당시 그는 젊은 KGB 요원이었는데, 말리놉스키 군사 학교에서 전술을 배운 우리 라틴 아메리카인들을 담당하고 있었다. 우리 대부분은 온몸이 젖고 추위에 벌벌 떨었지만 진흙탕이나 눈 위를 포복해서 전차의 취약 부분까지 기어가 거기에 흡착식 폭탄이나 폭발물을 부착하는 훈련을 했다. 소수였지만 우리들 중에서 총을 잘 쏘는 이들은 별도 부대로 편성되어 탱크의 호위 아래 진군하는 보병대를 보호하는 스나이퍼 훈련을 받았다.

2 모스크바에 위치한 소비에트 군사 학교로 1932년에 설립되었다. 원래는 〈군 기계화와 자동화 프로그램을 위한 스탈린 군사 학교〉였지만, 1967년 스탈린그라드 전투의 영웅인 로디온 말리놉스키 원수의 이름을 붙였다. 주 임무는 소비에트 연방 및 바르샤바 조약 기구의 군 지휘관과 각급 장교 그리고 기계화 부대의 기술자 등을 양성하는 것이었다. 이 책 말미의 부록을 참조.

하얀 머리카락에 운동선수 못지않은 체격을 지닌 슬라바는 훈련 또한 엄격해서 조금이라도 잘못하면 가혹한 기합을 주었다. 그런 그가 이제는 알코올에 중독된 뚱보로 변해 테이블 건너편에 앉아 있었다. 어쩌면 왼쪽 손목에서 반짝거리는 롤렉스 시계의 무게를 버틸 힘조차 없을지도 모른다.

「슬라바 교관님, 이제 팔자가 좀 폈나 보군요. KGB의 상징이던 폴리오트 시계[3]가 롤렉스로 바뀐 걸 보면, 벌이가 그리 나쁘지 않은 모양이에요.」

슬라바가 웃음을 터뜨리더니, 피스코 사워를 한 잔씩 돌리라고 웨이터에게 손짓했다. 그러곤 소비에트 연방 시절의 추억을 이야기하기 시작했다.

나는 그 시절 그가 무엇을 했는지 알고 싶은 마음이 전혀 없었다. 하지만 슬라바는 자기 자신과 맞서 싸워야 하는 저격수의 고독한 처지와 인내심 그리고 비나 뜨거운 햇볕과 배고픔이나 갈증을 견디면서, 또 짐승이 몸 위를 기어 다녀도 꼼짝 않고 몇 시간 아니 며칠을 버틸 수 있어야 할 뿐 아니라, 속옷에 소변과 대변을 누면

---

3 구소련에서 만든 시계로 유리 가가린이 착용하고 우주 비행을 한 것으로 유명해졌다.

서도 한 눈은 망원 조준경에 검지는 방아쇠에 댄 채 목표물과 자신 사이의 거리와 풍속과 풍향에만 온 정신을 집중해야 한다는 등의 이야기를 주절주절 늘어놓았다.

「동무, 그런데 그게 다 헛짓거리였소. 우리를 기다리고 있던 건 그와 전혀 다른 전쟁이었으니까요. 그런데도 모스크바에서 이를 제대로 알고 있던 이는 아무도 없더군요. 하기야 우리를 소비에트 연방에 보낸 이들이라고 다르지는 않았지만요. 슬라바 교관님, 이 자리를 빌려 교관님이 알려 준 전쟁 교범에 대해 한 말씀을 드리죠. 니카라과 전선에 투입되자마자 잠복해 있던 저격수들로부터 기습 공격을 받았어요. 사상자가 엄청나게 발생했는데도 어떻게 해야 할 줄 몰라 우왕좌왕했다고요. 어서 숨어 있는 놈을 찾아야 하는데, 말리놉스키 군사 학교에서 배운 지식은 아무 짝에도 쓸모가 없더군요. 며칠이고 땅에 납작 엎드려 있었지만 풀숲에서 꿈쩍하기만 해도 머리가 날아가 버렸죠. 무슨 총인지 사격 시 폭발음도 들리지 않았던 데다, 덤덤탄[4]을 사용한 탓에 으스러진 머리를 살펴봐도 탄도를 알아낼 방법이

4 목표물에 맞으면 탄체가 터지면서 납 알갱이 따위가 인체에 퍼지게 만든 특수 소총탄. 영국이 식민지 내란 진압용으로 인도의 덤덤 공장에서 만들었지만, 1907년 제2회 만국 평화 회의에서 사용을 금지하였다.

없었어요. 슬라바 교관님. 우리는 허허벌판이 아니라 빌어먹을 밀림 속에 들어갔던 거라고요.

극도의 절망에 빠져 있던 어느 날, 산디니스타[5] 출신 게릴라 한 명이 나무 꼭대기를 향해 M60 기관총을 내 갈겼죠. 총이 거의 녹아 버릴 때까지 말이에요. 그런데 그 순간 놀랍게도 나뭇잎 사이로 무언가 후드득 떨어지는 소리가 들렸어요. 그곳으로 조심스럽게 다가가는데, 누군가가 한 놈 찾았다고 소리치더군요. 가서 보니 베트남 출신 용병이었어요. 정확히 말하자면, 몸뚱이가 절반만 남은 베트남인이었죠. 기관총을 난사하는 바람에 몸뚱이가 절단되고 만 거예요. 하체, 그러니까 허리 아래쪽에는 천으로 된 매트와 등산용 벨트가 묶여 있더군요. 그리고 등에 메고 있던 배낭 안에는 탄약 외에 물

5 산디니스타 민족 해방 전선은 니카라과의 아나스타시오 소모사데바 일레 대통령에 대한 반독재 투쟁 과정에서 형성된 사회주의 혁명 조직으로, 이들을 1930년대 미국의 니카라과 침공에 맞서 투쟁한 아우구스토 세 사르 산디노의 이름을 따서 〈산디니스타〉라고 부른다. 1978년부터 니카라과에서 격화되기 시작한 반독재 투쟁은 1979년 3월, 산디니스타 민족 해방 전선이 내부 조직을 재정비하고 공세를 강화하면서 새로운 전기를 맞이했다. 같은 해 7월, 총공세와 노동자 총파업이 시작되면서 혁명의 불길이 전 국으로 확산되었다. 1979년 7월 19일, 마침내 산디니스타 민족 해방 전선 소속의 게릴라들이 대중의 열렬한 환영을 받으며 수도 마나과에 입성하면서 기나긴 소모사 일가의 독재도 종지부를 찍게 되었다. 이후 혁명 정부를 세운 산디니스타는 1990년까지 11년 동안 니카라과를 지배했다.

과 여러 날 먹을 수 있을 분량의 식량, 야간 투시경이 들어 있었고, 소음기가 장착된 갈릴 ACE 31 소총이 매트에 매달려 있었어요. 그 덕분에 스나이퍼의 불패 신화도 그날 이후로 산산이 깨져 버리고 말았죠. 그래서 게릴라 부대가 대형을 이루어 이동하기에 앞서, 선봉대가 먼저 나무 꼭대기를 향해 기관총을 난사했어요. 슬라바 교관님, 그건 우리가 배운 것과 전혀 다른 전쟁이었어요. 농민과 학생들 그리고 선생들이 벌이는 전쟁이라 엘리트 군인들이 끼어들 틈이 없었다고요. 이기려고 하기보다는 차라리 용감하게 죽기를 원하던 사람들의 전쟁이었단 말입니다.」

슬라바가 뭐라고 대꾸하려던 찰나에 다행히 웨이트리스가 전채 요리를 가져왔다. 나는 그 틈을 이용해 내게서 무엇을 원하는지 물을 수 있었다.

크라머는 우리가 마지막으로 만난 후로 세계가 어떻게 바뀌었는지에 대해 일장 연설을 했다. 그러곤 로이드 한자 보험 회사가 칠레와 관련된 러시아 기업의 이해관계를 책임지고 있다는 말을 덧붙였다. 2004년 칠레 산티아고에서 열린 아시아 태평양 경제 협력체 회의 이후로, 칠레 생산품 수입에 대한 러시아 연방 기업들의 관심이 크게 증가했는데, 이는 양국 간 무역의 청신호라고 할 수 있었다.

「지금 상황이 그렇게 돌아가고 있다네. 러시아의 부자들은 칠레산 사과를 먹고 싶어 하는 반면에 칠레의 부자들은 러시아 창녀들과 놀고 싶어 하지. 이제 세상은 완전히 변했어. 우선 바뀐 세상을 위해 건배하세나.」

「새로운 세계 질서 따위 당신네들한테나 중요하겠지. 그런데 그게 나와 무슨 상관이 있다고 이러는 겁니까?」

「진정하게, 벨몬테. 자네가 원하든 원치 않든 간에 자네는 이미 이번 일에 휘말려 든 셈이라네.」 스위스 노인은 마뜩잖은 표정으로 굴이 담긴 접시를 보며 말했다.

20년 전, 나는 게릴라 조직을 떠났다. 망명을 해서라도 살아남으려는 생각뿐, 옛 동지들에 대해서는 전혀 알고 싶지 않았다. 그 후로 나는 함부르크의 어느 카바레에서 경비원 노릇을 하면서 먹고살았다. 당시 내가 해야 할 일이라고는 나의 동지에게, 공포의 지도 속에 남아 있는 테라노바 병영, 일명 비야 그리말디[6]에서 풀려난 뒤 형해(形骸)나 다름없던 그녀에게 얼마간이라도 송금하기 위해 돈을 버는 것밖에 없었다. 크라머는 과

6 이 책 말미의 부록 참조.

거 나의 그림자에 이끌려 나에게 접근했다. 그는 미국
과 유럽 그리고 라틴 아메리카의 정보기관과 로이드 한
자의 연결 고리를 이용해 내 그림자의 뒤를 밟을 수 있
었다. 나는 돈을 벌 목적으로 그를 위해 일하기로 했다.
고문 피해자의 치료를 전문으로 하는 덴마크 병원에 베
로니카를 입원시켜 주겠다는 약속을 지킬 수만 있다면,
권력의 하수인 노릇이라도 마다할 까닭이 없었다.

　나는 칠레에 잠입해서 그들이 지시한 대로 행동에 옮
겼다. 비록 일은 로이드 보험 회사 측에 유리하게 마무
리됐지만, 그 과정에서 많은 혼란과 사망자 — 너무 많
은 사망자 — 가 발생하고 말았다.

　「이제 나를 조용히 내버려 두겠다고 약속했잖아요.」

　「나는 약속을 지켰네, 벨몬테. 어디 그뿐인가? 약속한
대로 자네가 부탁한 여인을 덴마크로 데려다주기까지
했잖은가. 그녀가 어떤지 묻지는 않겠네. 물론 거기 의
사들이 최선을 다했다는 건 알고 있지만 말이야. 그건
그렇고, 벨몬테, 문제는 말이야, 칠레 경찰이 티에라델
푸에고에서 죽은 독일 남자, 이름이 어떻게 되더라? 아,
그래! 갈린스키.[7] 아무튼 칠레 경찰이 갈린스키 살해 사
건을 수사하던 중에 자네의 흔적을 발견했다는 걸세.

그래서 어떤 이들은 자네가 누구인지에 대해 각별한 관심을 가지고 있다네.」

「이제 본론으로 들어가시지요, 크라머 씨.」

「알다시피 이번 3월에 정권이 바뀌지. 언제나 상냥하고 다정다감하던 바첼레트 여사가 떠나고, 피녜라[8]가 취임한다네. 사실 신임 대통령은 칠레 군사 독재 체제와 함께 성장했고, 그로부터 많은 이득을 받은 인물이야. 피녜라는 특히 군부를 자기편으로 끌어들이고 싶어 한다네. 현재 재판을 받고 있는 장교들도 많지만, 교도소에 수감된 이들도 적지 않지. 심지어 스스로 목숨을 끊은 사람들도 있다네. 그래서 이번에 퇴임하는 대통령 뿐만 아니라 신임 대통령도 이런 어수선한 상황을 하루 속히 끝내고 싶어 해. 그들로서는 군부의 실추된 이미지를 회복시켜 줄 명분이나 구실, 그러니까 끊이지 않고 계속되는 소송과 재판에 종지부를 찍을 만한 국가적

7 루이스 세풀베다의 『귀향』에 등장하는 독일군 장교로, 『귀향』에서는 제2차 세계 대전에 독일 경찰이 빼돌린 금화를 두고 벨몬테와 대결한다.

8 Miguel Juan Sebastián Piñera Echenique(1949~). 칠레의 중도 우파인 칠레 민족 혁신당의 정치인으로 2010년부터 2014년까지 대통령을 지냈다. 경제학자이자 상원 의원을 지낸 세바스티안 피녜라는 2009년 대통령 선거에서 좌파 후보들을 누르고 승리했다. 그는 2017년 대선에서 언론인 출신 알레한드로 기이에르를 누르고 당선되어, 4년 만에 다시 대통령직에 복귀했다.

이유를 마련하는 것이 시급한 셈이지. 잘 알겠지만, 자네와 함께 싸우던 동지 대부분은 경제 발전 모델을 지지하고 체제를 전복하려는 어떤 시도도 함께 막기로 군부와 합의했다네. 벨몬테, 지금 자네는 이처럼 급변하는 정세 한복판에 발을 디딘 셈이지. 볼리비아에서 게릴라 활동을 하다 칠레로 돌아가 아옌데 대통령의 호위대 대원을 지냈고, 쿠데타 후에는 니카라과로 가서 게릴라전을 벌였던 자네가 아닌가. 뿐만 아니라 이제는 사라진 소비에트 연방과 독일 민주 공화국 그리고 쿠바의 군사 학교에서 정예 교육도 받았고 말이야. 그런데 자네는 모든 연락을 끊고 돌연 행방을 감추었지. 그런데 새로운 민주주의가 뿌리를 내리기 시작할 무렵, 자네는 뜬금없이 슈타지 전직 요원과 과거 반체제 인사들의 암살 사건에 연루된 것으로 드러나고 있어. 다시 말해, 자네는 무슨 일을 꾸미고 있다는 말이지. 세상이 아무리 좋아져도 자네 같은 전력을 지닌 이라면 잠자코 있을 리 없을 테니까 말일세. 게다가 자네가 대체 무슨 돈으로 그 집을 샀고 어떻게 먹고 사는지 아무도 모른다면, 벨몬테, 자네야말로 희생양이 되기 안성맞춤이지. 비겁하다고? 아니, 그렇지 않아. 그게 바로 권력의 속성이니까 말이야. 군사 독재가 종식된 후 소위 민주주의 체제에 의해 만들어진 〈모처(某處)〉[9]가 있다는 것쯤은 자네도 잊지 않았을 걸세. 어떤 대가를 치르더라도 반체제 잔존 세력을 소탕하는 것이 그것의 주된 임무였지. 그리고 실제로 그렇게 했고 말이야. 공식적으로는 절대 존재하지 않았던 그 〈모처〉는 지금도 계속 활동하고 있다네. 과거의, 그리고 필요하다면 현재의 지저분한 사건에 자네를 끌어들이려고 하는 것도 바로 거기지. 물론 좀 지나친 감은 있지만, 그렇게 함으로써 군부가 잔인무도한 적에 맞서 싸우고 있다는 사실을 온 세상에 알리려는 거라네.」

「나쁜 자식!」

「벨몬테, 너무 흥분하지 말게. 그게 바로 권력이니까 말이야. 그래, 맞아. 나는 이제 권력을 위해 일하고 있네. 그런데 말이야, 내 말 한마디면 로이드의 법무 팀이 자네에게 어떤 용의점도 찾을 수 없다는 내용의 보고서를 만들어 칠레 당국에 보낼 거야. 그렇게 되면, 자네의 귀국 사실이 경찰에 기록되기 전에 자네가 칠레에 들어온 적이 없다는 사실이 분명하게 입증되는 셈이지. 이

9 이 책 말미의 부록 참조.

모든 게 퇴직금 명목의 보상이라는 사실을 잊지 않았으면 좋겠어. 벨몬테, 따지고 보면 자네나 나나 모두 은퇴할 나이가 됐으니까 말일세.」

슬라바는 굴 요리에 곁들여 나온 화이트 와인을 칭찬하면서 내게 사진 두 장을 건넸다. 사진 속에서 정면을 응시하고 있는 두 명의 청년은 무뚝뚝하면서도 비장한 표정을 짓고 있었는데, 누구인지 기억이 희미했다.

「이 두 사람이 누구인지 알죠?」 슬라바가 물었다.

「내가 무슨 말을 할지 잘 알고 있을 텐데요. 우리가 거기서 가명과 암호명을 썼다는 것도 잘 알 거고요. 더구나 우리는 말리놉스키 군사 학교에서 나온 후로 다시 만난 적도 없어요.」

슬라바는 웨이트리스를 불러 굴 한 접시를 더 가져오라고 한 뒤, 크라머에게 하던 얘기를 계속하라고 손짓했다.

「이 두 사람을 찾기만 하면, 자네 소원대로 조용하게 살 수 있을 걸세. 이들은 자네의 옛 동지들인데 칠레와 러시아 연방 기업들 사이의 관계에 심각한 타격을 줄 수 있는 모종의 사건을 꾸미고 있어. 두 사람은 자네처럼 눈에 띄지 않게 움직이면서 흔적을 전혀 남기지 않는 전문가들이라네. 벨몬테, 이 두 사람을 찾아내게나. 그러면 다시는 우리를 볼 일도 없을 거야.」

그건 잔솔밭에서 바늘 찾기나 마찬가지였다. 크라머가 찾아내라고 한 그 두 사람은 1978년, 역사 속으로 사라져 버린 소련에서 본 것이 마지막이었다. 그들은 슬라바와 다른 KGB 요원들로부터 정예 교육을 받은 정보 장교였다. 내가 그들에 대해 아는 것이라고는 반독재 무장 투쟁을 하기 위해 돌아온 그 어떤 게릴라 단체에도 가담하지 않았다는 사실뿐이다. 그 두 사람은 소비에트 공산당 기관원이었다. 그들은 소비에트 내의 유력 인사들을 많이 알고 있었으며, 특히 정보 장교 양성 과정을 거쳤기 때문에 우리를 진흙탕이나 눈밭에서 기어가게 만들었던 교관들보다 KGB 요원들과 친분이 더 두터웠다. 그들은 나와 전혀 다른 운명의 길을 걸었다. 그들은 패배의 자식도 아니었지만, 그렇다고 패배를 받아들이도록 훈련받은 것도 아니었다.

「크라머 씨, 지금 나더러 러시아로 가라고 하는 건 아니죠? 이건 30년도 더 된 사진이라고요.」

「벨몬테, 그들은 지금 칠레에 있을 가능성이 높아. 어쩌면 이 도시 안에 있을지도 모르지. 자네와 마찬가지로 말이야. 아까도 말했지만, 그들은 소리 소문 없이 움직이면서 아무런 흔적도 남기지 않는다네.」

「그럼 그 두 친구가 지금 칠레에서 무슨 짓을 하고 있다고, 아니 뭘 할 거라고 생각하세요?」

슬라바는 웨이트리스가 가져온 굴에 레몬즙을 몇 방울 떨어트렸다. 산(酸)이 닿자 몸을 뒤트는 굴을 흥미롭게 지켜보던 그는 이내 손으로 집어 꿀꺽 삼켰다. 그는 냅킨으로 입을 닦은 뒤, 누런 봉투 하나를 내게 내밀었다.

「당신의 임무는 그들의 행방을 찾아내는 것이오. 그 안에 필요한 모든 정보와 지출 내역을 밝힐 필요가 없는 돈 그리고 전화번호 한 개가 저장된 휴대 전화가 들어 있어요. 그 전화는 크라머 씨와 통화할 때만 사용해야 합니다. 당신이 두 사람의 소재만 파악해 주면, 나머지는 우리가 알아서 해결할 테니까 걱정하지 말아요.」

「굉장히 쉬운 일이군요. 안 그래요, 슬라바 교관님?」

그 순간 크라머는 휠체어를 뒤로 밀더니 테이블로부터 2미터 정도 떨어진 곳으로 갔다. 그러곤 나더러 가까이 오라고 손짓했다.

「지금부터 자네한테 하는 이야기는 나로서는 굉장한

위험 부담이 따르는 일이네. 마음만 먹으면 자네는 주먹 한 방으로 나를 죽일 수도 있을 테니까 말이야. 하지만 움직이지도 못하는 불쌍한 늙은이를 때려죽인다면 자네도 곱지 않은 시선을 받게 되겠지. 벨몬테, 지금 이 순간에도 특수 부대 요원들이 자네의 집 주변에 진을 치고 있다는 점을 잊지 말게나. 여차하면 집 안으로 들어가 무기와 폭탄은 물론 원하는 모든 것을 찾아낼 테니까 말이야. 그 〈모처〉라는 데가 어떻게 움직이는지 자네도 잘 알잖아. 전화 한 통이면 자네의 화려한 과거는 물론 자네의 존재 자체도 서류철 속으로 사라져 영원히 잊히고 말 거야.」

크라머가 다 끝났다고 손짓을 하자 두 명의 보디가드가 나를 레스토랑 입구까지 데려갔다.

「벨몬테, 그게 바로 권력일세. 노쇠하거나 시들해지기는커녕 권력은 변함없는 모습으로 우리 곁에 존재하니까 말이야.」

그의 말을 듣자 갑자기 혈관 속으로 아드레날린이 퍼지면서 가슴이 두방망이질을 치기 시작했다. 왼손에 슬라바가 건네준 봉투를 든 채, 나는 오른손으로 주먹을 불끈 쥐고 보디가드 한 명의 배를 힘껏 내리쳤다. 불의의 일격을 당한 보디가드는 고통으로 얼굴이 심하게 일그러졌다. 잠시 비틀거리던 그는 제라늄 화분 위로 털썩 주저앉고 말았다.

테이블에 앉아 있던 슬라바는 손을 들어 올려 손바닥으로 무슨 신호를 보냈다. 그러자 다른 보디가드가 쓰러진 동료를 일으켜 세웠다. 씽긋 웃는 크라머의 모습을 보자 일이 예상 외로 복잡하게 꼬이기 시작했다는 것을 직감했다.

5
북위 48도

여인은 폐허로 변해 버린 채 정적에 휩싸여 있는 마리엔 광장을 지나가고 있다. 전쟁이 끝난 지 아직 1년도 지나지 않았다. 포성이 완전히 멎은 뮌헨의 파란 하늘에는 살아남은 까치들밖에 보이지 않았다. 저 앞에서는 인간 띠를 이룬 여인들이 얼마 전까지만 해도 성(聖) 피터 성당 그리고 알터 페터[1] ─ 뮌헨 사람들은 교회 종탑을 그렇게 부른다 ─ 의 일부였던 벽돌을 하나하나 집어 들어 뒤로 전달하고 있다. 그녀는 그 앞을 지나가면서 고개를 숙인다.

[1] 성 피터 대성당은 독일 뮌헨에서 가장 오래된 성당으로 마리엔 광장에 있다. 1180년에 로마네스크 양식으로 지어졌다가 후에 고딕 양식으로 확장되었다. 제2차 세계 대전 때 공습으로 대부분 파괴되었지만, 끈질긴 노력 끝에 2000년 다시 복원되었다. 뮌헨 시민들은 이 성당, 특히 종탑을 알터 페터, 즉 〈노(老) 페터〉라고 부른다.

여인은 오스트리아에서 배운 독일어를 막힘없이 구사한다. 그 덕분에 그녀는 폐허 더미 속에 숨어 있는 나치 관리나 나치 친위대 그리고 밀고자들이나 나치 잔당 등을 수색하고 있는 영국인, 프랑스인, 미국인 들 사이를 자유롭게 돌아다닐 수 있다. 하지만 연합국의 군인들도 어차피 외국인이기 때문에, 그녀가 케른텐² 방언을 써도 알아차리지 못한다.

대성당 정문의 폐허 주변에 있는 남자들 — 대부분 장애인들이다 — 은 성화 쪼가리, 어떤 성인상의 팔에서 떨어져 나온 조각, 성모상에 붙어 있던 자그마한 맨발, 화재로 인해 반쯤 녹아 버린 촛대, 한때 자줏빛이던 두꺼운 천 조각, 연합국의 폭격으로 산산조각 난 성상(聖像)의 파편을 모으고 있다.

그런데 그 남자들 사이에서 사제가 단 한 명도 눈에 띄지 않자 그녀는 점점 불안한 마음이 들기 시작한다. 자기 무리에게 먹이를 주려고 쉬운 먹잇감을 찾아다니는 초원의 늑대처럼 그녀는 코를 킁킁대며 냄새를 맡다

---

2 케른텐은 오스트리아 남단에 있는 주로, 알프스산맥 동쪽에 위치해 있으며 카린티아라고 부르기도 한다. 언어는 케른텐 슬로베니아어로, 20세기 전반까지 케른텐주 남부에서 널리 쓰였으나 지금은 소수만이 사용하고 있다.

가 어떤 노인에게 다가간다. 그녀는 노인에게 나지막이 속삭이는 목소리로 클라우스 신부가 어디 있는지 묻는다.

「*Er kommt gleich, du musst warten*(곧 올 테니까, 좀 기다려요).」 그가 심드렁한 표정으로 대답하자 그녀는 말없이 고개만 끄덕인다.

화강암 덩어리에 앉아 기다리는 그녀의 머리 위로 따뜻한 햇볕이 내리쬔다. 가까이 있던 장애인이 하나밖에 없는 팔로 아코디언을 연주한다. 바이에른의 경쾌한 노랫가락은 회색 셔츠를 입은 아리안계 선남선녀들이 맥주와 돼지 앞다리 구이를 즐기며, 호르스트 베셀[3]의 찬가를 목청껏 부르던 그 시절을 떠올리게 한다. 하지만 드라바강 유역에서 태어난 그녀로서는 그 노래를 들어도 그리움이 전혀 일지 않는다. 그녀의 고향 사람들은 과거를 돌아보기는커녕 두려운 현재에서 단 한 순간도 눈을 떼지 못한다.

3 Horst Ludwig Wessel(1907~1930). 독일의 작곡가로 국가 사회주의 독일 노동자당 당원으로 활동했지만, 1930년 2월 23일 독일 공산당 소속 괴한들의 총격을 받아 살해당했다. 그는 죽기 전 「깃발을 높이 걸어라」라는 정치적 시를 지었는데, 이는 훗날 요제프 괴벨스의 선전부에 의해 찬가로 만들어져 나치의 공식 당가가 되었다.

그 러시아인[4] — 히틀러는 베를린으로 진격하던 적군
(赤軍)도 이렇게 불렀다고 한다 — 은 카자흐 병사들의
송환을 요구하고 있다. 스탈린은 그들을 우랄산맥 너머
로 되돌려 보내려고 한다. 영국인들은 전쟁이 끝나면
그들이 오스트리아 아니면 크로아티아나 슬로베니아
땅에 주둔할 수 있도록 해주겠다고 거짓말했다. 그들이
그렇게 호언한 것은 마음에 없는 거짓말을 둘러댔거나,
아니면 얄타 협정 후 스탈린이 바라던 바를 들어주기로
약속했거나, 둘 중 하나다.[5] 카자흐족들 중에는 항복 후
모든 것을 체념하고 러시아로 송환될 날만 기다리던 이
들도 있고, 마지막으로 역사의 흐름을 바꾸어 보려고
루거 권총을 머리에 대고 방아쇠를 당긴 이들도 있다.
그리고 이역만리에서 조국을 생각하며 자작나무 가지

4 여기서는 얄타 회담에 참여한 스탈린을 의미하는 것으로 보인다.
5 카자흐족은 백군 편에 가담해 볼셰비키의 적군과 맞섰을 뿐만 아니
라, 일부 — 물론 대다수 카자흐족은 볼셰비키 혁명 이후 가혹한 탄압에도
불구하고 소비에트에 충성을 맹세했다 — 는 나치 편에 가담하기도 했다.
소비에트군과의 전투보다 후방의 파르티잔을 진압하는 데 자주 동원된 카
자흐 군대는 후퇴하는 독일군을 따라 독일 영내로 진입했고, 독일이 항복
하자 오스트리아의 린츠에서 영국과 미국에 항복했다. 카자흐 병사들은 소
비에트보다 연합군이 더 안전할 것으로 믿고 투항했으나, 미국과 영국은
이들을 모두 스탈린에게 넘겨 버렸다. 소비에트 정권은 이들 대부분을 처
형하거나 시베리아로 유형을 보냈다. 이 사건을 〈카자흐 송환〉, 혹은 〈카자
흐 배신〉이라고 한다.

에 목을 매달아 스스로 목숨을 끊은 이들도 있고, 무거운 쇳덩어리를 품에 안고 드라바강에 몸을 던진 여자들도 적지 않다.

그사이 그녀도 나이가 들었다. 하지만 크라스노프 아타만의 말 발자국이 나 있는 곳이라면 이 세상 어디든 갈 수 있을 만큼 기력이 남아 있다고 생각할 정도니 아직 그렇게 늙었다고 볼 수는 없다. 그렇다. 그녀는 여성이다. 그래서 여자들은 바느질을 하거나 가랑이를 벌리고 아이를 낳으면 된다는 말에 그녀 또한 맹목적으로 복종해 왔다. 그리고 아타만이 자기 글이나 카자흐 남자들과 홍안의 병사들의 수려한 용모, 또한 전장보다 상트페테르부르크 궁전에 더 어울리는 화려한 제복에 관한 글을 큰 소리로 읽을 때는 입을 다물고 있어야 한다는 명령도 충실히 따랐다. 심지어 결혼 첫날밤에 벌어지는 음탕한 이야기나 카자흐 남자는 하느님과 차르 그리고 아타만 외에 아무도 사랑하지 않는다는 말을 들어도 웃음을 참아야 했다.

아타만의 말에 따르면 못생기고 땅딸막한 유대인인 레프 트로츠키에 의해 돈강 유역을 떠나 파리로, 그 후 베를린으로 추방되자 아타만은 카자흐 장교들을 불러

모아 놓고 나치군과 함께 러시아로 돌아갈 것이라고 선언했다.[6] 그렇게 해서 그녀도 그들을 따라 유럽을 가로질러 갔다.

아타만은 볼셰비키의 군대를 쳐부수고, 러시아 전역에 신성한 차르 체제를 부활시키는 건 시간문제라고 공언했다. 이와 더불어 독일 기갑 사단의 위력은 그 누구도 막을 수 없을 것이라고 호언장담했다. 하지만 스탈린그라드에 입성하기도 전에 예상치 못한 일이 일어나고 말았다. 적군의 저항도 예상외로 거셌거니와 거기에 더해 한 번도 경험하지 못한 추위로 인해 공격의 예봉이 꺾였다. 엎친 데 덮친 격으로 파르티잔[7]이 보급선을

6 러시아 내전 당시 적군에 패하여 포로가 된 크라스노프는 반혁명 운동에 참가하지 않는다는 조건으로 석방되었지만 곧장 돈강 유역으로 도주했다. 1918년 5월에 돈 카자흐의 아타만으로 선출된 크라스노프는 독일의 지원을 받아 군을 새롭게 조직해 돈강 유역에서 볼셰비키를 몰아내는 데 성공했다. 1918년 후반 차리친으로 진군했지만 여기서 적군에 밀려 교착 상태에 빠졌다. 독일이 제1차 세계 대전 휴전에 나서면서 크라스노프는 1919년 1월에 안톤 데니킨이 지휘하던 남러시아 백군에 가담하지만 내부 대립과 분열이 격화되자 독일로 건너가 반소비에트 운동을 벌이기 시작했다. 제2차 세계 대전이 발발하자 크라스노프는 나치스와 협력하여 망명자와 전쟁 포로들 중심으로 카자흐 부대를 조직하였으나, 1944년 11월 프라하 회담 시 안드레이 블라소프가 이끄는 러시아 해방군과의 통합을 거부했다. 제2차 세계 대전이 종결되자 크라스노프는 소비에트에 인도하지 않는다는 조건으로 오스트리아에 있던 영국군에 투항했지만, 5월 28일 소비에트 측에 연행된 후 군사 법정에서 교수형을 선고받고 처형되었다.

끊어 사면초가에 빠지고 말았다. 베를린 벙커에 틀어박혀 있던 총통은 에스토니아 카자흐 부대에게 동부 전선을 떠나 발칸반도로 가서 티토[8]가 지휘하는 파르티잔 부대를 토벌하라고 명령을 내렸다.

패배감이 짙게 깔린 군용 열차를 타고 가는 동안 그녀는 다른 여자들과 함께 병사들의 군복을 수선하거나 상처를 치료해 주거나, 마침내 잔인한 전쟁에서 벗어나 죽은 자들의 나라로 떠난 이들의 눈을 감겨 주기도 했다. 그리고 러시아에서 볼셰비키 도당에 가담해 싸우는 카자흐족들이 있다는 이야기를 하면서 분노와 증오로 떨리던 아타만의 목소리도 들었다. 하지만 홍안을 자랑하던 기병들의 수려한 용모는 그림자도 찾을 수가 없었다.

7 제2차 세계 대전 중이던 1941년부터 1945년까지 추축국(특히 독일)에 대항했던 유고슬라비아의 저항 운동 조직으로 흔히 파르티잔이라고 불렸다. 정식 명칭은 유고슬라비아 국민 해방군 및 파르티잔 분견대이다.

8 Josip Broz Tito(1892~1980). 유고슬라비아의 독립 운동가, 노동 운동가, 공산주의 혁명가이며 유고슬라비아 연방의 전 대통령이자 비동맹 운동의 지도자였다. 청년 시절부터 공산주의 운동을 주도한 티토는 제2차 세계 대전 당시 나치 군대가 유고슬라비아를 침공한 뒤에는 파르티잔을 본격적으로 조직하기 시작했을 뿐만 아니라 크로아티아의 극우 군사 조직인 우스타샤와도 전투를 벌였다. 티토 지휘의 파르티잔은 독일군의 퇴각과 함께 광범위한 지역을 해방하면서 정규군으로 체제를 전환하기 시작했으며, 소련군과 연합해 베오그라드를 점령하면서 사실상 나치와의 전쟁을 종식시켰다.

당시 크로아티아에서 파르티잔의 공격에 속수무책으로 당하자 아타만이 분노에 눈이 멀고 무기력해진 나머지 급격하게 노쇠했다는 소문이 돌았다. 산속에 숨어 있던 무리들이 소규모로 기습 공격을 감행하면서 카자흐 부대 병사들과 미하일로비치[9]의 정규군 그리고 안테 파벨리치[10]의 우스타샤와 이탈리아로 후퇴하기 시작한 독일 나치 친위대 분견대의 사상자가 날이 갈수록 늘어났으니 그럴 만도 했다.

　크라스노프 아타만은 카자흐 병사 한 명이 전사할 때마다 티토의 파르티잔에 동조하는 것으로 보이는 시골 사람 50명을 골라내 산 채로 태워 죽이라고 명령했다. 그리고 카자흐 군인들은 우스타샤를 본떠 포로들에게서 잘라 낸 귀와 혀를 군복에 붙이고 다녔다. 일흔다섯

---

　9 Dragoljub-Draža Mihailović(1893~1946). 제2차 세계 대전 당시 활동한 세르비아계 유고슬라비아 장군이다. 군주주의 왕당파였던 그는 제2차 세계 대전 초기에는 체트니크 분견대라는 유격대를 조직하여 독일에 맞서 싸웠으나, 이후 독일군과 협력했다가 종전 이후 신생 공산 유고 연방에 의해 체포되어 반역죄로 총살당했다.

　10 Ante Pavelić(1889~1959). 크로아티아의 정치인이자 군인으로 극우 파시스트 조직인 우스타샤의 지도자였다. 그는 또한 나치 독일의 괴뢰 정권인 크로아티아 독립국의 국가 원수이자 독재자로 유고슬라비아에서 75만 명 이상의 정교회 신자 등을 학살하기도 했다. 한편 우스타샤-크로아티아 혁명 운동은 크로아티아의 반유고슬라비아 분리주의 운동 조직이자 파시스트 조직이다.

살이 다 되어 가는 아타만은 카자흐 병사들의 수려한
외모 따윈 일절 언급하지 않았다.

그렇다. 그녀는 여성이다. 그래서 미심쩍은 것이 있
어도 물어보면 안 된다. 아타만을 그림자처럼 따라다니
는 그녀는 자신의 본분에 충실하게 그를 따라 이탈리아
로 간다. 연합군의 폭격이 연일 계속되는 걸 보면, 전쟁
에서 졌다는 소문이 이제는 기정사실로 굳어지고 있는
듯하다. 이탈리아에서 카자흐 군인들이 독일 군복을 입
고 싸우는 동안 진짜 독일군들은 퇴각하고 있다. 아타
만의 얼굴에는 피로한 기색이 역력하다. 더구나 이탈리
아의 파시스트 군대는 오합지졸에 불과해서 두체[11]의
정규군조차 남쪽에서 밀고 올라오는 미군에 하루속히
항복하기만을 바라고 있는 실정이다.

우디네 지방의 톨메초[12]를 점령함으로써 유일한 승리
를 거둔 아타만은 베를린의 명령을 어기고 그 지역에
카자흐 국가를 세우기로 했다.

그렇다. 그녀는 여성이다. 그래서 여자들은 새 군복
을 수선하고 바느질하라는 아타만의 명령에 순순히 따

11 이탈리아 파시스트 시대의 국가 원수, 즉 총통을 의미한다.
12 이탈리아 북부 알프스산맥 기슭에 위치한 우디네는 제2차 세계 대
전 때 폭격 피해가 극심했다. 톨메초는 우디네에 위치한 도시이다.

른다. 여자들은 여윈 말과 굼뜬 당나귀 그리고 마을 사람들에게서 압수한 자전거를 타고 아타만을 호위하는 스물네 명의 카자흐 근위병 제복에 각별히 신경을 써야 한다. 패배의 그림자가 짙게 드리우자 그는 비통에 잠겨 있다.

여자들이 군복에 금단추를 다 달기도 전에 톨메초의 카자흐 조국으로 종전 소식이 들려왔다. 그들은 또다시 험난한 길을 떠나야 한다. 이번에는 알프스산맥을 넘어 오스트리아로 향한다. 알프스산맥을 넘는 동안에 이탈리아의 파르티잔이 그들을 끊임없이 괴롭혔다. 그들로서는 자기 영토에서 침략자를 몰아내기만 하면 전쟁이 끝나는 셈이라서 쉴 새 없이 공격을 퍼부어 댄다. 그 과정에서 얼마나 많은 이가 죽었는지 시체를 묻을 시간조차 없다. 덕분에 시체를 뜯어 먹는 새들만 포식한다.

그렇다. 그녀는 여성이다. 뮌헨의 따사로운 햇볕 아래서 그녀는 직사각형의 마분지를 손에 꽉 쥐고 있다. 그것은 뮌헨에서 헤센으로 가는 기차표다. 사실 그녀는 헤센이 어디에 있는지도 모른다. 하지만 그녀는 연필로 HESSEN 중 네 글자를 지우고 S자 두 개만 보이게 하는 기발한 방법을 썼다.

그 순간 신부가 다가오는 모습이 보인다. 몸은 호리호리한 편이지만 발목까지 내려온 검은 사제복을 입고 있어서 더 커 보인다.

「*Pater Klaus*(클라우스 신부님)?」그녀가 나지막한 목소리로 묻는다.

「*Wer sind Sie*(누구시죠)?」신부가 경계하는 눈빛으로 되묻자 그녀는 서로 의심하고 있다는 것을 직감한다. 그래서 이름을 밝히는 대신 그에게 기차표를 건넨다.

차표를 찬찬히 살펴보던 신부는 그것을 슬그머니 사제복 주머니에 넣고 자기를 따라오라고 손짓한다.

「오데사?」그녀가 용기를 내서 물어보았지만 신부는 손가락을 입술에 댄 채 말없이 걷기 시작한다.

그를 따라 폐허로 변한 뮌헨의 거리를 걸어가는 동안 카자흐인들에게 아직 한 가닥 희망이 남아 있다는 생각이 든다. 카린티아에서 바이에른으로 이어지는 아주 멀고 긴 여행이었다. 그녀는 마침내 목적지에 도착했다. 따라서 그녀는 칠레, 아르헨티나, 브라질, 파라과이 등 낯선 이름의 나라로 탈출하기 위해 가짜 신분증과 통행 허가증을 발급해 주던 국가 사회주의자 동맹 조직인 오데사 커넥션[13]과 한층 가까워진 셈이다.

따뜻한 차 한 잔을 마시고 나자 신부는 다시 자기를
따라오라고 손짓했다. 그의 설명에 따르면, 오데사는
전범으로 추적받고 있는 나치 친위대 생존자들뿐만 아
니라 유럽 각국에서 나치 군대에 부역한 이들, 특히 친
위대에 자원했던 크로아티아인과 러시아인들을 독일
에서 탈출시키고 있다고 한다. 그제야 그녀는 오데사가
우크라이나의 도시 이름이 아니라 가톨릭교회의 비호
를 받아 오토 슈코르체니[14]가 설립한 전직 친위대 조직
의 약자라는 사실을 깨닫는다.

「이탈리아 가톨릭 공동체의 영적 지도자인 알로이스
후달[15] 주교님에게 축복이 있기를. 자그레브 주교인 카

---

13 전직 친위대 조직Organisation der Ehemaligen SS-Angehörigen,
일명 오데사ODESSA 커넥션은 제2차 세계 대전 종전 이후 나치 친위대원
들을 — 소위 쥐구멍을 통해 — 중립국으로 탈출시키기 위해 조직한 나치
의 비밀 조직이다.

14 Otto Skorzeny(1908~1975). 오스트리아 태생의 군인으로 제2차 세
계 대전 당시 독일 무장 친위대 중령급 장교인 상급 돌격대 지도자로 복무
했다. 그는 감금되어 있던 이탈리아 독재자 베니토 무솔리니를 탈출시키는
그란 사소 습격 작전뿐만 아니라, 연합군의 군복을 착용하고 연합군 후방
을 교란시킨 그라이프 작전을 지휘했다.

15 Alois Hudal(1885~1963). 오스트리아의 가톨릭교회 주교로
1937년부터 히틀러를 찬양하기 시작했다. 종전 후 그는 나치 독일과 기타
주축국의 정치 지도자 및 장교들을 〈쥐구멍〉을 통해 중립국 등으로 탈출시
키는 데 중심적인 역할을 했다.

를로 페트라노비치[16] 몬시뇰에게 축복이 있기를. 제노바 주교인 주세페 시리[17] 몬시뇰에게 축복이 있기를. 아우크스부르크 주교인 카를 바이어 몬시뇰에게 축복이 있기를. 나치 친위대원들을 돕도록 명하신 교황 비오 12세 성하에게 축복이 있기를.」신부는 그녀와 작별을 하면서 축성 기도를 올린다.

「그분들 모두에게 축복이 있기를.」그녀는 정교회 방식으로 십자를 그으며 기도한다. 그러자 아타만의 손자가 대서양을 무사히 건너갔으리라는 확신이 든다.

---

16 Karlo Petranović(?~1948). 크로아티아의 가톨릭 사제였다. 우스타샤-크로아티아 혁명 운동에 가담하는 등 파시스트 성향을 보여 준 그는 종전 후 수많은 전범을 아르헨티나로 탈출시켰다.

17 Giuseppe Siri(1906~1989). 이탈리아의 로마 가톨릭교회의 추기경. 1953년 교황 비오 12세에 의해 추기경이 되었다.

6
남위 33도

잔솔밭에서 바늘을 찾으려면 우선 잔솔밭을 찾아야
한다. 그리고 나서 아주 차분하게 바늘을 찾아야 한다.
슬라바가 내게 건네준 봉투 안에는 태어나서 처음 보는
5백 유로 지폐 한 다발과 간략한 정보가 담긴 서류 한
장이 들어 있었다. 문서에 따르면, 내가 찾아야 하는 두
남자는 아프가니스탄에서 게릴라 활동을 했고 아르헨
티나 여권을 소지하고 있으며, 늘 러시아 국적을 가진
세 명의 전우를 대동하고 다닌다고 한다. 마지막으로
봉투를 뒤져 보다 러시아 공항 — 내가 찾아야 하는 남
자들로부터 좀 떨어진 곳에 있는 사람들의 제복으로 미
루어 보건대 러시아가 틀림없었다 — 감시 카메라에 찍
힌 희미한 사진 한 장을 발견했다. 사진 아래쪽에는
2010년 2월 10일이라는 날짜가 찍혀 있었다. 만약 그것

이 그들이 러시아를 출국한 날짜라면, 내가 여러 날 앞서는 셈이라서 딱히 불리할 것은 없었다.

아무리 유리한 입장이라고 해도 원점에서 시작해야 했다. 그리고 무기와 추적당하지 않는 통신 장비를 갖추고 움직여야 했다. 따라서 과거 나의 그림자를 좇는 것 외에 달리 새로울 것은 없었다.

나는 푹푹 찌는 더위에 짜증을 내면서 지하철역까지 걸어갔다. 지하철을 타고 서쪽으로 출발해 남부 버스 터미널로 향했다. 가는 내내 통조림에 든 정어리 모양 축 처져 있었지만, 이 도시가 기억에 남아 있는 모습과 너무도 변해서 낯설기만 했다. 내가 탄 타임머신이 20년 전에 멈춰 선 느낌이었다. 모든 것이 변해 있었다. 이처럼 칠레의 현실은 변화무쌍하지만 사실은 예전 모습을 그대로 지키기 위해서 모든 것이 쉴 새 없이 바뀌는 것인지도 모른다. 이제는 도시 빈민가의 하층 계급들조차 기가바이트의 정보 단위로 측정되지만 그래도 여전히 밑바닥의 삶을 벗어나지 못하고 있으니까 말이다.

찜통이나 다를 바 없는 버스 터미널에는 버스를 기다리는 가족들로 인산인해를 이루고 있었다. 갖가지 음식과 땀 냄새 그리고 절망과 패배 의식에 찌든 가난의 냄새가 코를 찔러서 제대로 숨쉬기조차 어려웠다. 대합실은 화장실에 비해 그나마 사정이 나은 편이었다. 소변이 발효되면서 나는 고약한 냄새로 인해 가만히 서 있기조차 힘들었다. 다행히 코를 막고 그 안을 이리저리 돌아다니기도 전에 내가 찾던 녀석이 눈에 들어왔다. 놈은 한구석에서 마약을 구하러 오는 자를 기다리며 담배를 피우고 있었다.

「라 레과'의 두목이 누군지, 어디로 가면 그놈을 만날 수 있는지 딱 30초 줄 테니까 어서 불어.」

「죽고 싶지 않으면 당장 내 눈앞에서 꺼져.」 마약 밀매상이 대꾸했다.

「이 자식이 말귀를 못 알아먹는구면.」 나는 말이 끝나기도 전에 주먹으로 녀석의 명치를 갈겼다. 그러자 녀석은 배를 움켜잡고 앞으로 고꾸라지더니, 숨이 막혀 입을 뻐끔거리면서 몸을 비틀었다. 그 순간 다시 왼쪽 귀를 강하게 내리치자 녀석은 정신이 번쩍 드는 모양이었다.

1 칠레 산티아고시의 중남부에 위치한 구역으로 군사 독재 시대에 개발되었다. 독재 시대에는 좌파 활동가들의 본거지이기도 했으나 최근에는 마약 거래와 범죄 소굴로 변하고 말았다.

「그만해요. 알았으니까 그만하세요, 형님.」그는 바닥에 무릎을 꿇은 채 빌다시피 했다.

나는 오줌이 흥건하게 고인 바닥에서 그를 일으켜 세웠다. 그가 간신히 몸을 일으키자마자 이번에는 녀석의 허벅지를 강하게 움켜잡았다.

「인생에는 늘 두 가지 진실이 있지. 하나는 내가 경찰이 아니라는 것이고, 나머지 하나는 네 불알이 없어지기 직전이라는 거야.」

「알았어요. 거기에 우리 본거지가 있어요. 가서 뚱보 랄로를 찾으세요. 하지만 절대로 내가 그랬다고는 하지 마세요. 제발 부탁이에요.」

「물론이지. 세상에 말로 안 되는 것은 없으니까 말이야.」

그의 셔츠 주머니에 휴대 전화가 있었다. 나는 그 전화를 빌리는 대가로 1만 페소[2] 지폐 두 장을 주머니에 찔러 넣어 주었다.

내 기억 속에 남아 있는 라 알라메다[3]는 멋진 집과 유럽풍의 저택이 즐비한 거리였다. 물론 그 당시에도 그

2 칠레의 화폐 단위로 1페소는 한화로 1.65원이다.
3 산티아고를 동서로 가로지르는 간선 도로. 원래 이름은 〈해방자 베르나르도 오이긴스 장군 대로〉이다.

런 집들은 비가 많이 오는 남부에서 올라온 사람들이나 수도의 화려한 모습에 잔뜩 주눅이 든 시골 사람들이 묵던 호텔이나 여관으로 점차 바뀌어 가고 있었다. 하지만 이제 중국에서 만든 모든 종류의 물건과 튀김을 파는 노천 시장으로 변한 그 거리에는 땀투성이의 군중이 물건을 파는 사람들과 뭐든 가리지 않고 물건을 사려는 사람들로 나누어진 채 인산인해를 이루고 있었다.

나는 예전에 기차역으로 사용되던 건물의 그늘 아래에 서서 마약 밀매상한테 빼앗은 휴대 전화를 꺼내 어디론가 전화를 걸었다. 한참을 기다리자 마침내 칠로에 섬 남단의 케욘으로부터 반가운 목소리가 들려왔다.

「실바 씨, 부탁드릴 게 있으니까 잘 들으세요.」

「어서 말해 보세요, 벨몬테 씨.」

「우선 가게 일을 아들에게 맡기고요. 트럭을 타고 우리 집에 가주세요. 그리고 페드로에게 당장 베로니카와 마을로 가서 아니타 아주머니의 여관에서 묵도록 하라고 전해 주시고요. 오늘 밤 여관에는 내가 전화할 테니까요. 그리고 페드로더러 연장을 다 가지고 가라고 해주시고요. 무슨 말인지 아시겠죠?」

「알았어요. 지금 당장 나가 볼 테니까 걱정 말아요,

벨몬테 씨. 산티아고는 날씨가 어때요?」

「여긴 똥 냄새밖에 안 나요. 거긴 어때요?」

「여기야 늘 그렇죠. 비가 왔다 그쳤다가 또 해가 났다 사라졌다 해요.」

나는 정확한 사람들이 좋다. 전화를 끊자 낚싯바늘과 낚싯줄 그리고 낚시와 관련된 모든 물건을 파는 가게를 아들에게 맡긴 뒤, 오래된 포드 커스텀 트럭을 타고 곧장 푸에르토 카르멘으로 달려가는 실바 씨의 모습이 눈앞에 보이는 듯했다.

그런데 산티아고 남쪽 변두리에 위치한 라 레과로 가려는 택시를 잡기가 여간 어렵지 않았다. 택시 운전사들은 〈라 레과요? 에이, 거긴 절대 안 가요〉라거나 〈그 동네로는 모셔다 드릴 수가 없어요〉라는 대답만 되풀이했다. 그러다 마침내 마음이 넓은 택시 기사를 만났지만, 한 가지 조건을 달았다.

「우선 입구까지만 모셔다 드릴게요. 그 이상은 절대 안 돼요.」

가난한 동네에는 언제나 뜨거운 햇볕이 사정없이 내리쬔다. 전에도 늘 그랬지만 그 점만큼은 지금도 전혀 변한 게 없다. 라 레과의 몇몇 주민이 심어 놓은 나무들

은 제대로 자라지 못해 그늘조차 드리우지 못하고 있었
을 뿐 아니라 물이 모자라 바짝 말라 있었다. 좁다란 골
목길을 따라 걸음을 옮기기 시작하자마자 나의 뒤를 쫓
는 의심스러운 눈초리가 느껴졌다. 산티아고에 공장과
작업장이 들어설 무렵, 라 레과에는 노동자와 도둑들이
뒤섞여 살고 있었다. 그 공장들이 반쯤 허물어진 채 추
억 속으로 밀려난 지금, 거리에는 갖가지 물건을 파는
노점상과 부자 동네에서 일하는 하녀들 그리고 신종 범
죄자, 즉 마약 밀매상들만 우글거리고 있었다.

　나는 공을 차고 있던 한 무리의 꼬마들에게 다가갔다.

　「너희에게 한 가지 물어볼 게 있는데, 잘 대답하면 상
을 주마.」

　「우선 돈이 있는지 우리한테 보여 줘요.」

　「뚱보 랄로를 찾고 있는데.」 나는 1만 페소짜리 지폐
한 장을 흔들어 보이며 말했다.

　「내가 데려다줄게요.」 그중 한 녀석이 잽싸게 지폐를
낚아채며 말했다.

　뚱보 랄로가 있는 곳은 술집이었다. 안은 어두컴컴하
고 시큼한 포도주 냄새에 찌들어 있었지만 꽤나 시원했
다. 한 무리의 사람들이 에어컨에서 나오는 시원한 바

람을 쐬며 맥주를 마시고 있었는데, 애덕(愛德)의 형제 수도회[4] 소속 수도사들 같은 인상을 풍기고 있었다. 하지만 바티칸이 문신과 금목걸이나 팔찌의 사용을 허락했다면 모를까, 절대 그럴 리는 없었다. 마카로프조차 없으니 벌거벗은 느낌이 들었다. 어쨌거나 나는 놈들의 소굴에 이미 발을 들여놓은 상태였다.

「무슨 일이죠?」술집에서 손님을 접대하던 자가 나를 보고 물었다.

「랄로 씨와 이야기를 나누었으면 하는데요.」

「잘못 찾아오셨어요. 여기에 랄로라는 사람은 없어요.」그는 당장이라도 숨이 끊어질 듯이 쉬고 갈라진 목소리로 말했다.

맥주를 마시던 자들이 갑자기 한쪽 구석으로 자리를 옮기자 술집 안쪽의 포마이카 테이블에서 나를 노려보고 있던 뚱뚱한 남자의 모습이 드러났다. 그자는 턱에 흰 수염이 듬성듬성 나 있어 나이를 가늠하기 어려운 외모를 지니고 있는 데다 추울 정도로 에어컨을 강하게 틀어 놓았는데도 땀을 흘리고 있었다. 그자의 독특한

---

4 벨기에 겐트에서 1807년 설립된 수도회로 가난한 사람과 환자들을 돕는 일을 하고 있다.

표정과 거무스름한 빛을 띤 커다란 귀에서 강렬한 ─ 하지만 악질적인 ─ 카리스마가 뿜어 나오고 있었다.

「이야기 좀 나눌 수 있을까요, 랄로 씨?」

「당신도 이름을 가지고 있을 텐데, 그렇죠? 부모들은 자식들이 태어나면 우선 이름부터 붙이니까 말이오.」 뚱보가 중얼거리자 맥주를 마시던 이들은 큰 소리로 웃으며 재치 있는 그의 말솜씨를 치켜세웠다.

「오래전에 여기 살던 친구가 하나 있었죠. 아주 진실하고 올곧은 사람이었어요. 이름은 알리로였고, 흔히 말라깽이 알리로라고 불렸죠. 자식이 많았는데, 어쩌면 지금도 살아 있는 아들이 있을지 모릅니다.」

말라깽이 알리로의 이름을 꺼내자 당장 효과가 나타났다. 모든 패거리에는 자기들끼리만 통하는 언어가 있기 마련이다. 그러자 맥주를 마시던 이들이 서로의 귀에 대고 나직이 수군거리기 시작했다. 그때 뚱보의 목소리가 흘러나오자 좌중이 갑자기 잠잠해졌다.

「알리로의 가족을 찾는 자가 누구요?」

「벨몬테. 내 이름은 후안 벨몬테입니다.」

「참 신기하군. 스페인에도 같은 이름을 가진 유명한 투우사가 있는데 말이오. 자, 그럼 기다리는 동안 뭐라도 들도록 합시다.」 뚱보가 자리를 권했다.

자리에 앉자 다행스럽게도 아주 시원한 맥주를 갖다 주었다. 나는 담배를 꺼내 그에게 건넸다. 연신 땀을 흘리던 뚱보는 말없이 담배를 받았다. 두 명의 건장한 사내가 문 앞을 지키고 있었다. 수상쩍은 자가 들어오지 못하도록, 그리고 내가 나가지 못하도록 하려고 말이다.

뚱보는 피곤한 눈으로 나를 찬찬히 뜯어보았다. 그가 청한 카드 게임을 시작할 때까지 나도 그의 얼굴을 빤히 쳐다보았다.

뚱보의 거친 숨소리와 테이블 위로 카드를 내던질 때 나는 소리 외에 사방은 쥐 죽은 듯 조용했다. 기다리는 동안 나는 알리로, 말라깽이 알리로를 생각했다.

1960년대부터 1970년대 초까지, 산티아고에서 일어난 절도 사건치고 알리로와 그의 부하가 관련되지 않은 것은 단 한 건도 없었다. 하지만 그들은 물건만 훔쳤을 뿐 그 누구에게도 폭력을 행사하거나 다치게 한 적이 없었다. 설령 다른 이가 물건을 훔쳤다고 해도 그 장물은 어떤 경로를 거치든 반드시 알리로의 술집으로 흘러들기 마련이었다. 그 무렵 칠레의 우익들은 좌파 세력이 쿠바와 소련, 중국 등으로부터 몰래 무기를 들여오고 있다고 비난했다. 하지만 그건 흑색선전에 불과했다. 얼마 되지도 않았지만 우리가 소지하고 있던 무기는 모두 아르헨티나에서 구입한 것이니까 말이다. 아르헨티나의 멘도사로 건너가서 철물점에 들어가기만 하면 22구경 이탈로 리볼버나 같은 구경의 마르카티 자동 소총은 물론 언뜻 보기에 기관총처럼 생겼지만 실제로 단발 소총에 지나지 않는 — 이런 총의 경우 첫 발이 불발되면 대개 단발로 쏘아야 한다 — 무기를 들고 나올 수 있었다. 또 다른 무기 공급원은 도시 뒷골목의 룸펜들이었다.

그 당시, 알리로와 연락이 닿기는 쉽지 않다. 그는 오랜 감옥 생활과 취조 과정에서 경찰로부터 받은 가혹 행위로 인해 몸이 쇠약해질 대로 쇠약해져 있었다. 모진 고문을 당하면서도 그는 끝까지 입을 다물었다. 그 덕분에 그는 충직하고 올곧은 성품을 지닌 상남자로 이름을 떨치게 되었다. 그의 몸에는 칼자국이 지도처럼 복잡하게 얽혀 있었다. 들리는 말에 따르면, 심지어 그는 총알을 세 방 맞고도 살아남을 정도로 강인하다고 했다. 말라깽이 알리로는 평소 워낙 진지하고 차분해서 주변 사람들의 마음을 헤아릴 줄 알았다. 하지만 하늘 높은 줄 모르고 날뛰는 놈들이 나타나면 무자비하게 응

징함으로써 자신의 권위를 과시했다.

1968년 어느 날, 그는 라 레과에 있던 자신의 거처에서 쓸 만한 무기를 사러 온 두 남자를 맞이했다. 치노 레이바와 나는 〈모종의 거래〉를 성사시키기 위해 미리 그럴싸한 말까지 꾸며 왔지만, 그의 모습에 완전히 압도당해 입도 뻥긋하지 못했다. 그 순간부터 우리는 그를 믿기로 마음먹었다.

「이해하지 못할 수도 있겠지만, 우리는 정치적 행동을 위해 무기가 필요합니다.」 치노 레이바가 말을 꺼냈다.

「이보시오, 제대로 설명만 해준다면 내가 이해 못 할 리 있겠소. 멀쩡한 사람을 바보 취급하는 거요?」 말라깽이 알리로가 대꾸했다.

그래서 우리는 볼리비아의 정세와 체 게바라의 죽음 그리고 게릴라 운동과 인티와 코코 페레도 가문의 막내로 테오폰테 산악 지역에서 게릴라 투쟁을 계속할 것을 호소한 차토 페레도[5] 등에 관해 최대한 간략하게 설명했다.

5 Chato Peredo(1941~). 의학을 공부했지만 볼리비아 공산당의 창립 위원이자 게릴라 운동의 지도자이던 형들 — 인티와 코코 페레도 — 의 영향을 받아, 중도에 학업을 포기하고 체 게바라가 이끌던 게릴라 운동에 참여했다. 후일 모스크바로 건너가 의학과 사상 교육을 받은 뒤 귀국한 그는 볼리비아 게릴라 운동의 지도자가 되었다.

「고작 권총 두 자루 가지고 게릴라 투쟁에 뛰어든다
는 얘기요?」 그가 비꼬듯이 말했다.

그래서 우리는 불법적인 방법이기는 하지만 그 총으
로 돈을 모을 것이라고 했다. 그 돈으로 더 좋은 무기를
구하고, 볼리비아에 가고자 하는 청년들을 규합할 것이
라고 말이다.

말라깽이 알리로는 담배를 피우면서 잠시 생각에 잠
겼다. 그러곤 우리의 얼굴을 빤히 쳐다보더니 갑자기
고개를 돌리면서 그 장면을 옆에서 지켜보고 있던 사내
들을 불렀다. 그리고 다섯인가 여섯이던 아이들 — 가
장 나이가 어린 아이들은 이제 막 걸음마를 하기 시작
했다 — 도 오라고 하더니 손가락으로 우리를 가리키며
말했다.

「다들 이 두 청년을 잘 봐두게. 물론 이분들은 내 손
님들이야. 그러니까 이분들이 라 레과에 와서 절대 나
쁜 일을 당하지 않도록 각별히 신경쓰도록 해. 언제든
지 여기에 드나들 수 있도록 말이야. 왜 그러는지 알고
있나? 이 두 청년이야말로 이 동네의 진정한 〈초로들〉
이기 때문이라고.」 그는 가슴에 손을 갖다 대면서 말
했다.

암흑가의 용어로 〈초로〉라는 말은 정말 용감하고 배짱이 두둑할 뿐만 아니라 담대하고 충직한 성품을 지닌 이를 가리킨다. 그날, 우리는 바예스테르몰리나 권총 두 자루와 탄환 여러 상자를 들고 라 레과를 나왔다. 그 권총은 민족 해방군[6] 칠레 지대가 최초로 손에 넣은 무기였다.

그 이후로도 그를 두어 차례 더 만날 기회가 있었다. 그를 마지막으로 봤을 때 우리는 함께 바비큐를 먹었다. 그 자리에서 그는 앞으로 얼마 살지 못할 것 같다고 털어놓았다. 몸속에 있는 무언가가 그를 서서히 파괴하고 있다고 했다. 암에 걸린 것일 수도 있지만 어쩌면 오랜 감옥 생활과 고문의 후유증이었을지도 모른다. 극심한 고통에 시달리고 있었지만 아무런 내색도 하지 않은 채 의연한 자세를 잃지 않았다. 그리고 병상에서 죽을 거라는 생각만 해도 부끄러워 견딜 수 없다는 말도 덧붙였다.

6 볼리비아 민족 해방군은 체 게바라가 이끈 게릴라 단체로 1966년과 1967년 사이에 볼리비아의 코르디예라에서 주로 활약했다. 이들은 체 게바라의 전략에 따라 무장 저항 세력의 본거지인 거점 foco 을 중심으로 세력을 확산시켜 볼리비아 정부를 전복하고 사회주의 체제를 건설하는 것을 목표로 했으나, 체 게바라의 죽음으로 인해 실패로 돌아가고 말았다. 이 책 말미의 부록 참조.

그가 당당하게 죽음을 맞이했다는 소식을 들은 건 그로부터 오랜 세월이 지난 뒤였다. 1973년 9월 11일[7] 쿠데타군이 라 레과에 들이닥치자 알리로는 부하들을 이끌고 이에 맞섰다고 한다. 그는 칼 구스타프 기관 단총의 탄창을 여러 개 비울 정도로 격렬하게 싸웠지만 끝내 온몸이 벌집이 된 채 장렬한 최후를 맞이하고 말았다.

　바로 그때, 얼굴에 피곤한 기색이 가득한 남자가 어두컴컴한 주점 안으로 들어서더니 테이블 쪽으로 다가왔다. 여윈 몸에 굼뜬 걸음걸이로 보아 오랜 세월 동안 고생한 흔적이 역력했다. 며칠 면도를 하지 않아 턱수염이 덥수룩했지만 그의 얼굴 위로 알리로의 모습이 겹쳐졌다. 잠시 나를 바라보던 그의 얼굴에 옅은 미소가 피어올랐다.

　「후안 벨몬테, 그 대학생 맞죠? 이렇게 다시 만나게 될 줄은 꿈에도 몰랐어요.」 그는 인사를 건네고 나를 와락 껴안았다.

　나는 그의 이름은커녕 그가 알리로의 몇째 아들인지도 기억나지 않았다. 하지만 우리가 감격적인 해후를

7 피노체트가 군사 쿠데타를 일으켜 아옌데 정부를 무너뜨린 날이다.

나누자 술집 안에 감돌던 긴장감도 일순간에 사라졌다. 흥이 난 뚱보는 부하들에게 당장 위스키병을 따서 가져 오라고 했다.

주점 뒤쪽에는 맥주 상자를 쌓아 가려 놓은 비밀 문이 하나 있었는데, 다른 집들과 바로 연결되어 있었다. 거기는 원래 술 창고로 쓰이는 곳이었지만 각종 〈밀수품〉과 생뚱맞게도 WHO 마크가 찍힌 다른 물건들이 쌓여 있었다. 그중 한 집에 들어가자 그들은 초록색 트럼프 테이블 위에 몇 가지 무기를 보여 주었다. 나는 그중에서 탄창 두 개가 추가된 베레타 PX4 9구경 권총을 집었다. 단단한 느낌을 주면서도 길이가 한 뼘밖에 되지 않아 주머니에 넣고 다니기 쉬운 무기였다. 그 옆집에서 나는 휴대 전화 두 개를 골랐다. 그러곤 라 레과의 해커가 멀리 떨어진 두 나라에서 전화와 인터넷을 모두 사용할 수 있도록 전화기에 칩을 설치하는 동안 알리로의 아들과 술을 마셨다.

「더 필요한 것 없어요?」 해커가 물었다.

「전자 메일 계정 두 개가 필요합니다. 화면에 보이지 않게 해주세요.」

「러시아어는 할 줄 아세요?」

「조금 알아요.」

「됐어요. 앞으로 쓸 IP는 우즈베키스탄 서버로 되어 있습니다.」

라 레과를 빠져나올 무렵 산티아고의 골목은 노을빛으로 물들고 있었다. 그 시각, 거리에 길게 드리워진 과거 나의 그림자는 여전히 나의 편이었다.

7
북위 57도

2월 그날은 유난히도 추웠다. 숄로홉스키[1] 황무지에는 사방이 끝없이 펼쳐진 설원뿐이었다. 언 땅이 녹으면서 실개천을 이루고 그것이 모여 졸졸 소리를 내며 개울이 흘러, 저 높은 자작나무 가지로 두견새가 날아와 아름다운 노래를 부르려면 아직 두어 달이나 남아 있었다. 그처럼 황량한 곳에서는 그제야 생명이 움트기 시작한다.

위장복을 입은 두 남자는 올리브색 라다 니바[2] 안에서 담배를 피우고 있었다. 그들은 차 안의 히터를 최대로 켜놓은 채 겨울 숲의 벌거벗은 나무들 사이로 들어가는 네 남자를 말없이 지켜보고 있었다.

1 러시아 서남부 로스토프주의 북쪽에 위치한 행정 구역으로 돈강이 가로지르고 있다.
2 러시아에서 1970년대 제작한 사륜구동의 비포장도로용 차량.

「똥 냄새가 나는군. 무슨 담배가 이 모양이야?」 그중 한 남자가 소리를 지르며 침을 뱉었다. 그러곤 못마땅한 표정으로 담배를 노려보았다.

「아프간산 대마로 만든 담배라서 그래. 적어도 로스토프에서 파는 담배는 다 그렇다고.」 다른 남자는 아무렇지도 않다는 듯 담배 연기를 내뿜으면서 대답했다.

「빌어먹을 탈레반[3] 자식들. 그러니까 지금 우린 탈레반 놈들이 싸질러 놓은 똥이나 피우고 있는 셈이군. 자네 안데스산맥에서 재배되던 마리화나 기억하나? 참 향긋했지. 그래, 그건 정말 괜찮은 대마, 마리화나였어. 뭐라고 부르던 간에 말이야.」

「자네는 비교하는 것이 몸에 배었구먼. 이제 딴 얘기나 하세.」

「알겠습니다, 소령 동무.」 그는 대답하면서 환기를 시키기 위해 창문을 열었다.

숲속으로 들어가던 남자들 중에서 가장 나이가 많은 이가 무리를 이끌고 있었다. 네 명의 남자 모두 허벅지

---

3 아프간 남부를 중심으로 활동하는 반군 테러 조직이다. 소련군이 철수한 1990년대 중반에 활동을 시작하여 지도자 무하마드 오마르를 중심으로 1997년 정권을 장악했으며, 이후 2001년 미국의 공격으로 축출되기까지 아프간을 통치했다.

까지 내려오는 — 그리고 가슴 옆쪽으로 가죽 탄띠가 실로 꿰매져 있었다 — 회색 체르케스카[4]를 입고 있었지만, 검은색 아스트라한 모피 파파카[5]를 쓴 노인의 모습에는 범접할 수 없는 위엄이 서려 있었다. 나머지는 보통 양가죽으로 만든 파파카를 머리에 뒤집어쓰고 있었다.

노인은 장화의 장딴지까지 푹푹 빠지는 눈밭을 안간힘을 쓰며 헤쳐 나가고 있었다. 반면 나머지 세 사람은 체첸 전쟁[6] 참전 용사답게 지친 노인과 보조를 맞추기 위해 속도를 조절하면서 걸어가고 있었다.

올리브색 라다 니바에 타고 있던 두 남자는 치즈 한 덩어리가 있다는 생각이 떠올랐다. 그들은 칼로 치즈를 두껍게 썰어 입에 넣었다.

「아니 어떻게 이런 걸 치즈라고 할 수 있어? 여기 타

4 캅카스 민족의 남성 전통 의복으로 보통 칼라가 없으며 무릎까지 내려오는 모직 코트이다.
5 캅카스 지방의 남자들이 착용하는 모피 모자로 아스트라한 모자라는 이름으로 널리 알려져 있다. 아스트라한 모자는 볼가강 부근에 사는 새끼 양의 모피로 만들었다는 뜻이다.
6 소비에트 연방 붕괴 직후 체첸 내의 독립을 주장하는 파와 러시아 연방 및 친러시아계 세력 사이에 벌어진 내전이다. 1994년부터 1996년까지 계속된 전쟁을 제1차 체첸 전쟁이라 하고, 1999년에 발발한 전쟁을 제2차 체첸 전쟁이라고 한다.

라스 불리바[7]의 후손들은 양을 산 채로 발효시키잖아. 아무리 그래도 이렇게 형편없는 걸 어떻게 먹느냐고.」

「아무 생각하지 말고 그냥 씹어. 덩어리로 변하면, 그때 삼키면 된다네. 그렇다고 억지로 먹지는 말게. 차라리 칠레 치즈랑 비교하면 훨씬 먹기 편할 거야.」

「알겠습니다, 소령 동무. 나는 칠레로 돌아가면 제일 먼저 라 푸엔테 알레마나[8]로 가겠네. 그때도 장사를 계속하고 있다면 말이야. 우선 등심 샌드위치 세트를 주문할 걸세. 무엇보다 바삭바삭하게 구운 빵 맛이 정말 일품이지. 오븐에서 갓 꺼낸 돼지 등심은 어찌나 큰지 빵 밖으로 삐져나올 정도잖아. 그 위에 토마토 한 조각, 아보카도 퓌레, 소금에 절인 양배추, 마요네즈, 아주 매운 풋고추 소스가 들어 있어. 그리고 오소르노나 푸에르토 옥타이의 치즈를 뜨거운 철판 위에 녹여 고기 위에 듬뿍 끼얹어 달라고 할 거야. 그게 진짜 치즈지.」

7 우크라이나 카자흐족의 지도자 중 한 사람으로서 폴란드의 학정에 용감히 저항하다가 죽음을 당한 민족 영웅이다. 우크라이나 출신의 러시아 작가인 니콜라이 고골이 타라스 불리바의 전설을 소설 『타라스 불리바』로 만들면서 유명해졌다.

8 칠레 산티아고의 포레스탈 공원에 위치한 분수를 말한다. 〈독일 분수〉를 의미하는 이 분수대는 1912년 칠레 독립 1백 주년을 기념하기 위해 칠레와 독일이 공동으로 만든 것이다. 여기 나온 라 푸엔테 알레마나는 그 주변에 있는 유명 음식점을 말하는 것으로 보인다.

「자넨 정말 구제 불능이군. 칠레를 떠난 지 몇 년이나 됐나?」

「올해로 딱 38년쨀세, 소령 동무. 어쩌다 보니 벌써 38년이나 지났네.」

빅토르 에스피노사는 그가 빈정거리는 말투로 소령이라고 불러도 못 들은 척 참고 넘겼다. 역사의 뒤안길로 사라진 지 이미 오래지만, 그는 한때 찬란하게 빛났던 사회주의 시대에 소령이었던 적이 있었다. 폭풍 333호 작전[9]에 정보 장교로 참전해 세운 공로로 그는 소령 계급장을 달았다. 1979년 12월 27일, 레오니트 브레즈네프[10] 서기장은 아프가니스탄 하피줄라 아민[11] 대통령의

9 소련군이 1979년 12월 27일 아프가니스탄의 대통령 관저인 타즈벡 궁을 기습해 당시 대통령이던 하피줄라 아민을 제거하려고 펼친 작전.

10 Leonid Ilyich Brezhnev(1906~1982). 소비에트 연방의 군인이자 정치가로 1964년부터 1982년까지 공산당의 서기장을 지냈다.

11 Hafizullah Amin(1929~1979). 아프가니스탄 인민 공화국의 제2대 혁명 평의회 의장을 지냈다. 그는 1978년 4월 27일 바브락 카르말, 누르 무함마드 타라키 등과 함께 쿠데타를 일으켜 대통령 무함마드 다우드를 살해했지만, 대통령에 오른 타라키와 사사건건 갈등을 일으켰다. 결국 그는 소련의 레오니트 브레즈네프와 모의해 1979년 9월 16일 쿠데타를 일으켜 타라키를 살해하고 대통령 자리에 올랐다. 하지만 3개월의 임기 동안 1만 8천여 명의 정치적 반대자들을 처형하는 만행을 저질러 국내 정세가 불안해지자 소련은 비밀리에 아프가니스탄 침공을 계획했다. 1979년 12월 27일 폭풍 333호 작전을 통해 소련의 국가 보안 위원회 요원들이 카불의 대통령궁을 습격해 아민은 결국 사살당했다.

극단주의적 성향과 종교적 기행에 진절머리가 난 나머지, 소련의 최정예 부대에게 아프가니스탄 민주 공화국에 잠입해 타즈벡궁을 기습하도록 명령을 내렸다. 그래서 아민 대통령과 3백 명에 이르던 경호 요원을 제거한 뒤 바브락 카르말을 대통령의 자리에 앉히도록 했다.

그때 세운 공적으로 그는 무공 훈장과 더불어 소령 계급장을 달면서 명성을 드날리는 듯싶었지만 이도 잠시뿐이었다. 1991년 소비에트 연방 공화국이 해체되면서 그가 받은 훈장은 고철 덩어리로 변해 버렸다. 그만 그런 것이 아니라, 아프가니스탄에 참전했던 용사들도 하루아침에 길바닥에 나앉거나 냉혹하기 그지없는 새로운 특권 계급을 섬기는 일개 용병으로 전락하고 말았다.

그의 동료인 파블로 살라멘디에게도 소령 계급장은 눈 위의 혹처럼 성가신 존재에 불과했다. 그는 라 아바나에서 그리 멀지 않은 곳에 위치한 푼토 세로 군사 훈련소에서 〈이고르 소령〉이라는 이름으로 잘 알려져 있었다. 그런 그에게도 쿠바 출신의 한 여성 그리고 반군 및 로널드 레이건의 용병과 맞서 싸우기 위해 정규군 훈련을 받던 고집 센 니카라과 청년들에 대한 기억밖에 남은 것이 없었다.

니카라과 청년들은 숱한 비정규전 경험을 통해 스스로 전술을 터득한 게릴라들이었다. 그래서 그가 로디온 말리놉스키 군사 학교에서 배운 지식 따윈 그들에게 아무런 쓸모도 없었다. 1983년 그 청년들은 혁명[12]을 성공적으로 완수했지만, 시시각각으로 위협받는 상황에서 이를 반드시 지켜 내야 한다는 부담을 안고 쿠바에 도착했다. 그래서인지 그들은 다시 조국의 밀림으로 돌아가 전투에 참가하기만을 간절히 바라고 있었다. 그리고 그들 중에서 소비에트 연방은커녕 병법이라는 것을 아는 이도 거의 없었다. 그들이 보기에, 손자(孫子)[13]는 그저 용감한 중국인에 지나지 않았다.

푼토 세로에서 그는 반군에 맞서 싸우기 위해 니카라과로, 그리고 나중에 — 지정학적 요인으로 인해 다른 임무를 수행하지 못할 경우 — 군사 독재 정권에 맞서기 위해 조국으로 돌아가려던 칠레 청년들도 만났다. 살라멘디도 그들과 합류해서 칠레로 돌아가고 싶은 마

12 니카라과 산디니스타 혁명을 말한다.
13 중국 춘추 시대의 전략가. 기원적 6세기경의 사람으로 오나라 왕 아래에서 초나라와 진나라를 위압하고 절도와 규율 있는 군사를 양성함과 동시에 『손자병법』을 지었다. 손자는 〈손무〉를 높여 부르는 말.

음이 굴뚝같았지만, 쿠바인들이 그를 놓아주지 않았다. 사회주의 최고의 군사 학교에서 양성된 장교는 누구라도 게릴라가 되어서는 안 된다는 규정 때문이었다.

어느 날 오후, 그는 니카라과 출신 게릴라와 〈외국인 전용 상점〉에서 산 럼주를 마셨다.

「산디노[14]는 그 무엇도 투쟁의 의지보다 우선시해서는 안 된다고 말했지. 그리고 그 어떤 규율이나 통제에 복종하는 건 오로지 겁쟁이들일 뿐이라고도 했고. 이보게, 나는 1979년에 남부 전선[15]에서 싸웠다네. 거기서 여러 명의 칠레 동지들을 만났었고, 그중 한 명은 신념이 아주 투철한 사람이었지. 이름이 벨몬테라고 했는데, 자네에게 부족한 점을 다 갖춘 친구였다네.」 니카라과 친구가 말했다.

「그게 뭐지?」 살라멘디는 입안 한가득 럼을 털어 넣기 전에 용기를 내서 물었다.

「산디노가 한 말을 가슴 깊이 이해하는 걸세.」

---

14 Augusto César Sandino(1895~1934). 니카라과의 혁명가로 1927년에서 1933년 사이에 니카라과를 무력 점거한 미국에 맞서 싸운 민족 영웅이다. 그는 1934년 아나스타시오 소모사 가르시아 장군의 군대에 의해 피살되었다. 1936년 대통령에 취임한 소모사는 이후 40년 동안 독재 체제를 구축했지만, 결국 1979년 산디니스타 민족 해방 전선에 의해 무너졌다.

15 산디니스타 민족 해방 전선의 총공세를 이끌었던 게릴라 부대.

니카라과인의 비꼬는 말투가 비수처럼 그의 가슴에 꽂혔다. 그 순간, 특이하던 칠레인의 모습이 기억의 저편에서 아스라하게 떠올랐다. 그는 사람 만나는 것을 그리 좋아하지 않아서 필요한 말만 하고 나머지 시간에는 늘 혼자 다녔기 때문에, 로디온 말리놉스키 군사 학교에서 그와 마주친 것도 손에 꼽을 정도였다. 그는 총을 잘 쏘아서 저격병 훈련을 받았는데, 슬라바라는 이름으로 알려진 스타니슬라프 소콜로프 대령이 길러 낸 스나이퍼들 중 하나였다.

쿠바에서 모스크바로 돌아온 살라멘디는 그 후 아프가니스탄 군대의 정보 요원 양성을 지도하기 위해 카불로 동원되었다. 하지만 그곳에서 입은 부상이 몹시도 더디게 회복되는 바람에 졸지에 퇴역 군인 신세가 되고 말았다.

살라멘디는 1972년 파트리스 루뭄바 인민의 벗 대학교[16]의 장학생으로 소비에트 연방에 도착했다. 그는 거기서 광산 공학을 공부한 뒤, 칠레로 돌아가 혁명 사업에 복무할 계획이었다. 그러나 1973년에 일어난 군사

16 소비에트 연방 정부의 칙령에 따라 1960년 2월 설립된 정규 대학교이다. 1961년 아프리카 독립을 위해 투쟁한 콩고의 민족 영웅 파트리스 루뭄바를 기리기 위해 이렇게 이름을 붙였다.

쿠데타로 말미암아 칠레식의 사회주의가, 어떤 자유도 훼손하지 않은 사회주의가 결국 종말을 맞이하고 말았다. 그는 수많은 동지의 죽음을 애통해하며 한없이 눈물만 흘렸다. 그는 복수심에 불타 소비에트 군인이 되기로 결심했다.

살라멘디는 과거에 연연해하지 않는 편이었다. 칠레의 사회주의 시대에 대한 그리움은 1991년 역사와 현재의 투쟁, 인류의 과학적 미래, 이 모든 것을 한꺼번에 휩쓸고 지나가 버린 거대한 폭풍을 잊기 위한 주문(呪文)에 지나지 않았다. 이제 남은 것이라고는 쓸모없는 훈장을 주렁주렁 단 낡은 군대와 굳게 입을 다문 노동자 영웅들, 망연자실한 소비에트 연방의 영웅들과 무용, 과학, 스포츠 등 각 분야에서 공산주의를 빛낸 여성 영웅들뿐이었다. 그들은 소비에트 조국이 산산이 부서지는 모습을, 그리고 자본주의가 총 한 방 쏘지 않고 승리를 거두는 모습을 두 눈으로 똑똑히 지켜보았다.

「저 동무들 뭐 하고 있지?」에스피노사가 묻자 살라멘디는 프리즘 쌍안경을 눈에 갖다 댔다.

「걷고 있는데. 아니, 지금은 멈춰 서 있어.」그가 대답했다.

벌거벗은 나무와 가지들이 빼곡한 숲속에서 네 명의
남자는 화석으로 변해 버린 통나무 옆에 멈춰 서 있었
다. 아득히 먼 옛날, 대홍수로 인해 그 나무는 완전히 물
에 잠겼을 것이다. 하지만 언제 그런 일이 일어났는지
아는 이는 아무도 없었다. 수천 년의 시간이 지나면서
나무 안의 유기 물질이 서서히 실리카의 힘에 밀리게
되고, 구리와 여러 광물질이 나뭇결을 차지함에 따라
목질과 섬유소가 모두 돌로 변해 버렸음이 분명하다.
그러다 어느 순간 물이 다 빠졌겠지만 제자리를 지킨
그 나무는 쪼그라든 모습으로나마 러시아 땅에 영원히
뿌리를 내린 것이다.

노인은 그들에게 그 나무 주변으로 둘러서라고 한 뒤
경건한 자세로 검은빛을 띤 화석을 바라보았다. 사실
노인은 오래전에 그 나무를 본 적이 있었다. 열다섯 살
때, 아직 완전히 길이 들지 않은 말을 탈 수 있게 되자
그는 사람들을 따라 그곳에 갔다. 그의 어머니와 스타
니차[17]를 찾은 사제는 그를 볼 때마다, 인간보다 앞서는

17 러시아 영토 내 카자흐족들이 집단으로 거주하던 마을. 하지만 러시
아 혁명의 여파 — 연이은 내전과 스탈린 시대 농촌의 집단화 정책 그리고
1930년대 우크라이나 지방의 대기근 — 로 스타니차의 문화와 경제적 토
대가 모두 파괴되고 말았다.

시대의 흔적과 자취에 대해서 경의를 표하고 묵상을 할 줄 알아야 한다고 가르쳤다. 그것은 카자흐 민족과 마찬가지로 의지보다 훨씬 더 강한 물질에 둘러싸인 영혼 덕분에, 지금까지 어떤 시련과 역경도 다 이겨 냈기에 경건한 마음으로 대하는 것이 마땅하다는 얘기였다.

노인은 힘차게 샤시카[18]를 뽑았다. 그러자 사브르의 굽은 긴 칼날이 겨울의 차가운 햇빛을 받아 번뜩거렸다.

두 명의 칠레 남자는 올리브색 라다 니바 안에서 기다리고 있었다.

「지금 희극이 어디쯤 진행되고 있지?」 에스피노사가 물었다.

「클라이맥스에 다다르고 있어. 지금 저 노인네를 지켜보고 있는데, 몸짓으로 봐서는 예전에 하던 것을 그대로 되풀이하고 있는 것 같네. 아마 신과 조국 그리고 우리를 위해 몸 바친 어떤 분에 대해 또 일장 연설을 하고 있겠지.」

「그 망원경 좀 내려놓고, 보드카나 따보게.」

---

18 일종의 사브르(펜싱에서 사용하는 검의 일종)로, 기병대에서 주로 사용했다.

「오랜만에 지당한 명령을 내리셨소, 소령 동무.」

두 사람은 보드카를 병째로 들이켜자 히터를 쬐는 것 보다 몸이 더 따뜻해졌다. 온몸의 긴장이 스르르 풀렸다.

「여태 생각해 봤는데, 소령 동무.」

「죽는 그날까지 절대 생각을 멈춰서는 안 돼. 마르크스의 장례식 때 그의 평생 동지였던 엥겔스가 이렇게 말했지. 〈인류의 가장 위대한 사상가가 생각하기를 멈추었습니다.〉 자, 나 즈다로비예.[19]」

「스타니슬라프 소콜로프 대령 기억나나?」

「슬라바 말이군. 지금은 러시아의 신흥 재벌[20]이 되어 있지. 몇 달 전, 모스크바에서 만났네. 나는 약속 장소까지 걸어갔는데 그자는 번쩍거리는 메르세데스 벤츠를 타고 오더군. 그런데 그건 왜 묻는 거지?」

「그냥 기억이 나서. 그의 명령에 따라 저격수 훈련을 받은 칠레인이 있었잖아? 벨몬테라고.」

「난 그를 모른다고 하는 편이 옳을 걸세. 성격이 워낙

19 러시아어로 건배라는 뜻이다.
20 원문에는 과두 지배 계급*oligarca*으로 되어 있지만, 여기서는 문맥상 신흥 재벌로 옮긴다. 이들은 1990년대 보리스 옐친과의 친분을 통해, 항공, 자동차, 통신 등 주로 공공 부문에서 이권을 차지한 이들을 말한다.

특이해서 늘 혼자 다녔으니까 말이야. 그에 관해서는 아는 게 전혀 없네.」

화석이 된 통나무 옆에 선 세 명의 청년은 오른팔을 뻗어 손으로 사브르의 날을 감아쥐었다. 그들이 주먹을 움켜쥐자 화석 위로 뚝뚝 떨어진 핏방울이 가느다란 진홍빛 물줄기를 이루며 밑동으로 흘러내렸다.

노인이 손짓을 하자 피범벅이 된 손을 편 청년들은 서로의 손에 소독용 스프레이를 뿌려 주고 붕대를 감아 주었다. 그러곤 마지막으로 노인의 축복을 받은 뒤, 칠레 용병들이 지키고 있던 차로 돌아왔다.

이제 그들은 이 세상 끝에 가장 가까운 나라로 먼 여행을 떠나야 했다.

8
남위 33도

　호텔을 떠나기 전, 나는 소지품을 침대 위에 모두 꺼
내 놓고 하나씩 살펴보았다. 휴대 전화 두 대의 배터리
는 완전히 충전되어 있었다. 충전 케이블 하나로 세 대
의 휴대 전화를 충전할 수 있다는 것을 확인하자 다소
마음이 놓였다. 나는 베레타 권총에서 탄창을 꺼내 실
탄 한 발을 빼낸 다음 슬라이드를 뒤로 밀고 약실에 총
알을 장전해 보았다. 모든 게 제대로 작동했을 뿐만 아
니라 소리도 별로 나지 않았다. 그래서 다시 권총의 손
잡이 부분에 탄창을 끼워 넣었다. 이 정도면 안전하리
라는 판단이 들자 마음이 차분해지기 시작했다. 잠시
후 나는 휴대 전화를 들고 오래전부터 외우고 있던 번
호를 눌렀다.

　담배를 너무 많이 피운 탓에 껄껄해진 내 목소리를

알아들은 엘라디오가 반갑게 소리쳤다.

「벨몬테 아닌가? 자네가 웬일인가? 혹시 무슨 문제라도 생겼나?」

물론 엘라디오한테도 이름과 성이 있지만, 내게는 언제나 엘라디오일 뿐이다. 그는 아옌데 대통령의 경호대인 GAP[1]에서도 가장 젊은 축에 속했다. 다른 요원들과 마찬가지로 그 또한 라 모네다궁을 지키기 위해 끝까지 싸웠지만 부상만 입고 구사일생으로 살아났다. 그는 수백 명의 쿠데타군에 맞서 싸운 대부분의 GAP 요원과 전사들처럼 고문을 당하거나 살해되지도 않았고 쥐도 새도 모르게 사라지지도 않았다.

「대략 그런 셈이지. 무엇보다 좀 안전한 곳이 필요하네. 산티아고에 말이야.」

수화기로 엘라디오의 한숨 소리가 흘러나왔다. 그는 아마 손으로 벗겨진 머리를 만지며 산안토니오 바다를 바라보다가 라 모네다궁 전투 때 다친 다리를 절뚝거리

---

1 대통령의 친구들Grupo de Amigos Personales의 줄임말로, 아옌데 정권 당시 대통령 직속 경호대를 말한다. 1973년 9월 11일 피노체트가 쿠데타를 일으켰을 때, 아옌데의 명령으로 해산하기 직전까지 대통령 궁인 라 모네다를 떠나지 않고 쿠데타군에 저항했다. 원래 〈개인적 친구들의 단체〉로 해석되지만, 여기서는 문맥상 대통령의 친구들로 옮긴다.

며 책상으로 갔을 것이다.

「30분 후에 다시 전화해 주게. 더 필요한 건 없나, 벨 몬테?」

「다른 것보다 자네하고 와인을 마시면서 얘기나 나누고 싶네. 하지만……..」

엘라디오와 통화가 끝나자 나는 케욘에 있는 아니타 아주머니의 여관에 전화를 걸었다. 페드로 데 발디비아가 곧장 전화를 받았다.

「드디어 전화하셨군요, 대장님. 몇 시간 전부터 전화 오기만 기다렸거든요.」

「베로니카는 어떤가?」

「기념상을 보고 계세요. 전부터도 저걸 워낙 좋아하셨잖아요. 여기는 괜찮으니까 아무 걱정하지 마세요, 대장님.」

케욘에 가면, 쇳빛 바다 옆에 커다란 나무 기타와 〈1970년대 청춘들에게 바치는 기념비〉라고 쓰인 표지판이 하나 있다. 그 기타에는 무언가 특별한 것이 있다. 평소에도 식료품을 사러 케욘에 가면 해안을 따라 쭉 이어진 길을 걸을 때마다 베로니카는 그 기타를 한참 동안 쳐다보곤 한다. 그러다 배가 고파지고 태평양의 차가운 바닷바람이 몰아닥치면 하는 수 없이 여관으로 발걸음을 옮긴다.

「오는 길에 수상한 점은 없었나?」

「실바 씨의 트럭을 타고 집을 빠져나오다가 특수 부대를 태운 버스와 마주쳤어요. 버스 안에는 전투복 차림의 군인이 스무 명가량 타고 있었고요. 그게 전부예요, 대장님. 그런데 혹시 좋지 않은 일인가요? 아니면 최악의 상황인가요?」페티소가 물었다.

「일단 안 좋은 일이라고 해두자고. 그건 그렇고 주변을 잘 살펴보게.」

페드로 데 발디비아는 키가 내 가슴께밖에 오지 않았다. 머리는 백발이었지만 22년 전 내가 마흔넷이 되던 날 함부르크에서 만난 이후로 그의 복장은 단 한 차례도 바뀐 적이 없었다. 늘 눈썹 바로 위까지 푹 눌러쓰고 있는 초록색 양털 베레모가 그를 처음 만났을 때 썼던 것과 같은 모자인지 그리고 그 모자가 혹시 몸의 일부가 된 것은 아닌지 궁금했지만 물어볼 엄두가 나지 않았다.

「대장님. 조금 전부터 베로니카가 내 눈을 빤히 쳐다보고 있어요. 물론 아무 말도 하지 않고요. 하지만 나는 눈빛만 봐도 무슨 생각을 하고 있는지 알고 있거든요. 그래서 아무 일도 없으니까 걱정 말라고 했어요.」

「고맙네, 페드로.」

「한 가지 더 있어요, 대장님. 베로니카가 손으로 권총을 가리키더군요. 그래서 건네주었어요. 잠시 살펴본 다음 주머니에 집어넣었어요. 하지만 불안해하지는 않아요, 대장님. 그녀의 아름다운 눈에는 두려워하는 기색이 눈곱만큼도 없다고요.」

「페드로. 자네 혹시 크라머를 기억하나?」

「잘은 모르지만, 누군지 기억은 납니다요. 함부르크에 있을 때, 그자 덕분에 감옥에서 하룻밤 내내 짭새한테 실컷 두들겨 맞았으니까요. 나야 그렇다 치고 그자 때문에 대장님도 하마터면 왼쪽 다리를 못 쓰게 될 뻔했잖아요.」

다른 건 몰라도 페티소의 기억력만큼은 기가 막힐 정도로 좋다. 티에라델푸에고의 어딘가에서 슈타지 전직 요원인 크라머가 쏜 9구경 탄환이 내 왼쪽 다리를 관통하고 말았다. 그 덕분에 나는 으스러진 뼈가 완전히 붙을 때까지, 총알 자국이 볼썽사나운 상처로 남을 때까지 2년 동안 절뚝거리며 걸어야 했다. 하여간 그 사건은 오랜 세월 동안 게릴라로 활동해 온 나의 경력에 오점으로 남아 있다.

「크라머가 결국 나를 찾아냈어. 그래서 그가 맡긴 일을 해야 되네. 자네가 할 일은 베로니카를 잘 보살피는 일이야. 자네랑은 언제든지 통화가 가능할 테니까 무슨 일이 생기면 연락하자고.」

「걱정 마세요, 대장님. 잘 때도 한쪽 눈을 뜨고 있을 테니까요.」

전화를 끊었다. 지난 20년 동안 마치 따개비처럼 한순간도 내 곁을 떠나지 않은 페티소가 다시 한번 고맙게 여겨졌다. 페티소는 베로니카가 쉬는 동안에도 빈틈없이 주변을 살피고, 그녀가 짧게나마 편히 잠든 사이에도 두 눈을 부릅뜨고 지킬 사람이었다. 베로니카는 선잠을 깨면 두 주먹을 꽉 쥐고 필사적으로 담요를 움켜잡고 있을 것이다. 그리고 예전에 침묵이 강요되던 시대, 즉 비야 그리말디의 고문 기술자들을 화나게 만들었지만 이와 동시에 저항 세력의 동지들이 조직을 재정비할 수 있는 귀중한 시간을 벌도록 해준 침묵의 시대에 그랬던 것처럼, 굳게 다문 그녀의 입에서는 가는 신음 소리조차 새어 나오지 않을 것이다. 그런데 이번

만은 내가 그녀 곁을 지키지 못할 것 같다. 그렇지만 않으면 그녀의 긴 머리카락을 부드럽게 어루만지면서 그녀의 귀에 대고 〈동지여, 이제 그만 말을 해. 내 이름과 내 거처를 그들에게 알려 줘. 더 이상 나를 지키려고 입을 다물지 말고. 이젠 저들도 우리를 어떻게 할 수 없을 테니까〉라고 속삭일 텐데. 그러고 나면 그녀의 손에 힘이 풀리면서 다시 한번 입술을 달싹이며 내가 좋아하는 표정을 지을 테고, 끔찍했던 과거의 안개를 헤치고 밝은 미소가 얼굴에 떠오를 텐데 말이다.

나는 엘라디오에게 다시 전화를 걸었다. 늘 그랬듯이 그는 이번에도 빈틈없이 일을 처리해 놓았다.

「리옹 대로에 있는 내 친구의 아파트를 잠시 빌리기로 했어. 기자를 하는 친구인데, 지금은 칠레에 없다네. 평소에 워낙 많은 사람이 드나들던 터라 자네가 가더라도 이상하게 볼 사람은 없을 거야. 한 시간 후, 젊은 여성 동지가 후아나 데 아르코와 과르디아 비에하 교차로에 있는 레스토랑에서 자네를 기다리고 있을 걸세. 박 사님 댁에서 그리 멀지 않은 곳이니까 찾기가 어렵지는 않을 거야. 그 동지는 혼자서 『르 몽드 디플로마티크』를 읽고 있을 텐데, 자네를 만나면 아파트 열쇠를 건네줄 걸세. 자네는 그냥 내 친구라고 밝히기만 하면 돼.」

「자네의 이름이나 별명을 말하면 되나?」

「아냐, 그녀는 예나 지금이나 나를 엘라디오라고 알고 있어. 그건 그렇고, 벨몬테, 혹시 심각한 문제라도 생긴 거야?」

「그런 것 같아. 일이 잘 해결되길 바랄 뿐이네.」

「도움이 필요하면 언제든지 연락하게. 잘 알겠지만, 자네가 곤경에 처했는데 내가 가만히 있을 수는 없잖은가?」

나는 하룻밤도 묵지 않았지만 호텔 프런트에 마그네틱 카드를 건네주고 숙박비를 계산했다. 그러곤 조용한 산티아고의 밤거리를 걷기 시작했다. 다행히 밤이 되자 더위가 다소 누그러진 데다, 프로비덴시아 지구의 거리에 늘어선 무성한 가로수들 덕분에 기분이 상쾌해졌다. 엘라디오가 말한 레스토랑은 그리 멀지 않았다. 그래서 나는 과르디아 비에하 거리까지 걸어가기로 했다.

엘라디오는 〈박사님 댁에서 그리 멀지 않은 곳〉에 있다고 했다. 나는 잠을 청하려고 산책을 나온 동네 주민처럼 천천히 발걸음을 옮기면서 과르디아 비에하 392번지를 찾으려고 주변을 두리번거렸다. 그곳은 박사님, 살바도르 아옌데 대통령의 집이 있는 곳이다.

박사님의 집은 내 기억에 남아 있는 옛 모습 그대로였다. 아옌데의 경호대였던 대통령의 친구들, 즉 GAP 요원들은 그를 늘 〈박사님〉이라고 불렀다. 그의 직업이 의사라서가 아니라 그와 가까이 있으면 절로 존경심이 우러나와서 그를 동지나 대통령으로 대할 수 없었기 때문이다.

나는 검은 쇠창살 문으로 천천히 다가갔다. 정원 안을 들여다보려고 하는 순간, 거리의 가로등 불빛에 비친 내 그림자는 이미 대문 앞에 가 있었다. 약관의 나이에 불과하던 나는 그 사람, 우리의 꿈과 열망을 가장 잘 대변한 〈박사님〉을 위해 목숨을 바치기로 결심하고 그 집에 자주 드나들었다. 그로부터 40여 년이 지난 지금, 과거 나의 그림자는 그때처럼 자연스럽게 그 집 안으로 들어갔다.

그 여자는 내게 열쇠를 건네주면서 몇 가지 지시 사항—침대 시트와 타월은 어디에 있고, 와이파이 비밀번호는 무엇인지 등—을 전달해 주고 조심스럽게 자리를 떴다. 레스토랑 안은 쾌적하고 분위기도 좋았다. 그제야 온종일 아무것도 먹지 않았다는 생각이 들었다.

그래서 나는 테라스에 있는 테이블에 앉아 파스타와 시원한 쿤스트만 토로바요 맥주[2]를 주문했다. 별이 반짝이는 밤하늘 아래에서 저녁을 즐기는 동안, 나는 소비에트 기갑 부대 로디온 말리놉스키 군사 학교 출신의 옛 동지 두 명을 만날 궁리를 했다.

---

2 칠레 발디비아 근교의 토로바요에서 생산되는 맥주로, 원래는 개인 양조장이었지만 1997년부터 대중에게 판매되기 시작했다.

제2부

고대로부터 전쟁을 잘하는 것으로 알려진 자는 쉬이 승리할 수 있는 적과 싸워 이겼다.

손자, 『손자병법』

1
남위 30도

코르디예라 교도소[1]는 감옥이라기보다 여름 휴양지
나 온천지 혹은 피정의 집처럼 보인다. 다만 중무장한
군인들이 그 앞을 지키고 있는 걸로 봐서는 자기 발로
그곳에 휴양을 온 사람은 없을 듯 보였다.

카자흐인은 시멘트로 포장한 길을 따라 걷고 있었다.
그 길 주변으로 수백 년 형을 선고받은 열 명의 죄수들
을 수용하기 위해 지은 네 채의 단층 교도소가 연결되
어 있었다. 그는 숨을 고르기 위해 잠시 자리에 멈춰 서
서, 철조망 울타리를 통해 주변을 둘러싸고 있는 산을
둘러보았다. 얼마 전까지만 해도 산봉우리가 하얀 눈으
로 덮여 있었지만, 이제는 다 녹아 당나귀 가죽이나 군

---

1 피노체트 군사 독재 시대에 인권 탄압 사건에 연루된 군부 인사들을
구금하기 위해 세워진 곳으로 산티아고 동부의 페냐롤렌에 있다.

복처럼 잿빛으로 변해 있었다.

저 멀리 수용소 소장 사무실 부근을 걷고 있는 콘트레라스 장군의 모습이 어렴풋이 보였다. 부끄러움이라고는 모르는 저 똥 덩어리 — 카자흐인은 그를 늘 그렇게 불렀다 — 는 자기 자리를 지키기 위해 그곳에 수감되어 있던 모든 장교에게 일일이 죄목을 정해 주었다. 카자흐인은 어떻게 하든 그에게 아는 체를 해보기로 했다.

「장군님, 들리는 말로는 그자가 요새 피오줌과 피똥을 누고 있다고 합니다.」 그가 고함치듯 말했다.

하지만 콘트레라스는 경멸스러운 표정으로 그를 힐끗 보고 다시 고개를 돌렸다.

카자흐인은 여러 가지 죄목으로 이미 형을 언도받은 상태였다. 그런데 그것으로도 모자라 이번에는 철학과 학생이던 알폰소 찬프레아우 오야르세에 대한 불법 구금과 고문 및 살해, 행방불명을 주도한 혐의로 새롭게 10년 형이 추가되었다. 알폰소는 1974년 카자흐인이 날뛰면서 모든 이를 공포에 떨게 하던 비야 그리말디 혹은 테라노바 병영으로 끌려갔다.

그는 정원에 있는 탑의 그늘에서 잠시 쉬기 위해 걸

음을 멈추었다. 그 순간, 지금까지 살아온 68년이라는 세월이 그의 가슴을 무겁게 짓누르기 시작했다. 예전에는 이름 앞에 늘 준장이라는 화려한 칭호가 붙어 다녔고, 그의 모습이 보이기만 해도 모두들 벌벌 떨 정도로 위세가 당당했지만 이제는 기력도 약해졌고 몸도 많이 굳어졌다. 번쩍하고 정신이 들자 자신의 형기가 모두 합해 150년이나 된다는 사실이 떠올랐다.

카자흐인은 자기 가문이 거의 1백 년 동안 맞서 싸워온 볼셰비키 마르크스주의자들한테 보복을 당하는 것뿐만 아니라 전우들에게 배신을 당했다는 사실이 못내 가슴 아팠다.

애초에 모든 일의 사단은 군인의 명예를 헌신짝처럼 내팽개친 피노체트에게서 비롯되었다. 군대는 물론 자신의 부하 장교들이 그간 무슨 짓을 저질렀는지 전혀 몰랐다고 피노체트가 선언했을 때부터, 그리고 자신은 공산주의자와 사회주의자들, 미리스타[2]와 노동조합원들 등 체제에 반대하는 모든 이를 나라에서 제거하라는 명령을 내린 적이 없다고 잡아뗐을 때부터, 장군들은

2 미리스타는 1965년에 창설된 칠레의 극좌 조직인 혁명 좌익 운동 Movimientode Izquierda Revolucionaria, 즉 미르MIR의 조직원을 말한다.

대령들에게, 대령들은 대위와 중위들에게 책임을 떠넘기기 급급했다. 급기야 칠레 군대는 자포자기에 빠진 밀고자들로 득실거렸다.

반체제 인사들의 섬멸 작전을 지휘한 장교단은 군사 정권 — 흔히 독재라고 부르던 — 말기, 수천에 달하던 실종자들의 시신 — 저 깊은 바다 밑에 남아 있기라도 하다면 — 을 수색하는 작업을 저지하자고 자기들끼리 성경에 손을 얹은 채 이른바 명예 협정을 맺었다. 그들은 참수라든지 사고를 위장한 살해 혹은 작은 실수 하나로 피노체트 암살에 실패한 학생들을 산 채로 태워 죽인 사건 일체를 끝까지 부인하기로 공모했다. 이러한 밀약은 군대 전체로 확산되어 가더니, 급기야 제2의 침묵 협정까지 이루어졌다. 군사 독재가 자행한 추악한 전쟁에 대해서 발설하지 않기로 한 이번 협정은 군부와 권력 장악에 혈안이 된 시민 사회 인사들 사이에 맺어진 것이다. 당시 작성된 기괴한 문건에는 〈피해자들을 보호할 목적으로〉 살해 및 어린이 납치 그리고 실종 사건에 연루된 장교와 군부대의 이름을 50년이 지나기 전까지는 공개하지 않기로 합의한 내용이 기재되어 있다.

그는 플라스틱 의자에 앉아서 자신을 혐오하던 이들

중 하나인 페드로 에스피노사 대령을 쳐다보았다. 그자
는 미국에서 전 외교 장관인 오를란도 레텔리에르[3]와
비서 로니 모피트를 암살한 혐의로 재판에서 실형을 선
고받고 복역 중이었다. 에스피노사는 합의 사항을 어기
고 자기가 알고 있던 사실을 다 털어놓고 말았다. 그 때
문에 코르디예라와 푼타 페우코 ── 국가 정보국 소속
범죄자들을 수용하기 위해 특별히 만들어진 교도소 ──
에서 이미 복역을 마친 예순네 명의 전 장교들은 그에
게 복수하려고 단단히 벼르고 있었다.

「하지만 러시아인들이 나를 이대로 내버려 두지는 않
을 거야.」 카자흐인이 혼잣말로 중얼거렸다.

언젠가 사면을 받을 수 있으리라는 희망도 날이 갈수
록 희미하게 사라져 가고 있었다. 하지만 콜로니아 디
그니다드[4]의 독일 친구들이 클라우스 코시엘 오르닝 대

3 Marcos Orlando Letelier del Solar(1932~1976). 칠레의 경제학자
출신으로 아옌데 정부에서 외교 장관을 역임했다. 1973년 피노체트 쿠데
타 후 미국으로 망명한 뒤 워싱턴 등에서 대학 교수 및 연구원을 지낸 그는
1976년 피노체트의 비밀경찰 조직인 국가 정보국Dirección de Inteligencia
Nacional(DINA) 요원에 의해 피살되었다.
4 〈존엄의 공동체〉라는 뜻. 1961년 전 나치 군인인 파울 셰퍼 슈나이더
가 칠레 리나레스의 파랄에 세운 마을의 이름이다. 그러나 피노체트의 군
사 독재 시대에는 불법 구금 및 고문이 비밀리에 자행되던 곳으로 악명을
떨쳤다. 현재는 비야 바비에라(바이에른의 길)로 이름이 바뀌었다.

위 — 〈코르보〉라고 불리던 말레이시아 단검으로 묶여 있는 죄수의 목을 베는 기술에 있어서 감히 그를 따라 올 자가 없었다 — 를 끝까지 포기하지 않았다는 사실이 떠오르는 순간, 산맥에서 불어오던 산들바람이 그의 가슴을 확신으로 채워 주었다.

대위의 변호사들은 바이에른의 친구와 지인들을 동원했다. 그들에게 프란츠 요제프 슈트라우스를 위해 장교 클럽에서 열린 화려한 연회는 물론 콜로니아 디그니다드의 가건물에서 육감적인 독일 처녀와 미소년들과 함께 보낸 밤을 상기시켜 줌으로써, 칠레와 독일 사이의 무역 및 우호 관계의 발전을 위해 코시엘 오르닝을 민간인 살해 및 행방불명을 주도한 혐의에서 벗어나게 해주었다. 그 덕분에 코시엘 오르닝은 스물세 명의 수감자에 대한 고문에 가담한 죄만 인정되어 보호 관찰 5년의 처분만 받았다.

독일인들은 카라비네로스[5] 중위 잉그리트 올데로크도 잊어버리지 않았다. 그녀는 비야 그리말디에서 고문을 자행했을 뿐만 아니라 자기가 기르던 셰퍼드로 하여

<hr />

5 사회 질서 및 치안 유지를 목적으로 1927년 4월 27일 창설된 칠레의 전투 경찰 부대.

금 여성 수감자들, 특히 젊은 여성과 유대인 여성들을 수간하게 만들 정도로 악명을 떨친 여자였다. 그런데 법원은 잉그리트 올데로크가 혁명 좌익 운동 게릴라들을 대신해서 대중들로부터 보복 공격을 당한 뒤, 정상적인 판단이 불가능할 정도로 심신이 미약해져 있다는 이유로 사면 조치를 내리기까지 했다. 그녀는 1981년 집에 있던 중 공격을 받아 머리에 총상을 입었지만 구사일생으로 살아나 20년 후 세상을 떠났다. 총알을 맞고 난 후 제대로 말을 못 하고 거동도 불편했지만 수간의 쾌락만큼은 끝내 포기하지 않았다.

카자흐인은 그 여자가 마음에 들었다. 우선 그녀가 히틀러를 광적으로 추종하는 진짜 나치인 데다 도착적 노출증 환자였기 때문이다. 여성 수감자를 고문하고 취조실에서 나올 때면, 언제나 흥분한 듯 거친 숨을 몰아쉬며 전투복을 훌훌 벗어던지고는 눈에 띄는 야전 침대 위에 벌렁 누웠다. 그러고 나면 그녀의 개 볼로디아가 그녀를 수간하곤 했다.

「아냐. 러시아인들이 나를 이대로 내버려 둘 리는 없어.」 카자흐인은 나직이 중얼거리며 의자에 앉았다. 그는 순찰을 하던 병사가 다가오자 운동을 하다 쉬고 있는 중이니까 신경 쓰지 말라는 뜻으로 한 손을 흔들었다. 그사이 그는 다른 손으로 점퍼 안주머니에서 종이 한 장을 몰래 꺼내고 있었다.

그 종이는 러시아어로 쓰인 편지로 2년 전 아스트라한에서 보낸 것이다. 카자흐인으로서는 전혀 생각지도 않던 편지였지만 다른 한편으로 최고의 생일 선물이었다.

존경하옵는 칠레 공화국 해군 준장 미하일 세묘노비츠 크라스노프(미겔 크라스노프)[6] 장군님께.

러시아 아스트라한에서 라진 후토르 카자흐인 협회 올림.

친애하는 미하일 세묘노비츠 장군님.

라진 후토르의 우리 카자흐인들은 G. 실바 여사의 『미겔 크라스노프, 칠레를 위해 싸우다 죄수가 된 사

6 Miguel Krassnoff Martchenko(1946~). 칠레 해군 준장으로 1973년 9월 11일 쿠데타에 참가했을 뿐만 아니라 그 후로도 국가 정보국의 비밀경찰이자 비야 그리말디의 책임자로 일하며 수많은 민간인을 납치하고 고문했다. 독재 체제 종식 후 재판에 회부된 그는 반인륜적 범죄를 저지른 대가로 총 120년 형을 언도받았다. 그는 돈 카자크족인 세미온 크라스노프의 아들이자 표트르 니콜라예비치 크라스노프의 손자이기도 하다. 제2차 세계 대전이 끝난 후 소련군에 넘겨진 아버지와 할아버지가 결국 처형되자 그는 어머니를 따라 남아프리카를 거쳐 칠레에 정착했다.

람』을 받고 말로 다할 수 없는 기쁨과 감동을 받았습니다. 이 저서 덕분에 우리가 전혀 몰랐던 장군님의 예전 삶과 다양한 사건들을 상세히 알게 되었습니다.

지금은 비록 조국과 멀리 떨어진 곳에 계시지만 미하일 세묘노비츠 장군님께서는 아무쪼록 우리들, 즉 아스트라한의 카자흐인들과 영원히 하나의 운명으로 연결되어 있다는 점에 자부심을 느끼시기 바라는 바입니다. 그런 이유로 우리는 장군님께 아스트라한 카자흐 군대의 문장(紋章)과 이 시간 이후로 장군님이 모든 카자흐족에 대한 통수권을 가진 아스트라한 카자흐인들의 대장, 즉 아타만임을 증명하는 문서 한 통을 보내 드립니다.

이와 더불어 우리는 장군님이 자신의 가문 내력에 대해 깊은 관심을 가지고 있다는 사실을 알고 있기 때문에, A. V. 벤코프의 『크라스노프 아타만과 돈 카자흐의 군대 1918년』 한 부를 같이 보내 드립니다.

우리는 장군님이 부디 건강하게 오래오래 사셔서, 앞으로도 계속 당당한 태도와 걸출한 힘을 보여 주시기를 간절히 바랍니다.

존경하옵는 미하일 세묘노비츠 장군님, 이 편지를

마무리 짓기 전에 우리 지도부는 장군님의 조속한 석방 및 사면을 요청하기 위해 아스트라한의 카자흐인들이 칠레 공화국의 대통령을 면담할 수 있도록 허가를 내려 주시기를 청하는 바입니다.

다시 한번 깊은 경의를 표하며 인사를 드립니다.

아스트라한 카자흐인들의 아타만

E. P. 보로이에프

러시아 아스트라한, 2008년 1월 21일

카자흐인은 그 편지를 네 번 접어서 다시 점퍼 안주머니에 넣었다. 그러곤 몸을 일으켜 자신의 교도소 건물로 걸음을 옮기기 시작했다.

「아냐. 러시아인들이 나를 이대로 내버려 둘 리는 없어. 그렇지만 이렇게 1백 년을 기다릴 수만은 없잖아.」 그는 길을 걸으며 중얼거렸다.

2
북위 55도

다섯 명의 남자가 모스크바 공항 경찰 검색대를 따로
따로 통과한 뒤 탑승 라운지에서 다시 모였다. 출발하
려면 아직 두 시간이 남았다. 그들은 먼저 암스테르담
에 간 다음 곧장 상파울루를 거쳐 거의 서른여섯 시간
이 지난 뒤에 칠레의 산티아고에 도착할 예정이었다.

「마실 게 있는지 보러 갑시다.」살라멘디가 말했다.

에스피노사가 고개를 끄덕이던 세 명의 러시아인을
쳐다보면서 천천히 몸을 일으켰다. 그러곤 살라멘디를
따라갔다.

그들은 바 안에 들어가 의자에 앉자마자 알코올 도수
가 40도나 되는 우크라이나 술로 자작나무 향이 나는
네미로프 보드카를 주문했다. 두 사람은 한동안 말없이
술만 마셨다. 그러던 중 살라멘디가 먼저 입을 열었다.

「난 언제나 달라진 칠레로 돌아가는 모습을 상상하곤 했다네. 소령 동무, 자네는 어떤가?」

술잔이 비자 에스피노사는 웨이터에게 한 잔씩 더 달라고 주문했다. 그 또한 달라진 칠레 그리고 다른 시대로 돌아가는 모습을 상상하곤 했다. 하지만 이제는 달라진 모습에 대해서 더 이상 생각하지 않았다. 1976년 그가 칠레에서 탈출한 무렵에 관해서 기억에 남아 있는 것이 있다면, 모든 연락이 두절된 후 겪었던 배고픔과 추위 그리고 불안감뿐이었다. 무엇보다 당과의 관계가 단절되고 나자 이 넓은 세상에 홀로 버려진 느낌을 지울 수가 없었다. 더 이상 당으로부터 어떤 명령이나 지시는커녕 연락조차 두절되자 동지들이 이를 악물고 고문을 버텨 내고 있다는 건지, 아니면 누군가가 다 불어서 자기 외에는 그 어떤 동지도 남아 있지 않다는 건지 도통 알 수가 없었다. 그 무렵 그는 망망대해를 홀로 표류하고 있는 느낌이었다.

그는 이후로 3년 동안 가명을 쓰고 비밀 아지트에서 숨어 지냈다. 그런데 말이 비밀 아지트지 실제로는 전혀 안전하지 않았다. 더군다나 그를 숨겨 준 이들은 겉으로 표현을 안 했을 뿐 제발 나가서 다시 돌아오지 말라고 애원하는 표정이었다. 그 집에 숨어 있는 동안 베개 밑에 숨겨 둔 브라우닝 권총의 방아쇠를 손가락으로 꼼짝거리다 보니 언제나 선잠만 잘 수밖에 없었다. 불안한 나날이 계속되자 그는 차라리 경찰들이 들이닥쳐 자기를 사살해 주었으면 했다. 만약 그들의 손에 죽지 못한다면, 마지막 한 발로 스스로 목숨을 끊을 생각까지 했다.

천신만고 끝에 당과 연락이 닿았을 때, 그들은 〈동지의 정체는 이미 탄로 나고 말았소. 그래서 우리는 동지를 외국으로 탈출시키기로 결정했습니다〉라고 통지했다. 그 말을 듣고 그는 말없이 고개만 끄덕였다. 그들은 여러 가지 말을 했지만 기억에 남는 것이라고는 목적지가 멕시코이고 여권과 여비를 건네줄 장소와 날짜 정도였다.

떠나기 전 며칠 동안 그는 아는 이들과 빠르게 작별 인사를 나누었지만 대부분 거짓말을 하면서 얼렁뚱땅 넘어갔다. 원래 남의 눈을 피해 숨어 지낸다는 게 가짜 인생으로 소극을 펼치는 것이나 다름없고, 그러다 보면 결국엔 꾸며 낸 현실의 뿌연 안개 속으로 나 자신조차 사라질 수밖에 없기 때문이다. 그런데 이제 막 여섯 살

이 된 아들과 동물원에서 보낸 그날 오후만큼은 절대
잊을 수가 없었다.

「나는 동물원이 싫어.」동물원에 들어가자마자 아들
이 갑자기 말했다.

「나도 그래. 아마도 우리가 동물원을 좋아하지 않는
건 같은 이유 때문일 거야.」

「여기 동물들은 모두 슬퍼 보여.」아이가 말했다.

「동물이든 인간이든 우리 안에 갇혀 있는 것을 좋아
할 리는 없지.」그는 아이의 머리를 쓰다듬으며 말했지
만, 왠지 자유라는 말이 서글픈 의미를 지닌 것 같아 기
분이 착잡해졌다.

동물원을 나온 둘은 산크리스토발 언덕에 있는 오래
된 케이블카를 타고 꼭대기까지 올라갔다. 거기서 부자
는 아이스크림을 먹으며 노을빛으로 물든 산티아고를
말없이 바라보았다.

「카밀로, 아빠는 이제 여행을 떠나야 한단다. 어쩌면
오랫동안 못 볼지도 몰라. 하지만 내가 돌아올 때면 모
든 게 달라져 있을 거야. 그때 우리 남쪽으로 가자꾸나.
너 고래하고 돌고래 또 물개하고 펭귄 보고 싶지 않니?」

하지만 아이는 아무 대답도 하지 않았다. 그들은 말

없이 언덕을 내려갔다. 그리고 무거운 침묵에 싸인 채 지하철역까지 걸어갔고, 집 대문에 도착할 무렵에는 그 침묵 때문에 숨이 막힐 지경이었다. 거기서 그는 여비가 든 봉투를 아이에게 건네주었다.

「엄마한테 주렴. 어디 한번 안아 보자꾸나, 카밀로.」

아이는 그의 품에 안겼다. 아이의 품에서 떨어지기가 싫었지만 결국 아이를 집 안으로 들여보내야 했다.

아이는 들어가다 말고 뒤를 돌아보면서 작은 목소리로 〈아빠〉라고 속삭이듯 말했다. 하지만 그 순간 에스피노사는 탄창에 열세 발과 약실에 한 발이 장전된 브라우닝 권총을 손에 쥔 채 옆을 지나가던 자동차와 행인들 그리고 주변 건물의 창문 등 언제라도 자신에게 닥칠 수 있는 위험에 신경을 쓰느라 아들의 마지막 말을 미처 듣지 못했다.

마침내 그는 멕시코로 떠났다. 그는 안데스산맥을 뒤로 하던 순간 느껴지던 약간의 안도감과 스튜어디스에게 부탁한 위스키의 맛이 생생하게 떠올랐다. 그는 위스키를 한 모금 마실 때마다 죽고 사라진 동지를 한 명씩 떠올리면서 언젠가 그들을 위해 복수하러 돌아오겠노라고 다짐했다.

「생각했던 것보다 훨씬 늦어서 돌아오게 됐네. 그게 전부야.」에스피노사는 서둘러 술잔을 비우며 말했다. 그러곤 곧장 웨이터를 불러 네미로프 보드카를 세 잔째 주문했다.

살라멘디는 할 말을 떠올리느라 생각에 잠긴 듯 손가락 끝으로 차가운 유리잔을 쓰다듬고 있었다.

「하고 싶은 말 있으면 어서 털어놓아 보게.」에스피노사가 말했다.

「나는 사람들하고 같이 있는 것이 싫어. 그렇다고 앞으로 우리가 할 일이 싫다는 건 아니고.」

에스피노사는 그의 어깨에 손을 얹으며 말했다.

「우리는 역사가 영원히 주지 않을 것 같던 즐거움을 앞으로 누리게 될 거야, 동무. 우리는 역사에 종지부를 찍게 될 테니까 말이야.」

살라멘디가 무슨 말을 하려고 했지만, 그 순간 탑승이 곧 시작된다는 목소리가 공항의 스피커에서 흘러나왔다.

3
남위 33도

자동차 정비 공장은 레콜레타 대로[1]에 있었는데, 공
동묘지에서 아주 가까웠다. 형형색색의 벽화가 황동 대
문 전체를 화려하게 장식하고 있었다. 거기에는 삼나무
가 우거진 설산(雪山)과 호수 그리고 세 명의 털보가 타
고 있는 컨버터블을 패러디한 그림이 그려져 있었다.
그런데 그 이름이 지극히 자극적이었다. 〈선량한 청년
들 정비 공장〉.

벽화 한구석에는 서명이 있었는데 알레한드로 곤살
레스,[2] 〈모노〉의 것임을 한눈에 알 수 있었다. 그는 언제
나 라모나 파라 예술단[3]의 미학과 연관된 작품으로 칠

---

1 산티아고 북부의 간선 도로.
2 흔히 〈모노Mono〉라 불리는 화가이자 무대 미술가로 사회 문제를 주
제로 한 벽화를 작업한다.
3 칠레 공산당의 산하 조직으로 사람들이 많이 다니는 거리에 선전 벽

레와 유럽에서 수백 개에 달하는 벽화를 그렸다.

나는 황동 대문을 살짝 밀고 안으로 들어갔다. 공장 안에는 보닛을 들어 올려 엔진을 훤히 드러낸 차들이 여러 대 보였다. 차들은 마치 모처럼의 휴식을 만끽하듯 늘어지게 하품을 하는 모양새였다. 검사 파트에서 자동차 아래쪽을 열심히 용접 작업하는 남자가 보였다. 나는 조용히 아래로 내려가 그의 뒤로 다가갔다.

「움직이면 뽀뽀할 거야.」 나는 그의 목덜미에 손가락을 대고 말했다.

그는 몸을 휙 돌리면서 용접기를 껐다. 그러곤 눈을 가리고 있던 용접 마스크를 벗으며 나를 보더니 너털웃음을 터뜨렸다.

「벨몬테!」 반가운지 그가 내 이름을 외치더니 나를 으스러지도록 껴안았다.

잠시 후 나는 공장 안쪽에 있는 테이블로 가서 앉았다. 거기에는 용접을 하던 시로와 마르코스 그리고 좀 떨어진 곳에서 기다란 소시지를 굽고 있던 브라울리오도 있었다. 이 이름은 그들의 본명이 아니지만 내 기억

화를 그리는 역할을 담당했다. 시인 파블로 네루다가 인민 전선 대통령 후보로 출마하면서 시작된 이 운동은 1970년 아옌데가 인민 연합 대통령 후보로 등장하면서 다시 활기를 띠게 되었다.

속에는 언제나 시로, 마르코스 그리고 브라울리오라는 이름으로 남아 있었다. 그들은 모두 나와 함께 민족 해방군에서 생사를 같이한 동지였고, 볼리비아의 테오폰테 산악 게릴라전과 니카라과 남부 전선의 총공세 그리고 칠레의 군사 독재 정권과의 전투에서 살아남은 이들이었다. 우리 넷은 세례 증명서에 나오는 이름보다 죽기 위해 택한 이름이 더 중요한 문화 — 하지만 이미 사라진 문화 — 에 속하는 동지들이었다.

「오늘은 무엇을 위해 축배를 들까?」 우리에게 차가운 화이트 와인을 한 잔씩 돌리던 마르코스가 물었다.

「그래도 이렇게 살아 있잖아. 이건 절대 우습게 볼 일이 아니라고.」 브라울리오가 나서며 말했다.

「살아남은 우리들을 위하여 건배하지.」 내가 제안했다.

「그런데 날이 갈수록 줄어드는군. 나이가 많은 동지들은 대부분 세상을 떠난 모양이야.」 브라울리오가 잔을 들며 말했다.

맛있는 소시지를 먹고 나서 나는 거기에 온 이유를 밝혔다. 그러곤 내가 찾아야 하는 두 남자의 사진을 그들에게 보여 주었다.

127

「여기는 내가 아는 사람인데. 쿠바의 푼토 세로에서 만난 적이 있어. 명찰에는 이고르라고 되어 있었는데, 소련에서 교육받은 정보 장교야.」시로가 말했다.

「이 두 사람을 찾아야 한다는 거로군. 다른 건 더 없나?」브라울리오가 물었다.

나는 그들에게 내가 처한 난처한 상황을 간략하게 설명한 뒤에 은퇴한 게릴라로서 조용히 살려면 반드시 그 두 사람을 찾아야 한다는 말도 덧붙였다. 사실 나로서는 두 남자를 찾기만 하면 그만이었다. 그것이 내가 맡은 임무였다.

「이 사람도 어디서 본 적이 있는 것 같은데. 왠지 낯익어 보여. 하기야 우리도 다 변했으니까. 모두들 백발이 성성하거나 머리가 벗어졌고, 뚱뚱하거나 뼈만 앙상하게 남았거나 둘 중 하나지. 내가 알츠하이머병에 걸린 게 아니라면 그는 공산주의자였네. 그것도 아주 강경 노선을 걷던 조직의 일원이었어. 내가 1975년의 응징 작전 때 그의 곁에 있었다네. 그 무렵 우리는 저항 작전에 함께 참여해서 서로 도움을 주고받았지. 한번은 남의 재산을 교묘하게 훔치던 장교를 우리가 직접 처형하기도 했어. 그자는 정치범의 가족들에게 접근해서 그들의 남편이나 딸을 빼내 줄 테니까 그 대신 집을 자기 이름으로 해달라고 요구했다고. 그가 원하는 대로 해주면 수감자들은 그 말이 정말인 줄 알고 감옥에서 탈출하다가 다 죽고 말았지. 그건 그렇고, 사진 속의 이 사람은 내가 훨씬 전부터 알던 사이야. 지금도 기억이 생생하다네. 내 기억이 틀리지 않는다면, 이름은 에스피노사야. 빅토르 에스피노사. 이 친구하고 나는 비바세타[4]에서 함께 자랐으니까.」마르코스가 말했다.

이제 그 두 사람의 신원과 과거 칠레에 있었을 당시 그들의 그림자를 추적할 수 있는 정보도 확보한 셈이다. 모든 것은 지워 없앨 수 있지만, 그림자만큼은 절대 사라지지 않는다.

〈엘레노스〉라고 불리던 민족 해방군 옛 동지들을 수소문할 방법은 더 이상 없을 것 같다. 시로, 마르코스, 브라울리오, 이 셋은 군사 독재 말기에 칠레로 돌아와 무장 선전 작전에 뛰어들었다. 그 외에도 그들은 좌익 혁명 운동과 마누엘 로드리게스 애국 전선[5] 소속의 청

---

4 산티아고의 북쪽에 위치한 동네로 공동묘지와 가깝다.
5 칠레의 마르크스레닌주의적 혁명 게릴라 단체를 말한다. 원래는 칠레 공산당의 군사 기구로 피노체트 군사 독재 정권에 대항한 무장 투쟁의 주축 조직이었으나 1983년에 분리 독립해서 활동했다.

년 전사들을 지원하는 등 활발하게 활동했다. 당시의 청년 전사들은 지휘부의 명령이라면 기꺼이 목숨을 바칠 만큼 투철한 의식을 가지고 있었다. 그러나 모스크바나 베를린, 아바나에 있던 이들 지휘부는 당시의 정세를 잘못 판단하는 커다란 과오를 범했음에도 불구하고 이를 확신하면서 결과적으로 부대가 없는 장군 꼴이 되고 말았다. 수많은 청년이 전선에서 목숨을 아끼지 않고 영웅적으로 싸우기는 했지만, 지휘부와 마찬가지로 그들 또한 칠레의 정세와 최근 역사에 대해서 무지했을 뿐 아니라 압도적 무력을 갖춘 정규군과 싸워 본 경험이 전무했기에 그런 결과는 필연적이었다. 1970년대와 1980년대에 수많은 혁명전쟁과 게릴라전에 참여한 베테랑 전사였던 나의 동지들은 당시 지휘부 인사들이 순응주의에 빠지고, 많은 혁명가가 신자유주의를 옹호하거나 국가 기구에 기생하는 존재로 전락해 버리는 모습을 지켜봐야만 했다. 다른 많은 좌파 투쟁가들과 마찬가지로 그들 또한 절망에 빠진 행정가들의 공범이 되지 않기 위해 사회당과의 관계를 끊었다.

「좋았어. 그럼 무엇을 더 찾아낼 수 있을지 한번 살펴보자고.」 시로가 나서며 말했다. 그러곤 우리는 그를 따라 공장 사무실로 갔다.

컴퓨터를 켜기 전에 시로는 커다란 목소리로 자기의 생각을 말했다.

「이 두 친구는 우리와 마찬가지로 눈에 띄지 않게 움직일 줄 알지. 그런데 공항에서 사진에 찍힌 걸 보면 실력이 녹슨 모양이야. 몇 가지 물어보기 전에 이 사진을 스캔해서 보내는 게 좋겠어.」

그는 사진을 스캔한 뒤 마누엘 로드리게스 애국 전선 소속의 생존자에게 보냈다. 얼마 지나지 않아 답장이 왔다.

〈이 사람들한테 무슨 일이라도 생겼나?〉

〈이 사람들 지금도 무슨 일을 하고 있는 거야?〉

〈아니, 전혀. 이들은 예전에 회사 본부에서 일을 했지. 그런데 그들이 이런 지점에 찾아오는 일은 전혀 없었어.〉

〈그렇다면 이들이 독자적으로 무슨 일을 도모하려고 옛 동료들을 찾아다니는 거야?〉

〈그럴 리는 없을 걸세. 우리 물건은 이제 쓸모가 없는 거라서 말이야. 솔직히 말해 이젠 우리의 물건을 사려는 이는커녕 거래조차 없다네. 그리고 또?〉

〈그들의 이름이 뭔가? 물론 그들의 신원이 드러나는 일은 없도록 할 테니까 걱정하지 말게.〉

〈불이 나서 숲이 다 타버릴 수도 있잖아?[6] 하여간 둘 중 상관은 빅토르 에스피노사이고, 나머지는 파블로 살라멘디라네. 이 두 사람은 역사, 우리 역사의 끝을 저 먼 곳에서 목격했던 이들일세.〉

그 두 사람이 동지들 간의 충성심에 더 이상 의존하지 않는다는 것은 이제 분명해졌다. 그리고 그들이 수행원들과 함께 산티아고의 어딘가에 있을 거라는 생각이 들었다.

그다음으로 해야 할 일은 참고로 모스크바 공항에서 사진이 찍힌 날짜를 확인하고, 이를 통해 그들에게 주택이나 아파트의 임대를 알선해 준 부동산 중개업자들을 추적하는 것이었다. 그들이 어떤 이유로 산티아고에 나타났던 간에 여기에 오래 머물 리는 없었다. 그렇다면 그들은 가구가 비치된 곳이 필요했을 테고, 네 명 이상이라면 아파트보다 일반 주택을 원했을 것이 분명했

6 이는 시로가 앞에서 두 사람의 〈신원이 드러나는 일은 없도록 *nadie resulte quemado*〉 하겠다고 한 말을 농담으로 받은 것이다. 여기서 〈케마르 *quemar*〉는 〈누군가의 신원을 드러내다〉는 뜻으로 사용됐지만, 원래는 〈태우다〉라는 의미이다.

다. 이렇게 하나씩 풀어 가다 보니 수색 범위가 상당히 좁혀졌다. 게다가 어지간해서는 흔적을 남기지 않는 이들이라는 점을 고려했을 때, 그들이 온라인으로 임대 계약을 했을 가능성이 높아 보였다. 그리고 단기간 임대하는 경우도 드물지만 조잡하기 짝이 없는 칠레의 화폐 대용물인 우니다드 데 포멘토[7] — 이를 통해 거래하면 부동산의 가치가 매일 올라간다 — 가 아니라 달러로 월세를 낸다면 집을 구하기가 훨씬 더 어려웠을 것이다. 어쨌든 우리가 사용할 비밀 아지트나 기지를 계약하는 셈치고, 이에 적합한 집을 골라 리스트를 작성하기 시작했다. 결국 이런 조건에 맞는 집은 다섯 군데로 좁혀졌다. 그중 두 곳은 2월 12일 이전에 임대된 상태였다.

정오가 되자 정비 공장에서는 산티아고의 무더위가 마치 저주처럼 느껴지기 시작했다. 〈선량한 청년들〉은 내가 지닌 장비를 보고 심히 걱정하는 눈치였다. 내가 베레타 권총을 보여 주자 다들 머리를 절레절레 흔들었

7 칠레에서 사용되는 일종의 계산 화폐로 1967년에 처음 만들어졌다. 하지만 피노체트 군사 독재 시절 치솟는 인플레이션을 관리하기 위한 방편으로, 즉 별도로 관리되는 통화로 적극 활용되었다. 이 또한 별도의 환율이 있어서 매일 중앙은행에서 발표한다. 주로 부동산 시장에서 사용된다.

고, 그중 누군가는 〈이 녀석한테 정이 많이 들었는데〉라면서 혀를 끌끌 차기도 했다. 그리고 그것보다 더 위력이 센 총을 아직 가지고 있으니까 필요하다면 무엇이든 주겠다고 했다. 그리고 차 한 대를 가지고 가지 않으면 절대 보낼 수 없다고 고집을 부렸다. 그들은 폐차될 운명의 차를 고쳐서 먹고살았다. 나는 결국 에어컨까지 달린 나무랄 데 없는 차 한 대를 얻어 타고 정비 공장을 떠났다.

오후 3시가 되기 직전, 나는 신분증을 요구하지 않는 환전소에 가서 2천 유로를 칠레 페소로 바꾸었다. 그러곤 곧장 그 두 남자가 임대했을 것으로 추정되는 두 군데 중 첫 번째 집으로 향했다.

그 집은 누뇨아 지구[8]에서 흔히 볼 수 있는 교외 주택이었다. 격자로 된 철문 뒤로 수국이 예쁘게 피어 있는 작은 정원이 보였다. 나는 그 집 앞을 천천히 지나간 뒤 길모퉁이를 돌아 50미터 정도 더 걸어가다 잎이 무성한 나무 그늘 아래에 멈추어 섰다.

얼마 지나지 않아 집 안쪽에서 인기척이 났다. 수영복을 입은 금발의 두 아이가 정원에서 호스로 서로에게

8 산티아고에 위치한 자치구로 중산 계층이 주로 거주한다.

물을 뿌려 대고 있었다. 잠시 후에 유럽인으로 보이는 금발의 여인이 나타나 아이들과 함께 물놀이를 즐기기 시작했다. 그 여인은 아름다웠을 뿐만 아니라 우울한 기색이나 걱정하는 빛이 전혀 없이 편안한 모습이었다. 게다가 비밀리에 활동하는 사람한테서 두드러지게 나타나는 경계심도 전혀 드러내지 않았다. 그곳은 가정집이 아니었다.

나는 나무 그늘 아래 차를 세워 두고, 에어컨을 최대로 켜두었다. 그러곤 휴대 전화를 꺼내 전화를 걸었다.

「별고 없으신가요, 대장님?」 페티소가 인사를 건넸다.

「진정하게, 페드로. 거기는 어떤가?」

「말도 마세요, 대장님. 어제 집에 도둑이 들었나 봐요. 그런데 집 안은 전과 다름없이 깨끗하더랍니다. 아무것도 가져가지 않은 것 같대요. 도둑질치고는 희한하네요, 대장님. 실바 씨 아들이 새벽에 잠깐 들러 봤는데 없어진 것이 아무것도 없더랍니다. 텔레비전과 라디오도 그 자리에 그대로 있고요. 부서진 것도 없었다고 하고요. 아무래도 좀 이상한 느낌이 들어요. 도둑이 들어오면 잠자던 고양이까지 훔쳐 가는 게 보통이잖아요.」

「베로니카는?」

「별일 없으니까 걱정하지 마세요, 대장님. 여느 때와
마찬가지로 무언가를 찾기라도 하는 것처럼 조용히 바
다만 바라보고 계시니까요. 물론 손 닿는 곳에 마카로
프 권총을 둔 채로 말이죠. 그러다 갑자기 나를 쳐다보
시곤 해요. 아마 나한테 고맙다는 표시를 하려는 것 같
은데, 대장님이나 부인이 저한테 고마워할 게 뭐가 있
겠습니까? 우리는 동지니까요.」

「페티소, 우리는 자네한테 상상할 수 있는 것 이상으
로 많은 신세를 지고 있다네. 베로니카한테 나는 잘 있
으니까 주변을 잘 살피라고 전해 주게나.」

페티소의 말이 옳았다. 베로니카는 바다에서, 저 먼
수평선에서 무언가를, 비야 그리말디라는 저주받은 곳
에서 잃어버린 자신의 무언가를 늘 찾고 있었다. 베로
니카는 고문 후유증 치료를 전문으로 하는 덴마크 병원
에 입원한 지 18년 만에 퇴원했다. 그날 크리스티안센
박사는 만약 내게 아직도 그때의 고통이 그림자처럼 따
라다닌다면, 내 영혼을 갉아먹는 그 기억을, 다시 말해
〈그들이 내 영혼을 무참하게 무너뜨린〉 그 기억을 한시
바삐 잊어야 한다고 말했다. 그러고 나서 그는 내게 있

어서 실제로 부서진 것은 아무것도 없다고 했다. 다만 베로니카의 경우 젊은 시절의 행복했던 자아를 여행길, 즉 신비주의자들이 유체 이탈 체험이라고 부르는 것과 흡사한 여로로 멀리 달아나게 만듦으로써 그간의 고통을 견뎌 냈다고 설명했다. 그리고 그녀의 침묵과 먼 지평선을 망연히 바라보는 그녀의 시선은 단지 자기의 참모습을 찾기 위한 모색, 즉 20대의 젊은 자신을 만나고 그때의 자신이 다시 지금 그녀의 몸속으로 들어와 패배를 모르고 어떤 고난에도 무너지지 않는 보다 완전한 인간으로 거듭날 때까지 조각난 자신의 흔적을 찾아다니는 과정의 일부일 뿐이라고 했다.

그렇다. 페티소가 지키고 있으며 고결한 품성을 지닌 아니타 부인이 보살펴 주는 가운데 창문으로 케욘 앞바다를 내다보고 있는 베로니카의 모습이 눈앞에 보이는 듯하다. 사실 아니타 부인은 그녀를 구해 준 생명의 은인이기도 하다. 그녀는 죽은 줄로만 알았던 베로니카를 내게 돌려준 장본인이었다. 그녀는 함부르크로 편지를 보내 베로니카를 발견하게 된 과정을 상세하게 알려 주었다. 1979년 7월 19일 — 내가 시몬 볼리바르 국제 여단[9]의 전사들과 함께 마나과로 입성하던 바로 그날이었

137

다 — 에 다른 고문 희생자들과 함께 쓰레기 처리장에서 발견되었을 때만 해도 그녀는 발가벗긴 채 거의 숨이 끊어지기 직전의 상태였다고 했다. 그 후로 오랜 세월 동안 나는 그녀를 곁에서 보살피고 지켜 주었다. 베로니카는 실제 전선에서 싸운 적은 없지만 비밀 조직에서 활발하게 활동하다 결국 나를 만나게 되었다. 그녀를 만나면서 나는 마음속 깊은 곳에서 잠들어 있던 사랑의 힘을 되찾을 수 있었다. 칠레로 돌아오자 우리는 그녀를 데리고 남쪽으로 갔다. 거기에 도착한 뒤 나는 크라머를 위해 처음 일해 준 대가로 받은 돈을 가지고 방이 세 개 딸린 작은 펜션 하나를 그녀에게 사주었다.

나는 차의 시동을 걸고 라 레이나 지구[10]에 있는 두 번째 집으로 향했다. 그 집은 현대식으로 지어진 2층 건물이었다. 그런데 그 집 앞을 천천히 지나가면서 가장 먼저 내 눈길을 끈 것은 창문의 블라인드가 다 내려져 있었다는 점이었다. 나는 그 부근 도로에 차를 세운 뒤, 그

---

9 라틴 아메리카 각지에서 모인 의용군들의 조직으로 산디니스타 민족 해방 전선에 가담해 니카라과의 독재자 아나스타시오 소모사에 맞서 투쟁했다. 나우엘 모레노의 주도로 콜롬비아에서 창설되었으나 니카라과 혁명 당시 그들의 활약 여부는 여전히 논쟁거리가 되고 있다.

10 산티아고의 북쪽에 위치한 자치구.

집 건너편에 있는 다층 건물 쪽으로 걸어갔다. 나는 현관에 있는 벨 중 하나를 골라 눌렀다.

「누구세요?」

「전기 회사요. 계량기 수리하러 나왔습니다.」

「네. 들어오세요.」

나는 엘리베이터를 지나쳐 계단으로 올라가기 시작했다. 층간 유리창으로 그 집과 거리가 내려다보였다. 6층에 이르자 그 집을 포함한 전경이 완벽하게 보였다. 그 집의 앞쪽에는 정원이 있고 완전히 밀폐된 차고 뒤쪽으로는 수영장이 딸린 안마당이 있었다. 36도가 넘는 무더위였지만 수영하는 사람은 아무도 없었다.

그 집은 여전히 잠잠했지만, 나는 담배를 피워 물고 기다리기 시작했다. 그 집에 누가 살건 말건 내게는 중요하지 않았다. 나는 기다리는 법을 잘 알고 있다. 어쨌든 나는 슬라바 교관한테서 훈련받으면서 여러 날 눈밭에 파묻힌 채 인내심을 터득한 스나이퍼였으니까 말이다.

저녁 7시 무렵이 되자 내가 있던 건물의 문이 여러 차례 열리는 소리가 들렸다. 퇴근하고 집에 돌아온 사람들이었다. 그들 중 일부는 층계참에서 담배를 피우고 있는 자를 의심스러운 눈초리로 쳐다보기도 했다. 나는 라 레과의 해커가 준 휴대 전화 중 하나를 꺼내 4기가 무선 인터넷에 연결해 보았다. 비교적 접속이 잘되는 편이었다. 나는 곧바로 그 동네에 있는 피자 가게를 검색한 다음, 내 구글 메일 주소를 입력하고 채팅에 들어 갔다. 나는 마르가리타 피자 두 개와 맥주 두 병을 주문했다. 그러자 피자 가게에서는 지금은 특별 행사 중이라 피자 세 개를 주문하면 음료와 후식은 무료로 제공한다고 알려 주었다. 나는 그렇게 하기로 하고, 후식은 티라미수 세 개를 선택했다. 계산은 어떻게 하겠냐는 질문에, 배달 시 현금으로 지불하겠다고 한 뒤 집 주소를 알려 주었다. 그들이 대략 15분 정도 걸릴 것이라고 하자, 나는 가급적 따뜻하게 해달라고 부탁했다. 1분 뒤에 메일로 주문 확인서를 받았다.

정확히 15분 만에 피자 노스트라의 배달원이 오토바이를 타고 집 앞에 도착했다. 그는 오토바이를 세운 뒤, 헬멧을 벗고 배달 통에서 커다란 종이 상자 세 개 그리고 음료와 후식이 든 비닐봉지를 꺼냈다. 배달원은 대문의 벨을 눌렀다. 그때 나는 그를 보았다.

일명 〈이고르〉, 파블로 살라멘디였다. 로디온 말리놉

스키 군사 학교의 연병장에서 마지막으로 봤을 때에 비해 눈에 띄게 늙은 모습이었다. 그는 어리둥절한 표정으로 배달원을 바라보더니 사방을 두리번거리고 주변 거리의 움직임을 살피면서 대문으로 걸어 나왔다. 살라멘디가 주소를 잘못 안 것 같다고 말한 모양이었다. 배달원에 가려 그의 얼굴이 제대로 보이지 않았지만 그는 대문 옆에 붙어 있는 주소를 손가락으로 가리켰다. 바로 그때 다른 남자가 나타났다. 살라멘디에 비해 젊고 금발인 데다 체격이 건장한 걸로 봐서는 슬라브족 같았다. 그는 근육질 몸매가 잘 드러난 셔츠를 입고 대문 쪽으로 성큼성큼 걸어왔다. 살라멘디는 뒤를 돌아보며 흥분하지 말라고 손짓했다. 그의 입 모양으로 봐서는 〈ne spor'te〉라고 말한 게 틀림없었다. 쓸데없이 시비 걸지 말라는 명령이었다. 살라멘디는 배달원에게 돈을 지불하고, 금발의 남자와 집 안으로 들어갔다.

나는 지금껏 별 이상한 계략을 다 써보았지만 이번만큼 유치하고 단순한 것은 없었다. 그 집을 내려다보니 블라인드 두 개가 올라가면서 조금 전에 나왔던 러시아인과 역시 슬라브족처럼 생긴 또 다른 남자가 망원경으로 거리를 샅샅이 살펴보기 시작했다. 그들은 피자를 둘러싸고 그것이 단순한 우연의 일치인지 아니면 자신들의 비밀 아지트가 드러난 것인지 격렬한 언쟁을 벌였을 것이다.

나는 계속 그 자리에서 기다리다가 그들이 블라인드를 내린 뒤에야 밖으로 나갔다. 차에 탄 뒤 나는 슬라바가 건네준 휴대 전화를 꺼내 거기에 저장되어 있던 유일한 번호로 전화를 걸었다.

「오! 나의 오랜 친구 벨몬테로군.」 크라머가 인사를 건넸다.

「그들의 위치를 알아냈어요.」

「내가 자네를 믿는 데에는 그럴 만한 이유가 있지. 이제 이틀밖에 지나지 않았는데, 잔솔밭에서 바늘을 찾아내다니 말이야. 우리가 알던 그 두 사람 말고 몇 명이나 더 있던가?」

「두 명 더 있는데 모두 러시아인들이었습니다. 내가 당신이나 슬라바라면, 솔직히 말해 그렇게 되기는 싫지만 신속하게 움직일 겁니다. 그 친구들이 영리하다면, 곧 이곳을 뜰 테니까요.」

「제7기병대가 그곳에 도착할 때까지 잘 감시하고 있게. 일단 그곳 주소부터 알려 주고 대기하고 있게나.」

크라머는 내게 지시를 내리고 전화를 끊었다.

4
북위 55도

러시아 연방 대통령은 보좌관이 사무실 문을 열고 들어오자 자리에서 벌떡 일어났다. 그 뒤로 총리가 확신에 찬 표정을 지으며 당당하고 경쾌한 걸음으로 들어왔다. 많은 사람이 여전히 생생하게 기억하듯이 그는 KGB의 최고 실력자로 군림했을 당시부터 언제나 저런 모습이었다.

비록 입 밖에 꺼내지는 못했지만 대통령은 러시아 현대화 사업의 후계자라는 자신의 역할이, 그리고 거대한 대륙을 차지한 조국이 세계에서 가장 많은 갑부를 가진 나라가 되도록 책임져야 한다는 사실이 늘 부담스럽게 느껴졌다.

총리는 책상 앞의 의자에 앉더니 보좌관에게 영국 차와 꿀을 가져오라고 했다.

「친애하는 디미트리 아나톨리예비치,[1] 역시 세월 앞에는 장사가 없는 모양이네. 한 시간 전쯤 체육관에서 스물다섯 살짜리 청년 장교한테 졌지 뭔가. 대단한 기술을 가진 유도 선수였어. 그래서 그 청년에게 작은 일부터 해보라고 권했다네.」

「친애하는 블라디미르 블라디미로비치,[2] 그럼 그 청년에게 어떤 일을 맡기시려고요?」

「일단 칠레 문제부터 맡겨 볼까 하네. 다행히 나는 그 나라와 마음이 잘 통하는 편이니까 말이야. 사실 소비에트 시대에 나는 그들을 제대로 이해하지 못했다네. 따지고 보면 당시 칠레는 세계에서 공산당이 가장 잘 조직되었을 뿐만 아니라 소련을 철저히 따르던 나라들 중 하나였지만 우리는 그들에게 충분한 지원을 해주지 못했지. 단 한 번도 그들의 노력과 투쟁을 공식적으로

1 Dmitry Anatolyevich Medvedev(1965~). 2008년에서 2012년까지 러시아의 제3대 대통령을 지냈고, 2012년 이후 총리직을 맡고 있다. 블라디미르 푸틴에 비해 보다 자유주의적이라는 평가를 받는 메드베데프는 대통령 재임 시 러시아의 경제 및 사회 구조를 개혁함과 동시에 석유 및 가스에 대한 의존도를 줄이는 조국 현대화 사업에 역점을 두었다.

2 Vladimir Vladimirovich Putin(1952~). 제2대와 제4대 러시아 대통령이다. 2000년부터 2008년까지 제2대 대통령직을 지냈으며, 퇴임 후 드미트리 메드베데프 정권하에서 총리직을 역임하였고, 2012년 3월 대통령 선거에서 삼선에 성공하여 다시 대통령직을 맡게 되었다.

인정해 주지 않았을 뿐더러 살바도르 아옌데를 늘 못마 땅하게 여겼으니까 말이야. 그는 유고슬라비아의 티토 와 가까웠고, 체코슬로바키아의 둡체크[3]와도 교분을 나 누었을 뿐만 아니라 비동맹 운동이라든지 아시아와 아 프리카 및 라틴 아메리카와의 연대 기구 그리고 소련의 외교 정책을 비판하는 다양한 포럼에서 주도적 역할을 했지. 그 바람에 양국 관계는 그야말로 형식적인 수준 을 넘지 못했다네. 당시 정세에서 아옌데는 결코 무시 할 수 없는 비중을 차지하고 있었지만 좀 거만한 편이 었지. 게다가 나는 KGB에서 정보 관련 업무 교육을 받 고 돌아간 칠레 사람들을 많이 알고 있다네. 가끔 그들 이 어떻게 됐는지 궁금할 때가 있어.」

총리가 천천히 차를 마시는 동안 대통령은 결국 웃지 못할 해프닝으로 끝나기는 했지만 자칫 외교 문제로 비 화될 수 있던 몇 가지 사건을 그에게 전해 주었다.

일주일 전, 러시아 연방 대통령은 신임 칠레 대사를 접견했다. 신임장을 수여받고 인사를 나눈 뒤 칠레 대 사는 칠레 정부가 기겁했던 사건에 대해 말해 주었다.

---

3 Alexander Dubček(1921~1992). 체코슬로바키아의 정치가로 1968년 공산당 제1서기가 되었지만 같은 해 민주화 운동이 확산되면서 소련군의 개입을 유발한 책임을 지고 1970년에 당에서 추방되었다.

어느 날, 카자흐족 대표단이 대통령 집무실로 찾아왔는데 의상이 워낙 예쁘고 눈에 띄는 바람에 대통령궁 경비병들은 그들을 마침 칠레 순회공연 중이던 러시아 볼쇼이 발레단과 착각하고 그대로 통과시켜 주었다고 한다. 가장 우려스러운 점은 그들이 러시아 정부를 대표해서 왔다고 주장한 것과 반인륜 범죄로 중형을 선고받고 칠레 교도소에서 복역 중인 칠레군 장교를 즉각 석방하라고 요구 — 청원이라기보다 — 했다는 것이다. 바첼레트 대통령 — 문제의 장교가 가혹 행위로 악명을 떨치던 비야 그리말디 수용소에 그녀는 물론 그녀의 어머니도 갇혀 있었다 — 은 그들의 요구를 단호하게 거부했다. 그러면서 칠레 사법부는 권력으로부터 독립되어 있을 뿐만 아니라 언급한 장교의 경우 법의 원칙에 따라 공정한 재판을 받았으며, 기소된 그 밖의 범죄에 대해 앞으로 여러 차례 재판을 더 받게 될 것이라고 밝히면서, 그가 저지른 모든 죄목은 피노체트 군사 독재 당시 인권 유린, 불법 구금, 고문 및 살해, 실종 사건과 관련되어 있다고 덧붙였다. 칠레 대사는 그 사건에 대해 정식으로 항의하는 대신 당혹감을 에둘러 표현했다.

러시아 연방 대통령은 대사와 작별 인사를 나누면서

러시아 정부는 그 사건과 아무 관련도 없음을 확약했다. 그러곤 관련 사건에 대해 신속하면서도 철저한 수사를 한 뒤, 그 결과를 칠레 정부에 통보하겠다고 다짐했다.

대통령은 대사를 문 앞까지 배웅하면서 사업가로 변신한 전직 소비에트군 장교가 저녁 식사 중에 했던 이야기를 떠올렸다. 2005년 어느 날, 당시 대통령이자 현재 총리인 블라디미르 블라디미로비치 푸틴이 러시아 의회에 출석해서 지난 2백 년 동안 카자흐인들이 국가에 기여한 공로에 대해 적절한 보상을 해야 할 것이라고 주장했다. 전직 장교는 푸틴의 조치가 일견 정당한 듯 보이지만, 자칫 정신 나간 카자흐인들에 의해 분리주의 운동이 들불처럼 일어날 수 있을 것이라고 우려를 표명했다. 사실 그들은 드네스트르강으로부터 스텝 지대를 가로질러 우랄강에 이르는 광대한 영토에 나라를, 카자흐 독립 공화국을 세우고자 호시탐탐 기회를 노리고 있었다.

악수를 나누기 직전, 칠레 대사는 대통령에게 봉투 하나를 건네면서 말했다.

「대통령 각하, 이번 일은 다소 불쾌한 해프닝 정도로

끝날 수도 있습니다.」

봉투 안에는 키릴 문자로 쓰인 문서가 하나 들어 있었다.

외국에 거주하는 명예로운 돈 군대.

리엔츠 추모 조직 위원회 1945~2005에 의한 훈장 수여 승인 건.[4]

2005년 5월 29일 아타만령(領) 제5호에 의거, 리엔츠 추모 조직 위원회 1945~2005는 돈 카자흐인들의

[4] 제2차 세계 대전 당시 카자흐인들은 러시아 내전에서 당한 패배를 설욕하도록 그들을 부추기면서 카자흐 독립 국가 카자키아 수립을 약속한 독일의 선동 공작에 넘어가 연합국을 상대로 싸웠다. 국외로 이주한 카자흐인들과 독일군 점령 지역의 카자흐인들뿐만 아니라 표트르 크라스노프 장군도 이들에 합류했다. 그들은 점령 지역에서 보초 임무를 맡았고, 소련 적군과 유고슬라비아, 이탈리아 게릴라들을 상대로 싸우면서 동유럽 주민들을 대상으로 한 대량 학살과 파괴에 참가했다. 하지만 1945년 5월 독일이 항복하자, 카자흐 군대에 영국군에게 항복하라는 명령이 떨어졌다. 그 후 얄타 회담에서 처칠과 스탈린, 루스벨트 연합국 정상 3인은 적의 편에서 싸우다가 연합군에 포로로 잡힌 소련 시민 — 카자흐인들을 포함해서 — 은 소련군에 인도해야 한다는 데 합의했다. 결국 크라스노프 장군의 지휘하에 알프스산맥을 넘은 카자흐군은 무기를 버리고 오스트리아 리엔츠 소재 전쟁 포로수용소에 수감되었다. 5월 28일부터 포로들의 본국 송환이 시작되었고 이는 주로 영국군이 주도했다. 이때 4만에서 6만 명의 카자흐 포로들이 소련군에 인도되는 과정에서 수천 명이 목숨을 잃었다. 편지에 나오는 내용은 1946년 6월, 오스트리아 리엔츠에서 러시아 민족 해방군 소속의 카자흐 군인들이 연합국의 배신으로 소련군에 넘겨진 사건, 즉 리엔츠의 비극 60주년을 기념하기 위해 제정한 훈장을 말한다.

고유한 용기를 지키고 이를 늘 존중하였을 뿐만 아니라 우리 민족에 대한 변치 않는 애정과 충성심을 보여 줌으로써, 우리 군대와 러시아에 영광을 안겨 준 공로를 인정하여 미하일 세묘노비츠 크라스노프(미겔 크라스노프 M.) 준장에게 훈장으로 은메달을 수여하기로 결정하였음을 밝히는 바입니다.

본 훈장 수여 심사 결과 보고서에는 돈 카자흐 군사 평의회 의장 그레코프 B.와 참모 총장 바시에프 M. 그리고 그의 보좌관 티슬렌코프 L.이 서명했음.

상기 안건은 2005년 5월 30일, 오스트리아 리엔츠에서 의결되었음을 밝힌다.

총리는 찻잔을 책상 위에 올려놓고, 한동안 자신의 고운 손과 긴 손가락을 내려다보았다. 그러곤 갑자기 대통령을 향해 차가운 시선을 던졌다.

「드미트리 아나톨리예비치, 내 정책을 비판하던 전직 장교의 이름이 뭔지 기억하나?」

「스타니슬라프 소콜로프 대령입니다. 소비에트 사회주의 연방 공화국 시절, 소비에트 기갑 부대 로디온 말리놉스키 군사 학교 교관이었죠.」

「슬라바, 아주 뛰어난 장교였지. 지금은 무슨 일을 하고 있나?」

「보험 관련된 일을 하고 있는 걸로 알고 있습니다. 다국적 보험 회사인 로이드 한자의 공식 에이전트죠. 라틴 아메리카에서 러시아 연방으로 들어오는 과일, 곡물, 해산물 그리고 육류 및 광물 수입품들은 모두 그의 손을 거칩니다.」

「귀한 몸[5]이 되셨군. 드미트리 아나톨리예비치, 그를 불러오게. 소콜로프 대령과 이야기를 해봐야겠어.」

「블라디미르 블라디미로비치, 현 상황이 우려스럽다고 보시는 겁니까?」

「카인이 아벨을 죽였을 때 정치가 시작된 셈이지. 그 순간부터 이 세상에서 중요하지 않은 것은 아무것도 없다네. 친애하는 드미트리 아나톨리예비치, 자네는 내가 어떻게 이 자리까지 왔는지 잘 알고 있을 거야. 알다시피 내게는 정보가 절대적으로 중요하다네. 다행히 나는 엄청난 정보망을 가지고 있어서 이 사무실에서 반 시간 정도 떨어진 모스크바주의 도시 포돌스크의 군사 박물

---

5 앞에서는 〈신흥 재벌〉이라고 했지만, 여기서는 문맥상 〈귀한 몸〉으로 옮긴다.

관에서 과거에 집착하는 자가 어떤 칠레 장교의 군복을 전시하고 있다는 것도 잘 알고 있지. 마지막 아타만이라 불리는 미하일 세묘노비츠 크라스노프란 자의 군복을 말일세. 이 정도는 분명 해프닝이라고 할 수 있지. 하지만 지금 우크라이나에서는 율리아 볼로디미리우나 티모셴코 총리가 반(反)러시아 감정을 조장하기 위해 네오나치들과 카자흐인들을 이용하기 시작했다네. 당연한 얘기지만, 우리는 더 늦기 전에 크림반도를 되찾기 위한 전략적 필요성을 완수해야 할 거야. 우리 영토 내에서 또다시 체첸의 악몽을 반복하고 싶지는 않으니까. 이 문제에 대해서만큼은 자네나 나의 생각이 크게 다르지 않을 것 같은데.」

「물론이죠, 블라디미르 블라디미로비치. 그렇고말고요.」

5
남위 33도

나는 그 집이 있는 거리에 차를 세운 뒤, 크라머와 슬라바 그리고 레스토랑에서 처음 만난 두 명의 러시아 보디가드들이 도착하기를 기다렸다. 갑자기 심장이 방망이질하듯 뛰기 시작했다. 무언가 이상한 느낌이 들었다. 모든 일이 너무 순조롭게 풀렸다. 그건 사건이 더 터질 불길한 조짐이라는 것을 경험으로 잘 알고 있었다.

에스피노사와 살라멘디, 그 러시아인들은 대체 무슨 일을 꾸미고 있는 걸까? 슬라바가 그들을 만나 몇 마디 말로 그들의 계획을 단념시킬 수 있을까? 일이 너무 잘 풀리는 것이 왠지 수상쩍은 낌새가 느껴졌다. 그들은 내게 자줏빛 5백 유로 지폐로 모두 1만 유로를 건넸다. 평소 크라머의 치밀한 성격을 감안한다면, 그건 그들을 찾아내는 데 내가 상당한 어려움을 겪으리라고 예측했다는 뜻이다. 칠레에서 그가 정확히 무슨 일을 하는지 모르지만, 단지 러시아의 창녀들과 칠레의 사과를 교환하는 것과는 전혀 관련이 없었다. 〈선량한 청년들〉과 내가 뛰어난 수완을 발휘한 덕분에 모든 것이 예상 외로 순조롭게 해결됐든지, 아니면 첫 단추를 잘못 끼워 속수무책의 처지가 되어 버린 것이 틀림없었다. 자동차의 에어컨을 세게 틀어 놓았지만 손에서 땀이 났다. 나는 손을 바지에 문지르면서 땀을 닦고, 아드레날린 효과를 가라앉히기 위해 바레타 권총을 꽉 쥐었다.

갑자기 깜짝 놀라면서 서둘러 몸을 피하는 행인들을 보자 정신이 번쩍 들었다. 그 순간 정원 앞의 쇠창살문을 부수고 나오는 검은색 지프를 보았다. 그 차는 내가 있는 방향으로 빠르게 달려오고 있었다. 차 안에 타고 있는 두 사람의 얼굴이 보였다.

살라멘디는 운전을 하고 있었고, 옆에 앉은 에스피노사는 두 손으로 무기를 잡고 있었다. 고성능 무기였다. 언뜻 봐서는 우지 자동 소총인 듯했다. 차가 요란한 브레이크 소리와 함께 속도를 줄이며 내 옆을 지나가는 순간, 우리들은 서로의 얼굴을 쳐다보았다. 30년 만에 만나는 셈이었다.

「실력이 여전하군, 벨몬테. 다시 만나게 돼서 반갑네, 동무.」살라멘디가 말했다.

「이고르, 자네도 마찬가질세. 이 부근에 잘 아는 클럽이 있는데, 거기서 와인이나 했으면 좋겠군.」

「지금은 급해서 안 되겠어. 하지만 언젠가 시간이 나겠지. 그건 그렇고, 피자 고맙네.」에스피노사가 나에게 총을 겨누며 대답했다.

살라멘디는 미소를 지으며 전속력으로 달아났다. 자동차 번호를 외우기는 했지만, 그렇게 해봤자 별 소용이 없을 것 같았다. 더군다나 그 순간 선팅이 된 밴 차량이 그 집 앞에 멈추는 바람에 그들을 뒤쫓아 갈 생각도 하지 못했다. 슬라바와 내가 알고 있던 두 명의 러시아인 그리고 오른손을 재킷 속에 넣은 채 그 집의 옆쪽에 자리를 잡은 또 다른 네 명의 남자가 보였다.

「지프 안에 몇 명이 있던가요?」내가 곁으로 다가가자마자 슬라바가 물었다.

「두 명인데 모두 당신의 제자더군요.」

쇠창살문이 볼썽사납게 쓰러져 있었을 뿐만 아니라 집 안으로 들어가는 문도 열려 있었다. 둘 중 한 명은 차고의 철제 셔터 문을 열기 위해 그 문을 통해 나간 반면에 다른 한 명은 집에서 곧장 차로 간 것이 분명해 보였다. 주변 흔적으로부터 그들의 동선을 파악하기 위해서는 예리한 안목이 필요하지는 않았다.

슬라바는 부하 두 명에게 집 안으로 들어가라고 명령한 뒤, 자신도 그들을 따라 들어갔다. 식당 바닥에는 세 명의 남자가 널브러져 있었다. 그중 한 명은 살라멘디와 함께 밖으로 나온 이였다. 세 사람은 모두 이마 한복판에 검은 구멍이 나 있었다. 피와 뼛조각 그리고 뇌의 일부가 벽과 가구 여기저기에 튀어 있었고, 피자는 손도 대지 않은 채 상자 속에 담겨 있었다.

「어서 나가자.」 슬라바가 명령했다.

나는 그의 명령을 무시한 채 시신을 얼른 — 하지만 꼼꼼하게 — 훑어보았다. 손가락 끝에 니스 자국이 있는지 — 지문을 남기지 않기 위한 기본적인 수법이다 — 살펴보던 중 오른손에 똑같은 상처가 나 있는 것을 발견했다. 붉은빛을 띠고 있는 걸 보면 최근에 난 상처가 분명했다. 그리고 그 상처는 그들의 신원을 밝힐 수 있는 중요한 단서, 즉 소속의 표시일 가능성이 높았다. 하지만 그들이 어떤 조직에 속해 있고 누구를 위해서 일하고 있단 말인가? 슬라바가 다시 명령을 내리자 그의 부하들 중 한 명이 나를 밀쳤다.

우리들은 밖으로 나갔다. 슬라바의 부하들은 문을 닫고 열쇠를 채운 뒤 달아난 자들이 쓰러뜨린 쇠창살문을 다시 세워 놓았다. 산티아고의 더위 정도라면 다음 날 심한 악취로 인해 시신이 발견될 가능성이 높았다.

「두 시간 뒤에 크라머에게 전화를 하시오.」 슬라바가 작별 인사조로 말했다.

나는 누뇨아 광장에 차를 세우고 라스 란사스 바까지[1] 걸어갔다. 오래된 노란색 건물은 내가 대학교에 다니던 시절의 모습 그대로였다. 하지만 테라스를 차지하고 있는 이들은 우리 시대의 청년들과 달랐다. 히피들은 보이지 않았고 테이블 위에는 사르트르나 프란츠 파농의 책도 없었다. 더구나 음모를 꿈꾸는 분위기도 감돌지 않았다. 나는 안쪽에 있는 테이블에 앉기로 했다. 그러곤 식사하기 전에 얼음을 넣은 잭 다니엘스 더블을 갖다 달라고 했다.

그 집에서 무슨 일이 일어났던 걸까? 어쩌면 피자 배달원이 도착한 후로 그들은 칠레에서 완수해야 될 임무에

[1] 누뇨아 광장은 산티아고 동부에 위치한 광장으로 문화와 예술 활동의 중심지 역할을 했다. 그 부근에 있는 라스 란사스 바는 1980년대 주로 진보적인 지식인과 예술인들이 모이던 장소였다.

대해 그리고 본거지와 비밀 아지트가 발각된 경우 어떻게 해야 할 것인가를 놓고 격렬한 언쟁을 벌였을지도 모른다. 그들을 죽이지 않으면 안 될 이유라도 있었던 걸까? 아니면 극심한 공포감에 사로잡혀 우발적으로 그랬던 것일까? 죽은 이들은 모두 에스피노사와 살라멘디보다 훨씬 젊고 몸만 봐도 고도로 훈련된 정예 요원임을 금세 알 수 있었다. 어떤 어려움이 닥쳐도 쉽게 물러설 자들이 아니었다.

그 다섯 명의 남자는 단순히 임무 수행을 위한 목적으로 만난 사이일까? 아니면 무언가를 위해서라면 자신의 목숨도 기꺼이 바칠 만큼 끈끈한 동지 의식이 그들 사이에 있었을까? 과거 니카라과에 머물 당시, 동료를 죽일 수 있는지 여부가 전사(戰士)에게 가장 힘든 도덕적 시험이라는 말을 어떤 여성 게릴라로부터 들은 적이 있다. 그런데 그것은 그가 무슨 과오를 저질렀거나 비겁한 행동을 해서가 아니라, 그의 존엄성을 지키기 위해 그를 진심으로 사랑하기 때문에 그렇게 할 수 있어야 한다는 것이다. 솔직히 말해 나는 그녀의 말을 곧이곧대로 믿지 않았다. 그로부터 한 달 후 마사야[2] 총공

2 니카라과의 도시로 마나과의 남동쪽에 위치해 있다.

세를 펼치는 동안 우리 부대는 매복하고 있던 소모사 정부군으로부터 기습 공격을 받게 되었다. 그러던 중 주변에 폭탄이 떨어져 동지의 다리가 송두리째 떨어져 나가고 말았다. 빗발치듯 날아오는 총알과 사방으로 흙을 날리며 터지는 폭탄을 피해 우리는 그를 구하러 갔다. 간신히 동지의 곁에 도착한 우리는 일단 출혈을 막기 위해 그의 허벅지를 지혈대로 단단히 동여맸다. 그 순간, 게릴라 장교들이 다 죽기 싫으면 당장 후퇴하라고 명령했다. 총탄과 폭탄이 난무하는 가운데 칠레 출신의 게릴라 훌리오 가르시아 — 그는 손가락 세 개가 없어서 〈엘 시에테〉[3]라고 불렸다 — 와 나는 옥수수밭까지 동지를 끌고 가려고 했다. 바로 그때 그가 우리에게 잔인하기 이를 데 없는 말을, 아니 이 세상에서 가장 끔찍한 부탁을 했다. 〈동지, 어서 나를 쏘시오. 나는 장교요. 이대로 있다가는 무슨 일을 당할지 잘 아니까요. 그러니 동지, 주저하지 말고 어서 나를 쏴주시오. 그리고 어서 이 자리를 뜨시오.〉 곧이어 정부군의 철모가 보이기 시작했다. 이젠 그곳을 탈출할 시간적 여유가 거의 없었다. 더군다나 우리는 소모사 군대가 포로들, 특

3 스페인어로 〈7〉이라는 뜻이다.

히 게릴라 지휘관을 생포할 경우 어떻게 다루는지 잘 알고 있었다. 그들은 일단 살려 둔 채 살갗을 벗긴 다음 몸 위로 소금과 산(酸)을 뿌렸다. 그러면 포로의 끔찍한 비명 소리가 저 멀리서도 들릴 정도였다. 〈동지, 어서 쏘시오.〉 그가 다시 한번 더 부탁했다. 우리는 그와 뜨거운 포옹을 나눈 후에 콜트 45구경 권총의 총구를 그의 심장에 갖다 댔다. 몇 시간 후 다시 무사히 게릴라 본대에 합류했을 때, 우리는 참았던 울음을 터뜨리고 말았다. 그 누구도 우리를 위로할 생각조차 못할 정도로 미친 듯이 울부짖었다.

아니다. 에스피노사와 살라멘디는 엘 시에테와 나와는 다른 사람들이었다. 그들은 세 명의 러시아인을 눈하나 깜박 안 하고 해치울 만큼 냉혹한 인간들이다. 어쩌면 그 러시아인들을 죽이기로 사전에 결정했는지도 모른다. 칠레에 와서 임무를 완수하든 실패하든 간에 그들은 일이 끝나는 즉시 죽어야 할 운명이었을지도 모른다. 왠지 낌새가 수상쩍었다.

나는 잭 다니엘스 한 잔을 더 주문한 다음 크라머에게 전화를 걸었다.

「벨몬테, 자네의 그 잘난 직감 덕분에 일이 꼬이고 말

왔네.」

「비아냥거리지 말아요. 어쨌든 그들을 찾아냈으니까 내가 할 일은 다했어요. 다만 당신들이 늦게 오는 바람에 일을 그르친 거죠.」

「아냐. 자네가 지나칠 만큼 일을 경제적으로 처리한 탓이지. 내가 자네를 너무 과소평가한 모양이야. 나이는 좀 들었지만 예나 지금이나 실력은 여전하더군. 하여간 다시 그들을 찾아내야 하네.」

「크라머 씨, 그건 안 됩니다. 이렇게 막연한 상태에서는 한 발짝도 움직일 수 없어요. 무슨 일인지 분명하게 알아야 일을 할 것 아닙니까? 그들은 여기에 왜 온 겁니까? 무슨 임무를 띠고 온 거죠? 대체 누가 보낸 겁니까? 속 시원하게 밝힐 수가 없다면 여기서 깨끗이 끝냅시다.」

늙은 스위스인은 픽 하고 헛웃음을 치더니 기침을 했다. 그가 휠체어에서 몸을 부들부들 떠는 모습이 떠올랐다.

「물론 무슨 일인지 자네도 알 권리가 있지. 내일 그 일에 관해 상세히 이야기를 나눌 기회가 있을 테니까 기다리게.」

나는 라스 란사스 바를 나와 선선해진 산티아고 밤거리 속으로 걸어 들어갔다. 누뇨아 광장에는 아무 걱정도 없이 즐거운 청년들이 모여 있었다. 그들의 모습을 지켜보고 있으니 내 마음도 따라서 가벼워졌다. 과거의 어두운 그림자 대신 떠돌이 개만 그들 뒤를 졸졸 따라다니고 있으니까 말이다.

6
남위 30도

카자흐인의 온몸에서 땀이 비 오듯 흐르고 있었다. 잠옷이 끈적끈적하고 뜨거운 살갗처럼 몸에 딱 달라붙었다. 하지만 아무리 애를 써도 그 여자의 눈동자가 뇌리에서 사라지지 않았다. 짙푸른 빛깔의 눈동자가 떠오를 때마다 그는 온몸이 마비된 것처럼 꼼짝도 할 수 없었다.

그는 몇 분, 몇 시간 아니 몇 년 전으로 거슬러 올라가 그녀의 눈빛을 마주할 때까지 기억을 곰곰이 더듬어 보았다. 그러자 위장용 얼룩무늬가 그려진 전투복을 입은 채 권총과 굽은 카자흐 검을 허리춤에 차고 있는 자신의 모습이 눈앞에 떠올랐다.

그는 여자의 눈을 가리고 있던 안대를 벗겼다. 그녀의 긴 금발은 땀에 젖어 끈적끈적해진 살에 딱 달라붙

어 있었다. 그녀는 실오라기 하나 걸치지 않은 알몸이
었다. 한동안 그녀의 얼굴을 노려보던 그는 그녀의 배
와 허벅지에 난 피멍과 두드려 맞아 생살이 드러난 엉
덩이 그리고 전기 고문으로 화상을 입은 젖꼭지, 음모
주변에 피가 굳어 생긴 딱지 등을 주의 깊게 살펴보았
다. 그는 그녀를 꼭 껴안았다. 그녀의 작은 가슴이 거친
군복 위에 닿으면서 젊은 여인의 향기가 그의 콧속으로
스며들었다. 그는 그녀의 귀에 대고 속삭였다.

「넌 이제 열여덟 살밖에 되지 않았어. 그런데 이런 모
진 일을 당하다니, 이게 될 말인가? 네가 이렇게 창녀
노릇이나 하고 있다는 걸 부모님이 알면 뭐라고 하시겠
나? 어젯밤에 몇 명이나 받았지? 넷 아니면 다섯? 너의
부모님과 훌륭한 유대인 가문을 생각해 봐. 그리고 지
금 이 시간쯤 페냐롤렌의 아늑한 집에서 두 분이 무엇
을 하고 있을지 생각해 보라고. 산맥 끝자락이라 좀 높
기는 해도 여기서 아주 가까운 데에 있잖아. 너는 지금
혼자야. 너는 내 것이라고. 지금 너는 네 부모님이나 하
느님, 랍비의 것이라기보다 내 손아귀에 있다고. 넌 내
거야. 악몽 같겠지만 네가 마음만 잘 먹으면 지금 당장
끝낼 수 있어. 아무 이름이나 대라고. 한 명만이라도 괜

찮아. 그러면 당장 네 손을 풀어 주도록 지시할 테니까. 어디 그뿐이겠어. 샤워를 한 다음 새 옷을 입고 내일 아니면 늦어도 모레쯤 집으로 갈 수 있을 거야. 그리고 나면 네가 다니던 가톨릭 대학교로 돌아가서 수업도 듣고, 네 친구들한테 어떤 카자흐인이, 그렇지, 그건 나를 말하는 거야. 나는 물론 칠레 장교 이상의 존재니까 말이야. 하여간 어떤 카자흐 신사 덕분에 목숨을 건졌다고 말할 수도 있겠지. 한 명이라도 괜찮으니까, 어서 이름을 대봐.」

카자흐인은 품에서 그녀를 놓아준 다음 장갑 낀 손으로 그녀의 턱을 잡고 머리를 들어 올렸다. 하지만 그녀의 파란 눈동자에는 거리감과 고독 그리고 침묵만 어른거릴 뿐이었다.

카자흐인은 문 옆에 서 있던 병사에게 손짓을 했다. 병사가 문을 열자 뚱뚱한 카라비네로스 중위 잉그리트 올데로크가 술 냄새를 풍기며 방 안으로 들어오더니 그녀에게 달려들었다. 그녀는 복부를 얻어맞고 옆으로 픽 쓰러졌다. 그녀는 중위의 군홧발을 피하기 위해 머리를 웅크리다 결국 목덜미를 얻어맞고 말았다. 그녀의 가녀린 뼈가 으스러지면서 섬뜩한 소리가 취조실의 나무 벽에 부딪혀 사방으로 희미하게 울려 퍼졌다. 그녀는 바닥에 쓰러진 채 몇 차례 경련을 일으키더니 결국 꼼짝도 하지 않았다.

그때 카자흐인이 올데로크 중위의 뺨을 올려붙였다.

「미친년, 사람을 죽이다니. 목을 분질러 버렸잖아.」

그녀는 벌거벗겨지고 등 뒤로 손이 묶인 채 땅바닥에 널브러져 있었다. 카자흐인은 옆에 있던 병사에게 그녀의 눈을 감겨 주라고 했다. 하지만 병사는 머뭇거리면서 마른침을 꿀꺽 넘기더니 못 하겠다는 듯 고개를 절레절레 흔들었다.

「겁쟁이 같으니라고.」 카자흐인은 침을 뱉으며 그녀 위로 몸을 구부렸다. 그때, 그는 보았다. 다가갈 수 없는 저 먼 곳에서 자기를 쳐다보던 그녀의 파란 눈동자를 말이다. 어쩌면 복수의 사자(使者)들이 사는 나라에서 자기를 지켜보고 있는지도 모른다. 그리고 그는 직감했다. 그 파란 눈빛이 자신을 끝까지 좇아올 거라는 사실을 말이다.

잠에서 깬 그는 손을 더듬거리면서 전등의 스위치를 찾았다. 무더위 탓인지 밤마다 같은 악몽에 시달렸다. 하지만 끈적거리는 땀이야말로 유일한 두려움의 대상이었다.

그는 자기가 예민한 편이라고 생각해 본 적이 없었다. 그렇지만 두 가지 악몽을 꿀 때마다 언제나 온몸을 떨면서 잠에서 깨어나곤 했다. 그럴 때면 이 세상에 홀로 남겨진 느낌, 아니 자신의 적들, 자기가 죽여 파멸시킨 자들에게 혼자 버려진 듯한 느낌이 들곤 했다.

또 다른 악몽은 그로부터 3년 후에 민간인이던 오스발도 로모의 사망 소식을 듣고 나서부터 시작되었다. 잡범에 지나지 않았던 그는 아옌데와 혁명 좌파 정부의 지지자들 틈에 섞여서 활동하다가 군사 쿠데타 후에는 국가 정보국, 즉 DINA의 끄나풀로 변신해서 진보 인사를 탄압하는 데 앞장섰던 인물이다. 특히 정보국 내에서 유능한 첩보원으로 활약했을 뿐만 아니라 고문 기술자로 악명을 떨쳤다. 로모는 결국 감옥에서 암으로 세상을 떠났지만 아무도 시신을 인수하려고 하지 않았다. 시신이 부패하기 시작하자 보건 당국은 어쩔 수 없이 공동묘지의 구덩이에 던져 넣기로 결정했다. 묘지의 인부들마저 작업을 거부하는 바람에 결국 자기들끼리 추첨을 해서 걸린 사람이 로모, 〈배불뚝이〉 로모의 관을 손수레로 끌고 가 구덩이에 던지기로 했다고 한다. 카자흐인은 이 소식을 신문으로 알게 되었다.

사실 로모는 그의 심복이자 오른팔 역할이나 마찬가지였다. 카자흐인은 그가 심문하는 동안 여자 포로를 겁탈해도 좋다고 허락했다. 로모도 나름 짜릿한 쾌락을 즐겼지만, 그의 왜소한 성기는 물론 삽입하자마자 사정하면서 내지르는 신음 소리 때문에 낄낄거리며 이를 지켜보던 병사들도 즐겁기는 마찬가지였다.

카자흐인의 입장으로서는 그의 도움이 절대적으로 필요했지만 속으로는 그를 경멸했다. 사실 그가 군인으로서 승승장구하고 더구나 피노체트 장군으로부터 최고 훈장을 받게 된 것도 따지고 보면 로모가 캐내어 알려 준 정보 덕분이었다.

1973년 말, 그의 부하들은 의사이자 좌익 혁명 운동, 즉 MIR의 지도자인 바우티스타 반 스초우엔을 체포해서 고문하던 중 결국 죽이고 말았다. 신문을 받는 동안 반 스초우엔은 단 한 마디도 하지 않았다고 한다. 그들이 조직을 일망타진하려면 최고 지도자, 즉 핵심 인사를 잡는 것이 급선무였다. 미겔 엔리케스[1]의 행방이 오

1 Miguel Enríquez Espinosa(1944~1974). 의사이자 1965년 MIR의 건설을 주도한 인물이다. 군사 쿠데타 후에 그는 독재 정권에 대한 무장 저항 운동을 주도했다.

리무중에 빠지자 피노체트와 마누엘 콘트레라스 장군이 길길이 날뛰었던 것도 당시 상황에서 무리는 아니다. MIR 지도부는 지하에 잠복한 채 저항 세력을 조직했을 뿐만 아니라 정치 관련 문건을 썼다. 외국의 언론 매체를 통해 이러한 문건들이 소개되면서 독재 권력에 의해 자행된 비인간적 고문과 인권 탄압의 실상이 전 세계에 알려지게 되었다. 그러다 보니 그들은 독재 정권에게 눈엣가시 같은 존재가 되고 말았다.

국가 정보국 소속 요원 수백 명이 나라 전체를 샅샅이 뒤지다시피 했지만 미겔 엔리케스의 행방을 추정할 만한 단서조차 잡지 못하고 있었다. 그러던 중 1974년 10월 어느 날 오후, 로모는 카자흐인에게 접근해서 평소처럼 고분고분한 태도로 그와의 면담을 요청했다.

로모는 산미겔 지구의 지인들로부터 산타페 거리 725번지에 수상한 집이 있다는 소식을 듣고 이 사실을 그에게 알리러 간 것이다. 그 집에는 중상류층으로 보이는 젊은 두 부부와 두 딸이 살고 있다고 했다. 두 부부가 이웃과 필요한 말 이상을 나누는 경우는 없었지만, 동네 식료품점 주인의 말에 따르면 여러 날 치의 식량을 한꺼번에 사 갔으며 늘 좋은 제품만 골랐다고 한다.

물건을 사러 오는 것은 늘 여자들이었는데, 식료품점
주인은 이들이 세련된 외모에 행동거지가 조심스럽기
는 했지만 인정이 많은 사람들이었다고 주저 없이 말했
다. 반면 남자들은 집 밖으로 일절 나오지 않았다. 젊은
이들이 집 안에만 처박혀 있으니 당연히 이상하게 여길
수밖에 없었다.

그다음 날인 10월 5일, 카자흐인은 부대를 이끌고 산
타페 거리로 향했다. 그들은 모두 중무장을 하고 공격
용 헬리콥터와 중무장 장갑차의 호위를 받고 있었다.
현장에 도착하자 카자흐인은 잠시도 지체하지 않고 단
호하게 명령을 내렸다.

그들이 그 집에 접근해 들어가자 곧장 반격을 받았다.
미겔 엔리케스, 카르멘 카스티요, 움베르토 소토마요르
그리고 호세 보르다스가 격렬하게 저항하기 시작했다.
그사이 소토마요르와 보르다스는 뒷담을 넘어 다른 집
으로 빠져나감으로써 포위망을 뚫고 달아날 수 있었다.
반면 임신 6개월이던 카르멘 카스티요는 그 과정에서
부상을 입었고, 미겔 엔리케스는 벽 뒤에 몸을 숨긴 채
끝까지 싸우기로 했다. 결국 열 발의 총알이 혁명 지도
자의 목숨을 앗아 가고 말았다. 총성이 멎자마자 카자

흐인은 부대원들에게 집 안으로 진입하라고 명령을 내렸다. 카르멘 카스티요는 바닥에 쓰러져 있었지만 아직 숨이 붙어 있었다. 군인들이 확인 사살을 하려는 순간, 용감한 이웃 사람이 그들 앞을 막아선 덕분에 간신히 목숨을 건질 수 있었다.

작전이 종료되자 로모는 떡고물이라도 챙기려는 속셈으로 며칠 굶은 강아지처럼 불쌍한 표정을 지으며 그에게 다가갔다.

「준장님, 저한테 큰 신세를 지셨습니다요. 제 덕분에 장군님이 영웅으로 떠올랐으니까 말입죠.」

「내가 너 같은 놈한테 빚질 일이 뭐 있겠어.」 카자흐인이 차갑게 쏘아붙였다.

「사람 너무 무시하지 마세요. 준장님이 그런 말하니까 어울리지 않잖아요.」 로모가 대꾸했다.

그 말을 듣자 카자흐인은 그의 면상을 후려갈기려고 했다. 하지만 무언가가 그의 팔을 붙잡았다. 그는 흐물흐물한 두부살에 주체를 못할 만큼 뚱뚱한 놈에게 이유를 알 수 없는 두려움을 느끼고 있었다. 어디서 읽었는지 누구한테 들었는지 확실치는 않지만, 아프리카에서 하이에나라면 다들 질색을 해도 감히 두들겨 패지는 못

한다는 사실이 떠올랐다. 하이에나의 섬뜩한 시선에는 공포에 질리게 하면서 온몸을 마비시키는 무언가가 있기 때문이다.

악몽에 시달릴 때 그는 싸구려 나무 관에 누워 있는 자신의 모습을 보곤 했다. 숨이 막혀 관 뚜껑을 열려고 발버둥 쳐보려고 하지만 너무 좁아 꼼짝도 할 수 없었다. 공동묘지에 파놓은 구덩이로 관을 옮기던 인부들이 송장 냄새 때문에 숨도 못 쉬겠다고 투덜거리는 소리가 들렸다. 그 순간 그는 식은땀에 젖은 채 러시아 말로 비명을 지르며 악몽에서 깨어나곤 했다. 〈나는 카자흐인이다! 예의를 갖춰 나를 묻으란 말이다. 나는 마지막 아타만 크라스노프란 말이다!〉

먼동이 틀 무렵, 눈부신 햇빛이 안데스산맥으로부터 좁은 감옥 안으로 스멀스멀 기어들어 왔다. 그는 여전히 책상 앞에 앉아 있었다. 그는 글을 쓰려고 했지만, 근엄한 표정으로 정면을 응시하는 사진 속의 두 남자에게서 시선을 떼지 못했다. 하나는 크로아티아와 이탈리아 전선에서 카자흐 15기병 군단을 지휘했던 프로이센 출신의 헬무트 폰 판비츠[2] 장군이었다. 러시아인이 아님에도 불구하고 사람들은 그를 위대한 아타만으로 받들었다. 사진 속의 다른 사람은 자신의 조부인 표트르 니콜라예비치 크라스노프였다. 하지만 아쉽게도 사진에는 세 번째 인물, 즉 안드레이 시쿠로가 빠져 있었다. 헬무트 폰 판비츠와 표트르 니콜라예비치 크라스노프 그리고 안드레이 시쿠로는 제2차 세계 대전 말 카자흐를 이끌던 위대한 세 지도자였다.

〈그날 아침에 어떤 일이 일어났던 걸까?〉 카자흐인은 마침내 글을 쓰기 시작했지만, 이내 펜을 내려놓았다. 사실 그는 조부의 최후에 관한 서사시를 쓸 생각이었지만 평생을 군인으로 보냈던 탓에 제대로 상상력을 발휘하기가 어려웠다. 가령 오스트리아의 오버드라우부르크의 하늘빛은커녕 러시아 송환 트럭에 타기 위해 촘촘한 가시철조망 뒤에서 초조하게 기다리고 있던 카자흐 동포들의 모습조차 떠오르지 않았다. 카자흐인들과 아무 관련도 없던 독일군 장교 신분을 내세우며 호령을 하던 헬무트 폰 판비츠의 고통에 찬 목소리조차 떠오르지 않았다.

---

2 Helmuth von Pannwitz(1898~1947). 제1차와 제2차 세계 대전에 참전한 독일 장군이다. 1943년 5월, 그는 카자흐인들에게 돈 카자흐와 쿠반 카자흐 두 개 연대로 구성된 사단을 창설하고 전 백군 지휘관인 표트르 크라스노프와 안드레이 시쿠로에게 지휘를 맡겼다.

하지만 그의 눈앞으로 생생히 떠오르던 모습도 있었다. 1947년 1월 6일, 모스크바의 잿빛 하늘 아래 교수대에 매달린 채 대롱거리던 할아버지 표트르 니콜라예비치 크라스노프, 아버지 세미온 크라스노프, 안드레이 시쿠로, 폰 판비츠의 모습 말이다.

하지만 그 장면은 어떤 방법으로도 깨어날 수 없는 악몽이라는 사실에 생각이 미치자 그의 온몸에 식은땀이 흐르기 시작했다.

7
북위 55도

　노인은 이승에서의 마지막 숨을 쉬고 있다는 느낌이 들었다. 공기가 벽돌 벽의 미세한 구멍에서 뿜어져 나오는 것처럼 숨이 막히고 가슴이 답답해졌다. 그는 손으로 몸 이곳저곳을 만져 보았다. 짐짝처럼 감방에 내던져졌음에도 불구하고 다행히 부러진 곳은 없었다. 그래도 마음이 놓이지는 않았다. 거기, 전구에서 뿜는 눈부신 불빛을 받으며 차가운 시멘트 바닥 위에 널브러져 있다 보면 머지않아 최악의 상황이 닥치리라는 것을 알고 있었기 때문이다.

　돌이켜 보면 정말 순식간의 일이었다. 헬리콥터 한 대가 하얀 눈보라를 일으키며 카자흐 마을로부터 몇 미터 떨어진 곳에 내렸다. 그러자 복면을 쓴 네 남자가 눈보라를 뚫고 달려 나오더니 집의 현관문을 부수고 들어

와서는 그의 아내와 아들에게 손을 목덜미에 대고 바닥에 엎드리라고 다짜고짜 고함을 질러 댔다. 그러는 사이, 두 명은 한 마디 말도 없이 양쪽에서 그의 팔을 낀 채 끌고 나갔다. 대체 무슨 일인지, 무엇을 원하는지 물어볼 기회는커녕 외투를 입을 시간조차 주지 않았다. 헬리콥터에 타자마자 복면 쓴 두 남자 사이에 그를 앉히고는 머리에 검은 자루를 씌웠다. 그는 헬리콥터가 강한 바람을 맞으며 위로 뜨는 것을 느낄 수 있었다.

헬기가 뜨고 얼마 동안은 자루 속에서 기도를 할 수 있었지만, 왠지 묘한 냄새가 코를 찌르는 것 같았다. 서서히 정신이 몽롱해지더니 결국 깊은 잠에 빠지고 말았다. 얼마나 오랫동안 날아갔는지는 모르지만 누군가가 흔들어 깨우는 바람에 그는 눈을 번쩍 떴다. 헬리콥터에서 내린 뒤, 그들은 그를 데리고 어디론가 빠르게 걸어갔다. 어딘가에 도착하자 그들은 숨이 막힐 만큼 답답하던 자루를 벗기면서 그를 감방 속으로 던져 넣었다.

삐거덕 문이 열리는 소리에 그는 괴로운 상념에서 빠져나올 수 있었다. 환한 전구 불빛 때문에 앞이 안 보일 정도로 눈부셨지만 그는 간신히 고개를 들었다. 어떤 남자가 따뜻한 찻주전자를 그에게 건네주었다.

「이거 마시도록 해요.」건장한 체격에 멋진 회색 제복을 입은 남자가 말했다. 「나는 스타니슬라프 소콜로프 대령이오. 혹시 글을 읽을 줄 아시오?」

노인은 차를 홀짝거리면서 고개를 끄덕였다.

「좋소. 그러면 시간이 훨씬 절약되겠군요. 종이와 연필을 줄 테니까 한 시간 내로 자술서를 쓰도록 하시오.」대령은 말을 마친 뒤 곧장 감방을 나갔다.

노인은 러시아인들이 자술서를 얼마나 좋아하는지 잘 알고 있었다. 그는 바닥에 앉은 채 생각나는 대로 글을 쓰기 시작했다.

〈내 본명은 알렉세이 알렉세예비치 칼레딘으로, 돈 카자흐의 아타만이던 알렉세이 칼레딘의 손자입니다. 나는 1946년부터 숄로홉스키에서 살고 있습니다. 그해 나는 아버지 콘스탄틴 알렉세예비치 칼레딘 그리고 어머니 이리나 데니킨과 함께 오스트리아의 오버드라우부르크에서 이송되어 왔습니다. 당시 나는 열 살이었는데, 지금은 하늘나라에 계실 아타만 표트르 크라스노프가 이탈리아의 북부 카르니아산맥에 세운 카자흐인들의 유일한 조국, 카자키아를 열렬히 사랑했습니다. 아버지는 시베리아로 강제 추방되었고, 어머니는 3년 뒤 세르게이 부디아노프와 재혼을 했습니다. 신분증명서와 각종 서류에 내 이름이 알렉세이 세르게예비치 부디아노프로 기재되어 있는 것도 바로 그 때문입니다.

나는 카자흐 민족을 연구하고 이를 젊은 세대들에게 가르치는 데 평생을 바쳐 왔다는 점을 자진해서 진술하는 바입니다. 나는 타타르족으로부터 차르와 신성한 러시아 제국을 수호해 온 카자흐인들의 역사를 그들에게 가르치고 있습니다. 나는 그들에게 백군이 패배한 뒤 돈 카자흐인들의 위대한 아타만인 표트르 크라스노프가 오직 스탈린 군대를 격퇴하겠다는 일념으로 프랑스와 스위스 그리고 독일 등지를 돌아다니며 히틀러를 위해 싸울 5만 명 규모의 군대를 창설했다고 가르칩니다. 나는 그들에게 카자흐 군대가 우크라이나 땅에 카자흐 공화국을 세워 주겠다는 제3제국의 약속을 철석같이 믿고 용기백배해서 전투에 뛰어들었다고 가르칩니다. 나는 그들에게 전쟁으로 인해 수많은 카자흐인이 목숨을 잃었을 뿐만 아니라 독일 군대와 함께 연전연패를 거듭했다고 가르칩니다. 그리고 벨라루스에서 크로아티아와 이탈리아 북부로 밀리면서도 우리 카자흐인들은 합병한 영토 중 일부를 우리에게 주겠다는 제3제국의 약속을 굳게 믿고 있었다고 가르칩니다. 나는 그들에게 1944년 말, 독일이 우리에게 줄 수 있던 것은 카리나산맥 사이의 땅밖에 없었고, 아타만 크라스노프가 이끌던 카자흐인들의 가족과 군대가 그곳으로 몰려들었다고 가르칩니다. 나는 그들에게 연합군과 이탈리아 가리발디 여단[1] 소속의 파르티잔이 트리에스테[2]를 점령하자, 우리 카자흐인들은 언젠가 우리의 영토와 숨겨 놓은 보물을 되찾을 것을 기약하며 카자키아를 떠나 오스트리아 국경을 넘어야 했다고 가르칩니다. 나는 그들에게 우리가 리엔츠에서 나치 친위대의 탈영과 투항 장면을 목격하면서 카자흐 국가의 꿈이 다시 한번 우리의 눈앞에서 사라지는 모습을 보았다고 가르칩니다. 나는 아타만 크라스노프가 우리들을 소비에트에 넘기지 않

---

1 파시즘 치하의 북부 이탈리아에서는 1943년 말부터 공산주의자, 사회주의자, 자유주의자 등 다양한 세력을 아우르는 반파시즘 저항 세력, 즉 조국 해방 위원회가 조직되었으며, 파시스트들과 실질적인 무장 투쟁을 벌이기 위한 파르티잔 부대인 가리발디 여단이 창설되었다. 이들은 스페인 내전에 참전했던 이탈리아인 부대 가리발디 여단을 계승하고 있었고, 실제로도 많은 스페인 내전 참전 용사들이 이들 가리발디 여단에 가담해 전투를 벌였다. 이들이 제공한 정보 덕분에 연합군은 수많은 전투를 승리로 이끌 수 있었다.
2 이탈리아 동북부의 항구 도시로 슬로베니아 국경 근처에 있다.

는 조건으로 영국군에게 항복했다고 가르칩니다. 하지만 영국군은 약속을 지키지 않았을 뿐만 아니라 스탈린의 압력에 굴복해서 우리를 오버드라우부르크 포로수용소에 가둔 다음 트럭에 태워 러시아로 강제 이송했다고 가르칩니다. 나는 그들에게 수많은 카자흐인이 말에 무거운 돌덩어리와 쇠붙이를 매달고 아내와 아들과 더불어 차가운 드라바 강물 속으로 뛰어들어 집단 자살을 시도했다고 가르칩니다. 나는 그들에게 우리 카자흐 조국 건설의 꿈은 여전히 죽지 않고 살아 있다고, 또한 마지막 아타만의 지휘 아래 말을 타고 넓은 초원을 누비는 날이 오고야 말 것이라고 가르칩니다. 나는 카자흐의 젊은 세대들에게 이 모든 것을 가르치고 있음을 진술하는 바입니다.〉

소콜로프 대령은 삐뚤삐뚤한 글씨로 쓰인 자술서를 읽고는 고개를 저으며 노인을 빤히 바라보았다.

「빌어먹을 노인네 같으니. 누가 믿을 거라고 이런 쓰레기 같은 말을 하는 거야?」

소콜로프 대령이 신호를 하자 복면을 쓴 두 남자가 철제 의자를 들고 감방 안으로 들어왔다. 그들은 노인의 옷을 죄다 벗기고 손을 뒤로 묶은 채 의자에 앉혔다.

그러자 대령이 노인의 눈앞으로 사진 한 장을 들이밀었다. 사진 속의 세 청년은 중대한 임무를 맡은 카자흐인들인 반면, 나머지 두 사람은 라틴 아메리카 출신 용병이라는 것 외에 노인도 잘 모르는 이들이었다.

「이 세 친구의 이름이 뭐지? 그리고 무슨 목적으로 칠레에 간 건가?」

대령은 밖으로 나가면서 문을 닫았다. 나무 문이 상당히 두꺼웠지만 안에서 노인의 비명 소리가 새어 나왔다. 카카오와 커피 그리고 쿠바산 설탕으로 가득 채워진 커다란 창고에 썰렁한 냉기가 감돌았다. 롤렉스 금시계를 힐끗 본 그는 부하들이 원하는 정보를 얻어 낼때까지 15분을 주기로 마음먹었다.

8
남위 33도

크라머는 산티아고의 부자 동네인 비타쿠라의 사무실로 나를 불렀다. 그날은 아침부터 푹푹 찌기 시작했다. 나는 8시 전에 일어나 커피를 끓이고, 발코니에 앉아 그날 해야 될 일을 꼼꼼히 따져 보았다.

엘라디오가 구해 준 아파트는 안데스산맥이 한눈에 들어올 정도로 전망이 좋았다. 잿빛 봉우리 위로 해가 솟자, 빙하 두 개가 햇빛을 받아 반짝이고 있었다.

나는 바닥에 쓰러져 있던 슬라브인들의 시신과 살라멘디의 얼굴에 언뜻 스치고 지나가던 미소와 익살맞은 표정을 잊을 수가 없었다. 살라멘디는 아무리 급박한 상황에서도 당황하는 법이 없었다. 더군다나 자기를 뒤쫓는 자가 나라는 사실을 알고는 적잖이 안심하는 기색이었다. 무언가 수상쩍은 냄새가 났지만, 그 정체를 알

수가 없었다.

9시 정각에 시로한테서 전화가 왔다. 전날 나는 〈선량한 청년들〉에게 사건의 전말을 알리고 함께 대책을 논의했다. 마침내 그들이 어느 집에서 총소리를 들었다고 경찰에 신고하는 것으로 의견을 모았다.

「알려 줄 게 있네.」 시로가 다급하게 말을 꺼냈다. 「그들의 신원을 알아냈어. PDI[1]에 아는 형사를 통해서 알아봤는데, 죽은 이들은 우크라이나 사람들이야. 우크라이나 여권으로 입국했더군. 그들은 닷새 전에 모스크바를 출발했는데, 암스테르담과 상파울루를 경유해서 여기에 도착한 걸로 되어 있다네. 그런데 말이야, 나머지 둘, 살라멘디와 에스피노사는 입국 기록이 아예 없어. 육로로 입국했다는 얘기지.」

「아니면 가짜 신분증을 사용했을 수도 있겠군.」 내가 덧붙여 말했다.

「아냐. 우리는 PDI의 친구한테 그 두 명의 사진을 보냈어. 공항에는 입국 및 출국 심사대를 통과한 이들의 얼굴을 기록하는 감시 카메라가 여러 대 있다고. PDI는

1 칠레 수사 경찰국Policía de Investigaciones de Chile은 군 경찰국, 즉 카라비네로스와 더불어 칠레의 경찰 조직을 구성하고 있다.

영상에서 찾고자 하는 얼굴을 빠르게 검색할 수 있는 프로그램을 가지고 있어. 최근 보름 동안 항공편으로 칠레에 입국한 이들을 다 확인해 봤지만, 두 사람의 모습은 전혀 보이지 않았다고 하더군. 그리고 그들이 타고 간 지프의 번호판을 확인했더니, 이틀 전에 도요타 대리점에서 도난당한 차량으로 밝혀졌다네. 아포킨도 대로의 공터에 전시되어 있던 차인데 그걸 훔쳤더군. 쥐똥나무 화단에 둘러싸여 있어서 훤히 보이는 곳인데 대담하게 훔쳐서 몰고 간 거지. 대리점 감시 카메라를 확인해 보니까 발라클라바[2]를 쓴 두 명의 남자가 재빨리 지프의 문을 따더니, 시동을 걸고 전속력으로 쥐똥나무 울타리를 넘어가더라는 거야. 그때까지 시간이 1분도 채 걸리지 않았다네. 벨몬테, 녀석들은 그렇게 떠났네. 그들은 이런 상황에서 어떻게 행동해야 하는지 잘 알고 있어.」

「그런 일이라면 자네들도 그들 못지않지.」 내가 덧붙여 말했다.

「여기는 감시 카메라와 보안 업체가 수두룩하니까 마

---

2 머리와 목 전체를 덮는 털실 모자로 추운 지방에서 스키를 타거나 등산을 할 때 착용한다.

음만 먹으면 그 친구들을 찾아내는 건 그리 어렵지 않을 걸세. 오죽하면 이 동네 생쥐들도 고양이가 어디 있는지 알아내려고 감시 시스템을 설치할 수 있다는 농담까지 나오겠나. 자네 혹시 레닌 과르디아 생각나나?」

이름만 들어도 역겨운 이들이 있는데, 레닌 과르디아가 바로 그런 인물이다. 레닌 과르디아는 원래 사회주의 활동가이자 열정적인 혁명가로 화약 냄새가 나는 곳을 찾아 MIR에 뛰어들었다. 망명에서 돌아온 그는 놀라운 변신을 한 이들의 대열에 합류했다. 그들은 혁명가라는 껍질을 벗어던지고 군사 독재 종식 후 등장한 새로운 민주주의 체제와 그 경제 모델에 대한 열렬한 옹호자로 화려하게 변신했다. 〈모처〉에 소속된 레닌 과르디아는 반체제 인사들을 제거하는 추악한 일을 전담했다. 그의 든든한 후원자였던 에르만 브라디 장군은 피노체트의 심복으로 수많은 보안 기관을 창설한 장본인이었다. 그 덕분에 당시 산티아고 시내에는 감시 카메라와 이어폰을 끼고 사람들을 감시하는 요원들로 바글거릴 정도였다. 그런 자들 때문에 과거 우리의 그림자가 더럽혀지고 말았다.

「시로, 다른 건 없나?」

「그 집은 예상대로 임대한 것이네. 보름 전에 로스토프에서 온라인으로 계약했더군. 이곳에 도착한 날, 죽은 이들 중 하나가 한 달 치 임대료와 보증금을 현금으로 지불했다네. 그런데 집주인한테 신용 카드 번호가 나오는 예약 확인서를 돌려 달라고 했다더군. 그러다 보니 부동산 업체 담당자는 임대료를 지불하고 열쇠를 받아 간 사람이 에스피노사인지 살라멘디인지 전혀 모르더라고. PDI 측은 나이가 많고 말수가 적은 남자라고 보고 있네. 하지만 그 남자는 가족들이 필요한 물건을 다 가져왔다면서, 침대 시트나 타월 같은 건 하나도 필요 없다고 손사래를 치더래. 집주인의 입장에서 보면 정말 환상적인 임차인인 셈이지.」

「그렇다면 칠레 내에 그들과 연계된 조직이 있다는 얘기로군.」

「어떤 경우든 그 제삼자가 죄를 뒤집어쓴 셈이야. PDI도 그자를 세 명의 우크라이나인을 살해한 용의자로 보고 추적 중일세. 새로운 소식이 들리면 곧장 알려 줄 테니까 기다려 보게.」

나는 시로의 마지막 말을 생각하면서 전화를 끊었다. 그의 추정이 맞다면 에스피노사와 살라멘디는 세 명의 우크라이나인을 죽이기로 사전에 모의했는데 내가 나타나면서 그 계획을 앞당겼다는 말이 된다. 그들도 당초 조용히 일을 처리하려고 했을 것이다. 그런데 자기들을 도와준 이에게 죄를 뒤집어씌우는 바람에 오히려 신원이 노출되었을 뿐만 아니라 칠레에서 임무를 완수하기 위해 필요한 도움조차 못 받는 처지가 되고 만 것이다. 갈수록 더 수상쩍은 느낌이 들었다.

나는 바레타 권총을 주머니에 넣고 다른 주머니에는 여분의 탄창을 집어넣고 거리로 나갔다. 찌는 듯한 더위와 함께 어느덧 1월도 지나가고 있었다. 얼마나 더운지 숨이 턱턱 막힐 지경이었다.

나는 유리와 강철로 된 건물 꼭대기 층의 화려한 복도를 따라 걸어가다 크라머와 만났던 날 알게 된 두 명의 러시아인과 마주쳤다. 그들은 손짓으로 나에게 따라오라고 신호했다. 그들을 따라 엘리베이터로 갔지만, 다행히 이번에는 몸수색을 하지 않았다. 나는 나를 믿어 준 그들에게 감사의 표시라도 하고 싶었다.

「전에 내가 때린 건 당신들한테 무슨 감정이 있어서 그랬던 건 아니니까 오해하진 마시오.」

「그때 일은 언젠가 되갚아 드리지요. 물론 당신한테

개인적인 감정이 있어서 그런 건 아니지만요.」그들 중 한 명이 억센 러시아 말투가 배인 스페인어로 말했다. 크라머는 휠체어에 그리고 슬라바는 르코르뷔지에[3]의 자에 앉아 있었다. 방 안에는 빈 의자 하나와 티 테이블이 놓여 있었다. 테이블 위에는 커피포트와 찻잔과 술잔 그리고 얼음 통에 집어넣은 스톨리치나야 보드카 한 병이 있었다.

「나의 오랜 친구, 벨몬테가 왔군. 역시 피는 못 속이는 법이야. 이렇게 시간을 잘 지키는 걸 보면 자네의 몸속에도 독일인의 피가 흐르는 것이 분명하네.」크라머가 인사를 건넸다.

「크라머 씨, 세 명이 죽었습니다. 에스피노사와 살라멘디가 무슨 일을 꾸미고 있는 거죠? 그 시체들은 대체 누굽니까?」

「대령, 당신이 대신 대답해 주게나.」크라머는 슬라바에게 몸을 돌리며 말했다.

슬라바는 잔에 보드카를 따르고 한 잔을 내게 건넸다. 내가 담배를 피워 물자 그도 담배를 꺼냈다. 그러자 크

---

3 Le Corbusier(1887~1965). 스위스 태생의 프랑스 건축가로 현대 건축과 도시 계획 분야에 큰 공헌을 했다. 그는 가구 디자인에도 관심이 많아 1930년대부터 가구를 제작했는데, 그 대표적인 작품이 의자다.

라머가 손을 내저으며 거기는 지능형 시스템이 갖추어진 건물이라서 담배를 피우면 자동으로 경보기와 스프링클러가 작동된다고 말했다. 슬라바가 부하에게 소리를 지르자 그는 당장 관리 사무실로 전화를 걸어 화재 경보 시스템을 잠시 꺼달라고 부탁했다.

「그 세 명의 친구는 체첸 전쟁에 참전했던 군인입니다. 가엾기는 하지만 쓸모없는 놈들이죠. 21세기의 이념이 다 그런 것처럼 그들도 헛된 이념에 휩쓸려 전쟁에 뛰어든 용병들이에요. 전설 속에나 나올 법한 그런 자들이죠. 요즘 세상에 삶의 이유가 한 가지 있다면, 그건 돈밖에 없어요. 그것 말고는 다 쓸데없는 짓에 불과하니까 말이오.」

「슬라바 대령님, 그것 또한 전설에 불과합니다. 입센의 〈인민의 적〉에 나오는 한 구절이 될 수도 있는 이야기라고요. 우선 내 질문에 답부터 하시죠.」

「벨몬테, 당신은 카자흐인들에 대해 뭘 알고 있죠?」 질문을 던진 슬라바는 보드카를 한 잔 쭉 들이켰다.

「그들의 전설과 관습을 많이 알고 있죠. 모스크바에 있을 당시 금서였던 이사크 바벨의 『기병대』를 읽었습니다. 그런데 그 책에서는 카자흐인들이 그리 좋게 나오지는 않더군요. 참, 서커스단에서 곡예를 하던 카자 흐인들도 봤어요. 그건 그렇고, 대령님, 이제 본론으로 들어가시죠?」

「잘 알겠지만 그사이 러시아도 많이 변했어요. 하지만 얼마나 변했는지 당신은 상상도 못 할 겁니다. 당신이 알던 것은 죄다 사라지고 없을 거요. 과거 소비에트의 흔적을 지우기 위해 수많은 조치가 이루어졌지만, 그중에서도 과거 역사를 수정한 사례들이 몇 가지 있습니다. 대부분 카자흐인들과 관련된 것인데 우선 볼셰비키 혁명 초기 백러시아[4]에 가담한 반혁명 분자들의 기록을 모두 삭제해 버렸죠. 그리고 그들이 제2차 세계 대전 동안 나치와 동맹을 맺은 것 또한 더 이상 배신행위로 낙인찍지 않아요. 이제는 오히려 공산당 독재로부터 우리를 해방시키는 데 일조한 것으로 평가하고 있는 실정이니까 말이오.」

「슬라바 대령님, 계속 더러운 정치국 위원처럼 말을 하는군요. 다 집어치우고 어서 요점만 말해요!」

「그 다섯 명에게 한 가지 임무가 떨어졌는데, 정보기관 덕분에 우리도 그 사실을 제때 알게 되었죠. 죽은 세

4 벨라루스의 전 이름.

사람은 카자흐인들이고, 카자흐 국가 건설을 꿈꾸는 극렬 단체에 소속된 자들이에요. 사실 그들의 생각이 카자흐의 전통과 전설 속에 머물러 있는 한, 러시아 연방 정부로서도 그 문제 때문에 골머리를 앓을 필요가 없어요. 그들이 자기 조상들처럼 말을 타고 벌판을 누비든 발랄라이카[5]를 켜면서 춤을 추든, 상관할 바 없으니까 말입니다. 그런데 갑자기 예상치 못한 사건이 터지고 말았죠. 그들이 엉뚱한 짓을 저지르는 바람에 자칫 칠레와 러시아 연방의 통상 마찰이 발생할 수도 있었어요. 다행히 양국은 전통적 우호 관계를 계속 유지하고 있어요. 그 후, 최고위층에서 내게 그 사건을 조사하라는 임무를 맡긴 겁니다. 촌스럽고 거칠기는 해도 한다면 하는 인간들이라서 좀 부담이 되긴 하더군요. 도대체 어떤 꿍꿍이수작을 꾸미고 있는지 알아내려고 일단 그들의 정신적 지도자로 알려진 자를 잡아 왔죠. 좀 다그치기만 했는데 순순히 불더군요.」

나도 스톨리치나야 보드카를 단숨에 들이켰다. 러시아인들이 얼마나 과장이 심하고 허풍이 센지 그 사이 잊고 있었다. 그들은 소비에트 지도자들에 대한 낯부끄러

---

5 기타와 같은 우크라이나의 민속 발현 악기.

울 정도의 찬양을 늘어놓기 전에 마음에 없는 말로 시간을 때우기가 일쑤다. 슬라바의 말을 요약하자면, 그들이 어떤 카자흐인을 붙잡아 와서 어두컴컴한 지하실이나 사무실에 묶어 놓고 고문을 가했다는 이야기인 듯했다. 불쌍한 카자흐인은 고문을 이기지 못하고 결국 다섯 명의 이름을 불었던 — 아니, 몇 명이나 더 불었는지 모를 일이다 — 모양이다.

「정신적 지도자나 인민 위원[6]이나 인민들을 팔아먹은 건 마찬가지라네. 그건 그렇고 그들이 칠레에서 무엇을 하려고 했는지, 그리고 왜 죽었는지 자네 특유의 표현 방식대로 완곡하게 말해 주게나, 슬라바, 계속하게. 어떤 면에서 자네는 체호프보다 더 탁월한 이야기꾼이야.」

「크라머 씨. 나는 체호프가 아주 마음에 들어요. 그는 도도하면서도 시니컬한 사람이죠. 만약 내가 그 시절에 그와 아는 사이였다면 무슨 수를 써서라도 그를 내 측근에 두었을 겁니다. 자, 잃어버린 기회를 위해 건배합시다.」 말을 마친 슬라바는 다시 차례대로 술을 따라 주

6 코미사르, 즉 구소련과 공산주의 국가의 장관에 해당하는 정치국 위원을 의미한다.

었다.

「벨몬테, 완곡하게 말하자면 당신의 옛 동지들인 에스피노사와 살라멘디는 아주 현실적인 사람들이라고 알고 있어요. 사실 그들이 러시아에서 출국하기 이틀 전쯤 찾아내서 계획을 바꾸도록 설득하는 건 그다지 어렵지 않았죠. 세 명의 카자흐인을 쥐도 새도 모르게 처치하고 시신을 암매장하는 게 그들의 임무였으니까요. 따지고 보면, 그들이 사라진다 해도 이 먼 나라에서 그들의 행방을 찾으려는 사람은 아무도 없을 테니까 말입니다. 덕분에 우리는 그 문제에 대해서 더 이상 신경을 쓸 필요가 없었죠. 물론 그들끼리만 돌아다닌 건 아니에요. 계획한 대로 움직이는지 감시하기 위해 비밀 요원이 그림자처럼 늘 그들 뒤를 따라다녔으니까요. 벨몬테, 그런데 갑자기 당신이 해결해야 될 문제가 생기고만 겁니다. 그 요원이 상파울루 공항 화장실에서 목이 졸려 죽은 채 발견되었거든요. 그리고 그들은 이동 계획을 급변경한 거죠. 세 명의 카자흐인은 비행기를 타고 산티아고로 간 것이 확실한데, 당신의 옛 동지들은 어디론가 종적을 감추어 버렸어요. 어제 모습을 드러낼 때까지 오리무중이었죠.」

「빌어먹을. 슬라바 대령님, 임무는요? 대체 무슨 짓을 하려고 여기 온 겁니까? 그들의 임무는 대체 뭡니까?」

그러자 크라머가 산맥이 훤히 내다보이는 창문으로 자기를 따라오라고 내게 손짓했다.

「벨몬테, 알다시피 나는 스위스 사람이라서 어눌한 편이지. 그들의 임무는 바로 미겔 크라스노프라는 인물이라네.」

그 이름을 듣는 순간, 내 생각은 과거 시간 속으로 빠르게 날아갔다. 그것도 눈이 핑핑 돌 만큼 어지럽게, 오히려 빛보다 더 빠른 속도로 말이다. 시간 여행이 끝날 무렵 베로니카의 모습이 어렴풋하게 나타났다. 그들은 그녀의 눈을 가리고 손을 뒤로 묶은 채 끌고 나갔다. 청바지와 블라우스로 갈아입을 시간조차 주지 않고 그녀를 윽박지르고 있었다. 안타깝게도 나는 그 자리에 없었다. 그녀가 끝까지 버틸 수 있었던 것도 바로 그 때문인지 모른다. 만일 그 자리에 함께 있었더라면, 우리는 〈카탈리나〉— 자개 장식이 된 콜트 45구경 권총을 그렇게 불렀다—의 탄창 두 개를 다 비웠을 테고, 마지막 두 발은 작별 키스를 나누며 서로에게 쏘았을 것이다. 첫 발은 그녀에게, 그리고 나머지 한 발은 내게······. 그들은 가녀린 그녀를 무자비하게 밀치고 구타하면서 집 밖으로 끌어냈다. 그 순간, 독재 정권의 주구 노릇을 하던 로모가 그녀의 긴 검은 머리를 잡아채고 바닥에 내동댕이치더니 군홧발로 머리를 짓이겼다. 그러곤 팔을 꺾고 머리를 누르면서 차 안으로 밀어 넣었다. 잠시 후 번호판도 없는 자동차는 오래된 동네를 빠른 속도로 빠져나갔다. 그 장면을 지켜보던 동네 사람들은 공포에 질린 나머지, 자신은 아무것도 못 봤다고 속으로 되뇌고 있었다. 그로부터 이틀 후, 나는 견디기 어려울 만큼 고통스러운 소식을 들었다. 〈자네의 여성 동지가 끌려갔네.〉그 소식을 듣자마자 나는 지하 활동의 규칙을 죄다 어기고 권총을 단단히 쥔 채 미친 듯이 산티아고 시내를 돌아다니기 시작했다. 그녀가 남긴 어떤 표시나 작은 흔적이라도, 그리고 그녀의 체취와 희미한 목소리, 또 그녀의 시선이 남긴 작은 빛이라도 찾고 싶었다. 그녀를 잡아간 놈들을 반드시 내 손으로 죽이고 싶었다. 하지만 아무리 애를 써도 그녀를 찾을 수가 없었다. 그렇게 세월만 흘렀다. 많은 사람이 목숨을 바쳐 투쟁을 계속했지만, 저항 조직의 세력이 점점 약화되고 있었다. 나는 일단 칠레를 빠져나와 다른 전쟁에 뛰어들었다. 나는 니카라과의 울창한 밀림 속에서 총을 쏠 때마다 그녀를 생각했다. 그렇게 세월이 흘렀고, 모든 것이 패배로 이어지고 있었다. 그러던 어느 날, 함부르크로 보낸 편지 한 통이 내게 도착했다. 편지에 따르면 베로니카는 여전히 카자흐인, 미겔 대위의 고문에도 굴하지 않고 꿋꿋하게 버티고 있었다. 그 카자흐인은 비야그리말디에서 얼굴을 내놓고 고문을 자행하던 유일한 자였다. 카자흐인은 우리 둘이 산티아고의 어느 공원에서 찍은 사진을 그녀의 눈앞에 들이밀면서 내 이름을 대라고 했다. 그가 아무리 다그쳐 물어도 베로니카는 끝내 입을 열지 않았다. 그러자 그들은 그녀를 벌거벗겨 전극을 설치한 철제 침대 위에 던져 버렸다. 아무리 그래도 베로니카는 끝내 입을 열지 않았다. 카자흐인 크라스노프는 그녀의 헝클어진 머리채를 잡고, 내 은신처를 대면 당장 풀어 주겠다고 약속했다. 베로니카는 내 은신처를 알고 있었지만 끝내 입을 열지 않았다. 그녀는 고문을 가할 때마다 고통을 이기지 못하고 온몸을 부르르 떨었지만 끝내 입을 열지 않았다. 그녀의 침묵은 나와 동지들에 대한 위대한 사랑의 표시였다. 베로니카는 감정을 자극해 결국 입을 열게 만드는 메커니즘을 의도적으로 잊기로 결심했다. 그녀는 게릴라답게 자신의 육신이 카자흐인의 세계로부터 달아날 수 있도록 안간힘을 썼다.

결국 원하던 정보를 얻어 내지 못하자 그들은 베로니카를 산티아고의 어느 쓰레기 처리장에 던져 버렸다. 그녀는 이미 생명을 잃은 수많은 시신 틈에 끼어 있었다. 하지만 베로니카의 몸속에는 희미하게나마 여전히 생명의 불꽃이 타오르고 있었다. 작은 등대와 같은 생명의 불빛이 가물거리며 칠흑 같은 어둠 속을 밝히고 있었다. 그렇게 꺼져 가던 생명의 불꽃을 되살려 준 것도 모자라 나를 대신해 끝까지 그녀를 보살펴 준 이가 바로 아니타 아주머니였다.

그녀의 건강이 회복될 무렵, 나는 크라머한테서 처음으로 일을 부탁받았다. 일을 마무리 지은 다음 내 손으로 카자흐인을 처단하기로 결심했다. 하지만 삶은 사소해 보이는 작은 승리가 하나씩 쌓이면서 이루어지는 법이다. 그중 하나가 그녀를 영원히 내 곁에 두는 것이었다. 그리고 그녀가 무사히 — 물론 그녀와 내가 힘을 합쳐서 — 무거운 침묵을 벗어던지고, 매일 사물의 이름을 예전과 같은 목소리로 노래 부르듯 말할 수 있는 순간이 다시 오기만을 함께 기다리는 것이었다.

물론 나는 카자흐인 크라스노프가 여러 혐의로 기소되어 교도소에 갇혀 있다는 것을 알고 있었다. 그리고 앞으로도 다른 혐의로 추가 기소되면 철창 안에서 평생 썩을 거라는 사실도 알고 있었다. 내가 볼 때, 그는 이미 죽은 목숨이나 마찬가지다.

「크라스노프Krassnoff?」 나는 당장이라도 터져 나오려는 분노를 간신히 참으며 떨리는 목소리로 말했다.

「아뇨, 크라스노프Krasnov입니다.」 의자에 앉아 있던 슬라바가 철자를 바로잡아 주었다. 마치 고문 기술자의 이름이 조금이라도 바뀌면 큰일이라도 나는 것처럼 정색하면서 말이다.

나는 그가 건넨 보드카 잔을 받으며 그의 말이 계속되기를 기다렸다.

「죽은 세 명의 카자흐인은 행동대원들이었어요. 당신의 옛 동지들과 함께 미겔 크라스노프를 구출하는 임무를 맡았던 거죠. 그들은 코르디예라 교도소의 구조와 특징에 대해 이미 철저한 연구와 준비를 마친 상태였습니다. 사실 요즘은 인터넷과 인공위성 덕분에 마음만 먹으면 못 할 게 없어요. 게다가 그들은 과거에 집착하는 자들이 오데사 커넥션에서 착안해 만든 비밀 조직의 도움을 받고 있어요. 그 조직은 그들에게 각종 무기를 제공할 뿐 아니라 임무 완수 후에 그들이 아르헨티나로 무사히 탈출할 수 있도록 도와주기로 되어 있었죠. 물론 이건 나와 직접적으로 관련된 일이지만, 자칫 양국의 통상 관계에 엄청난 피해가 발생할 수도 있었어요. 반면 러시아 정부로서도 어떤 범죄자가 자기 영토 내에서 카자흐인들의 위대한 아타만이나 볼쇼이 발레단 단장의 자리에 오르는 것을 결코 달가워할 리 없겠죠. 정치적으로 그들에게 유리하게 작용하지도 않을 거고요. 우리는 그들의 작전을 모스크바에서부터 차근차근 무력화시키기 시작했습니다. 그리고 우리가 볼 때, 당신의 옛 동지들은 정한 절차대로 움직일 것이 분명했어요. 그런데 바로 그때 상파울루에서 사건이 터지고 만거죠. 예상치 못한 사건에 우리는 당황할 수밖에 없었죠. 그래서 크라머 씨는 그들의 행방을 찾아낼 수 있는 사람을 당장 수배하라고 했던 겁니다.」

「크라머 씨, 실망스럽군요. 그 휠체어보다 사고 능력이 떨어지는 건지 아니면 이제 나이가 너무 많이 드셔서 정신이 흐려진 건지 도무지 종잡을 수가 없군요. 러시아와 칠레 간의 갈등을 피할 생각이었다면, 칠레 경찰이나 〈모처〉에서 일하는 당신의 친구들을 동원해서 그자들을 막을 수도 있었잖아요. 그런데 나를 왜 이 사건에 끌어들인 겁니까?」

스위스 노인은 휠체어에 앉은 채 음흉한 미소를 지었다. 그는 핏기 없는 손을 한동안 내려다보더니 마침내 입을 열었다.

「대령이 말했다시피 상파울루에서 사건이 터지기 전까지는 모든 일이 예상대로 진행되었네. 하지만 이제는 에스피노사와 살라멘디가 무슨 일을 꾸미고 있는지 모르겠어. 굳이 자네의 도움을 청한 것도 바로 그 때문이라네. 어쩌면 그들은 입을 다무는 대가로 우리와 협상을 원하고 있는 건지도 몰라. 워낙 위험한 정보를 많이 가지고 있으니까 말일세. 그래서 말인데, 자네가 나서서 그들을 한 번 더 찾아 줘야겠어.」

「슬라바 대령님, 그러니까 나더러 그들을 만나서 포기하도록 설득하라는 거예요? 그래서 당신의 부하들을 나한테 보낸 겁니까?」

「그건 더 이상 당신이 신경 쓸 문제가 아니오.」 슬라바가 한마디로 잘라 말했다.

「크라머 씨, 두 사람은 내가 자기들을 뒤쫓고 있다는 걸 이미 눈치챘단 말입니다.」

「벨몬테, 그건 일종의 편집증적 망상이라네. 자네처럼 나이 든 게릴라들에게서 흔히 나타나는 증세지.」

9
남위 37도

    에스피노사와 살라멘디는 살토 데 라하[1]의 캠핑 호텔에 아르헨티나 관광객으로 체크인을 한 뒤 곧장 정해진 방갈로로 갔다. 강물이 바짝 줄어들어 있었지만 폭포는 여전히 웅장한 모습을 뽐내고 있었다. 자연을 사랑하는 이들은 저 깊은 곳으로 떨어져 내리는 물의 장막을 배경으로 연신 사진을 찍어 대고 있었다.

    에스피노사와 살라멘디는 침대 위에 짐을 던져 놓고 방갈로의 발코니로 나갔다. 살라멘디는 수백 그루나 되는 포플러 그늘 아래 앉아 피스코 병을 따서 두 잔에 따랐다. 그들은 말없이 피스코를 마시며 담배를 피웠다. 한동안 침묵을 지키던 중 에스피노사가 먼저 입을 열었다.

---

1 칠레 중남부의 라하 강변에 위치한 지역이며 폭포로 유명하다.

「분위기라도 바꿀 겸 건배나 하세. 그런데 뭘 위해 건배를 할까?」

「*Ave, Caesar, morituri te salutant*(황제 폐하 만세! 곧 죽음을 맞이할 자들이 폐하께 인사드리옵니다).」[2] 살라멘디가 대답했다.

전날, 그들은 세 명의 카자흐인을 살해한 뒤, 지프는 산티아고의 어느 거리에 버려두고 왔다. 이 모든 일은 여행을 떠나기 이틀 전, 에스피노사가 모스크바의 아파트에 도착했을 때처럼 아주 신속하고 정확하게 이루어졌다.

그가 산티아고의 더운 날씨에 알맞은 옷을 사러 가는 동안 비밀 요원 팀이 앞을 가로막았다. 그들이 그의 팔을 꺾은 채 선팅이 된 검은색 왜건 차량 안에 집어넣었을 때, 그는 아무리 저항해도 소용이 없다는 것을 알았다. 차에 타자마자 그들은 그의 얼굴에 검은 자루를 뒤집어씌우고 어디론가 떠났다. 그들이 자루를 벗겼을

---

2 수에토니우스의 『열두 명의 카이사르』에 나오는 문구. 전쟁 포로나 죄수들이 푸키누스 호수에서 모의 해전을 펼치기 전에 클라우디우스 황제에게 바치던 인사에서 비롯된 것으로 알려져 있다. 이후에는 처형을 앞두고 절망에 빠진 죄수나 포로 혹은 검투사가 탄원하던 말로 사용되었다고 한다.

때, 그의 앞에는 스타니슬라프 소콜로프 대령이 앉아 있었다.

슬라바는 그의 임무가 무엇인지 손바닥 보듯 훤히 알고 있었다. 슬라바는 상부로부터 그가 맡은 임무를 중단시키라는 지시를 받았다고 넌지시 말했다. 옛 제자가 무슨 질문을 할지 뻔히 알고 있던 슬라바는 그 카자흐인들이 러시아를 떠나야 하는데, 그러려면 러시아 출국과 칠레 입국에 필요한 법적 절차를 밟아야 할 거라고 설명해 주었다. 그래서 만일 세 명의 카자흐인이 칠레에서 사라진다면 경찰이 수사에 착수하겠지만, 그들을 러시아에서 제거하면 순교자로 부각되면서 광신적인 카자흐 분리주의자들을 부추길 우려가 있다는 말도 해주었다. 이어 슬라바는 자신의 요청을 받아들이면, 자기 회사의 보안 요원으로 특채해서 높은 연봉을 보장하고 새로운 러시아에서 부족한 것 없이 살 수 있도록 해주겠다고 약속했다.

에스피노사는 어쩔 수 없이 그의 제안을 받아들였다. 자신들의 사형 선고장에 서명하는 것이라는 점을 알면서도 말이다. 그가 요구한 대로 세 명의 카자흐인을 없애면, 그다음은 자기들 차례가 될 것이 분명했다. 일단은 풀려나겠지만 머지않아 사고로 위장해서 그들 또한 제거될 것은 불 보듯 뻔한 일이었다. 그건 역사의 끝을 의미하는 셈이다. 하지만 20세기 중반 치열한 삶을 살아온 그들은 납덩이처럼 무거운 체념의 신발을 신고 처형대 앞으로 걸어가는 것만큼 끔찍한 일도 없다는 걸 잘 알고 있었다.

「그러니까 우리는 지정학적 요인에 의해 제거되는 셈이로군, 동무. 냉전 때처럼 말이야.」 살라멘디가 한마디 했다.

「정신만 바짝 차리면 상황은 언제든지 바뀔 수 있어.」 에스피노사가 단호하게 말했다.

그들은 계획한 대로 여행을 시작했다. 세 명의 카자흐인은 우크라이나 여권으로, 에스피노사와 살라멘디는 아르헨티나 서류를 가지고 출국했다. 그들이 가진 비장의 카드들 중 하나는 카자흐인들을 설득해 상파울루에서 각기 헤어진 다음, 산티아고에서 합류하도록 설득하는 것이었다. 풍부한 군대 경험을 통해 권위가 몸에 밴 덕분에 일일이 설명하지 않고도 이동 계획을 바꿀 수 있었다. 첫 번째 대책으로 그들은 손가방만 가지고 가기로 결정했다.

암스테르담 기항 중에 카자흐인들 중 한 명의 남다른 눈썰미 덕분에 일이 쉽게 풀렸다. 그는 모스크바에서 탑승한 승객들 중 한 명을 손가락으로 슬쩍 가리켰다. 그 카자흐인은 그가 체첸 전쟁 당시 이슬람 분리주의자들을 심문하던 정보 장교라고 했다. 사실 슬라바는 전에 비해 몸이 비대해졌을 뿐만 아니라 신흥 재벌로 호위 호식하다 보니 굳이 과거의 그림자를 달고 다니지 않는 이들만 골라 쓸 필요도 없었다.

　　상파울루 공항에 도착한 에스피노사는 면세점에 들러 넥타이와 향수를 샀다. 하지만 그는 단 한순간도 그에게서 눈을 떼지 않았다. 호시탐탐 기회를 노리던 에스피노사는 그가 화장실로 들어가는 순간 행동을 개시했다. 나머지 네 사람이 소변을 보고 손을 말리는 동안 에스피노사는 천천히 그에게 다가가 방금 산 향수를 눈에 뿌린 뒤 그를 화장실 칸막이 안으로 밀쳐 넣었다. 나머지 네 사람은 놀라 눈이 휘둥그레졌다.

　　「*Nada acontece, é um amigo*(어이 친구, 아무 일 아니니까 걱정 마).」 살라멘디는 모잠비크에서 배운 포르투갈어로 말하면서 화장실 문을 닫았다.

　　슬라바의 부하는 30달러짜리 넥타이에 목이 졸린 채

카롤리나 에레라 최고급 향수 냄새를 짙게 풍기면서 변기 위에 미동도 않고 앉아 있었다.

그들은 상파울루 공항에서 부에노스아이레스행 비행기표를 샀다. 그러곤 에세이사 공항에서 택시를 타고 뉴베리 공항까지 간 다음, 다른 비행기를 타고 산카를로스 데 바릴로체로 갔다.

출발한 지 사흘째 되던 날 새벽, 그들은 버스—그 버스는 안데스산맥 끝자락의 파타고니아 국도를 따라 칠레의 푸에르토 몬트로 올라간다—에 몸을 싣고 거대한 나우엘 우아피 호수를 따라가고 있었다.

버스가 비야 라 앙고스투라³에서 30분간 정차하자 장시간 여행에 지친 그들은 다리라도 펴기 위해 차에서 내려 개척자들의 마을을 돌아다녔다. 그 마을에는 푸예우에 화산이 분출해도 견딜 수 있도록 두꺼운 지붕을 덮은 오두막집이 늘어서 있었다.

「국경은 여기서 멀지 않다네.」 에스피노사가 말했다.

「전에도 말했지만, 나는 언제나 좀 다른 방식으로 칠레에 돌아가는 모습을 꿈꾸곤 했지. 독재 정권을 타도

---

3 아르헨티나 로스 라고스주에 위치한 마을로 나우엘 우아피 호수의 북서쪽에 있다.

할 의지에 불타는 동지들에게 둘러싸인 채 말이야. 내겐 그런 서사시적인 면모가 필요하다네, 동무.」

「그날은 반드시 오고야 말 걸세. 비록 우리들을 위해 슬피 울어 주는 미망인은 없겠지만 말이야.」

국경을 넘어가는 길은 꽤나 지루했다. 버스에 오른 아르헨티나 국경 수비대 요원들은 그들의 얼굴을 유심히 관찰하고, 연방 수도 시민으로 기재된 그들의 신분증을 차분하게 복사했다. 칠레의 카라비네로스도 똑같이 했지만 그 와중에 능숙한 솜씨로 승객들에게서 음식을 빼앗았다.

세 시간 후 그들은 푸에르토 몬트 버스 터미널에서 택시를 타고 공항으로 갔다.

「지금쯤 슬라바도 알아차렸을까? 우리가 상파울루 공항에 남기고 온 선물 말이야.」 살라멘디가 물었다.

「당장 자가용 제트기를 타고 날아오고도 남을 위인이지. 어쩌면 우리와 동시에 산티아고에 도착할지도 몰라.」

산티아고에 도착하자 숨 막히는 더위가 그들을 맞이했다. 말은 안 했지만 전과 너무나 달라진 공항을 보면서 내심 감탄을 금치 못했다. 초라하던 과거의 모습은 온데간데없고, 유리와 철골 구조로 이루어진 현대식 건물이 위용을 뽐내고 있었다. 그들은 유로를 칠레 페소로 환전한 후에 공항 택시들 대신 창문을 다 내리고 있던 고물 택시 쪽으로 갔다.

에스피노사는 운전사에게 주소를 알려 주었다. 차 안의 공기가 너무 후덥지근해서 견디기가 어려울 지경이었다. 공항과 시내가 고속도로로 연결되어 있었다. 그들은 말없이 차창 밖을 내다보고 있었다. 강변에 석축을 세우고 정원과 작은 그림자를 드리우는 나무를 심어 놓았지만, 예나 다름없이 쓰레기와 죽은 동물들이 마포초강을 따라 떠내려가고 있었다. 너무 오랫동안 나라를 떠나 있었던 탓인지 이상하게도 눈앞의 모든 것이 전혀 낯설어 보이지 않았다. 독재 정권이 무너지던 그날까지 수많은 투사와 바리케이드 그리고 투쟁의 온상이던 오래된 노동자 동네의 이름이 아련히 떠올랐다. 그런 동네에는 지금도 양철 지붕으로 된 납작한 집과 수백 개의 텔레비전 안테나만 보였다.

고속도로를 벗어난 지 몇 킬로미터 지나지 않아, 짙게 깔린 스모그 사이로 산티아고의 스카이라인을 이루고 있는 고층 유리 건물이 어렴풋하게 보이기 시작했다.

에스피노사는 로스 카르멜리토스 교회의 고딕식 탑이 눈에 띄자 자기도 모르게 왼쪽을 돌아봤다. 그곳은 그가 살던 동네였기 때문이다. 그곳에는 헝겊으로 만든 공을 열심히 따라가던 유년 시절의 그림자가 여전히 떠돌아다닐 것이다. 그리고 그곳에는 젊고 아름다운 여인의 유령이 여전히 그를 찾으러 돌아다니고 있을 것이다. 그 여인은 어떤 어린아이의 유령을 끌고 다니지만 이제 더는 아이에게 〈안녕, 애야, 안녕, 카밀로〉라는 말을 할 수 없을 것이다.

택시는 이라라사발 거리와 살바도르 거리가 교차하는 곳에 섰다. 살라멘디가 돈을 지불하고 내린 다음 둘은 살바도르 거리를 따라 북쪽으로 걸어가기 시작했다. 그들이 찾던 번지 앞에 도착하자 에스피노사는 살라멘디를 힐끗 쳐다보았다. 살라멘디는 가볍게 고개를 끄덕였다.

그들은 오래된 2층 주택 앞에 서 있었다. 고층 건물로 바꾸라는 유혹에 굴하지 않고 꿋꿋이 버티고 있는 몇 안 되는 집들 중 하나였다. 에스피노사가 벨을 누르자 인터폰에서 〈누구세요?〉라는 목소리가 흘러나왔다.

「Druz'ya.」〈친구들〉이라고 에스피노사가 대답했다.

「*Pozzhe.*」〈안으로 들어오라〉는 목소리와 함께 문이 열렸다.

노인이 그들을 거실로 안내했다. 살라멘디 눈에는 마치 시간이 멈추어 버린 러시아 궁전의 축소판으로 보였다. 벽에는 금가루를 듬뿍 섞어 그린 성화와 전통 의복을 입은 카자흐인들의 초상화가 걸려 있었고, 정교회의 십자가가 정면을 차지하고 있었다.

노인은 사모바르[4]에 끓인 차와 보드카는 물론 그들이 원하는 것은 무엇이든 주었다. 노인은 손님들과 러시아어로 대화하는 것이 몹시 즐거운 듯했다.

에스피노사가 홀로 지내냐고 묻자, 노인은 고양이를 유일한 벗 삼아 산다고 했다. 하지만 일요일에는 늘 칠레에 거주하는 러시아인들이 찾아온다고 했다.

「푸엔테 알토에는 카자흐인들의 멋진 공동묘지가 있죠. 거기는 한번 가봐야 할 겁니다.」 노인이 그들에게 방문을 권했다.

「우리 친구들은 집에 들어가 있습니까?」 살라멘디가 물었다.

---

4 러시아 가정에서 물을 끓이는 데 사용하는 철제 주전자로 중앙에 상하로 통하는 관이 있어 그 속에 숯불을 넣고 물을 끓인다.

그러자 노인은 계획한 대로 일이 진행되었다고 대답했다. 노인은 부동산 회사에서 열쇠를 받고 임대료와 보증금을 현금으로 지불함으로써 맡은 바 임무를 완수했다고 했다. 다른 러시아인은 그들을 공항에서 만나 집까지 데려다주었다고 했다. 마지막으로 노인은 며칠분의 식량을 준비하는 것도 자신의 임무였다고 덧붙였다.

「그럼 노인장, 우선 우리가 가져가야 할 물건부터 주시죠.」에스피노사가 말했다.

그들은 노인을 따라 지하실로 내려갔다. 노인이 두 사람의 도움을 받아 양탄자와 여러 집기를 들어 올리자 트렁크 하나가 나타났다. 노인은 목에 걸고 있던 열쇠로 트렁크를 열었다.

안에는 여러 가지 무기가 들어 있었다. 파편 수류탄과 위장복, 방탄조끼와 러시아제 로켓 발사기 RPG-7 등 열 명 정도는 충분히 무장시킬 수 있을 듯했다. 에스피노사는 9밀리미터 구경 우지 SMG 자동 소총과 스물네 발의 탄환이 든 네 개의 탄창 그리고 접이식 개머리판이 달린 현대식 칼라시니코프 AK-47 자동 소총과 7.62밀리미터 구경의 탄약이 든 폴리머 탄창 두 개를 집어 들었다. 그는 노인에게 그 무기들을 가져갈 수 있도록 가방을 달라고 했다. 노인이 지하실에서 나가자마자 에스피노사는 소음기를 꺼내 우지 소총 총구에 장착하고 그가 돌아오기를 기다렸다.

총이 발사되자 마치 호두 깨지는 소리가 났다. 노인은 이마 한가운데에 구멍이 난 채 층계 아래로 풀썩 쓰러졌다.

둘은 고양이가 무심한 눈길로 쳐다보는 가운데 집 안을 샅샅이 뒤지던 중 휴대 전화 한 대를 발견했다. 빠르게 통화 내역을 확인한 결과, 마지막 사흘 동안 노인에게 걸려 온 전화는 단 한 통도 없었다. 안 그래도 휴대 전화가 필요하던 참이었는데, 때마침 수중에 들어온 셈이다. 슬라바가 모스크바에서 준 휴대 전화에는 GPS 추적장치가 설치되어 있을 것이 뻔했기 때문에 상파울루 공항에 도착해서 곧바로 쓰레기통에 버렸다.

성화 속의 성인들은 힘없는 눈동자로 그들을 내려다보고 있었다. 에스피노사는 외워 둔 번호로 전화를 걸었다. 슬라바는 어디에 있든지 간에 전화를 받을 것이다. 예상한 대로 수화기에서 슬라바의 목소리가 흘러나왔다.

「대체 어떻게 된 거요?」

「우리가 상파울루에 남겨 둔 선물을 받았을 텐데요.」

「이거 실망이로군요. 계속 그렇게 나오면 쥐도 새도 모르게 죽을 수도 있을 거요.」

「우리야 이미 오래전에 죽은 목숨이나 마찬가지잖아요. 소콜로프 대령님, 그건 그렇고 그사이 마음이 변해서 당신의 가소로운 제안을 받아들이지 않기로 했습니다. 우리는 일단 맡은 바 임무를 완수할 테니까 앞으로는 좀 더 전향적인 자세로 협상에 임하도록 하세요.」

「무슨 말인지 잘 알겠소. 앞으로 기회 닿는 대로 차분히 이야기를 나눠 보도록 합시다.」 슬라바는 짧게 말을 마친 뒤 전화를 끊었다.

그들은 캔버스 천으로 된 가방에 무기를 집어넣고 밖으로 나왔다. 그러곤 곧장 프로비덴시아 대로를 향해 북쪽으로 걸어가기 시작했다. 도시는 1970년대에 마지막으로 본 모습과는 완전 딴판으로 변해 있었다. 하지만 수직 수평으로 구획된 거리는 예나 다름이 없었다. 에스피노사와 살라멘디는 아무 말도 하지 않았지만, 슬라바의 말을 마음속에서 곰곰이 되새겨 보고 있었다. 슬라바도 예전의 그가 아니었다. 로디온 말리놉스키 군사 학교 시절 명석한 교관의 모습은 거의 남아 있지 않았다. 그의 목소리는 자신의 부하나 경호원한테는 모르겠지만, 두 명의 전직 정보 장교에게는 전혀 어울리지 않았다. 슬라바는 그들이 이미 산티아고에 진입했다는 사실뿐만 아니라 몇 분 뒤 그들이 전화를 건 장소의 좌표까지 정확히 파악했을 것이다. 앞으로 기회가 닿는 대로 대화를 해보자는 말을 아주 자연스럽게 하는 걸로 봐서는 그도 이미 산티아고에 있는 것이 분명했다.

에스피노사와 살라멘디는 오후에 세 명의 카자흐인과 재차 연락을 취한 뒤 그들이 이미 자리 잡고 있던 아지트로 들어갔다. 둘은 어두워진 뒤에 도요타 지프를 탈취하기로 했다.

세 명의 카자흐인과의 관계는 러시아에 있을 때부터 살얼음판을 걷는 듯했다. 체첸 전쟁에 참전했던 카자흐인들은 두 명의 낯선 외국인을, 그것도 공산주의 이념을 위해 투쟁했을 뿐만 아니라 로디온 말리놉스키 군사학교에서 정보 장교 교육을 받은 자들을 쉽게 믿으려고 하지 않았다. 산티아고의 더위가 카자흐인들을 짜증 나게 만들었다. 밤이 되어도 좀처럼 식지 않는 뜨거운 공기를 계속 들이마시다 보니 절망감에 숨이 막히는 듯했

215

다. 게다가 두 명의 칠레인이 들고 온 무기를 보자 긴장
감이 극에 달했다.

분명 속전속결로 처리하는 데 적합한 무기와 위장복
을 지급할 것이라고 장담했지만, 실제로 가방 안에 든
것들로는 턱없이 부족했기 때문이다. 에스피노사는 정
해진 시간이 되면 필요한 무기가 도착할 것이라고 약속
하면서 그들을 달래려고 했다. 게다가 자기들이 무기고
에 들어가 미리 계획한 무기들이 다 있는지 직접 확인
했다고 말했다.

그날 밤, 에스피노사와 살라멘디는 방금 손에 넣은
지프를 몰고 돌아오는 길에 24시간 주류 판매점 앞에
차를 세웠다. 그러곤 카자흐인들의 기분을 풀어 주기
위해 술을 여러 병 샀다.

카자흐인들이 거실에서 술을 마시는 동안, 그들은 요
리하는 척하면서 주방에 틀어박혀 있었다.

「자네는 끝까지 갈 생각인가?」에스피노사가 물었다.

「역사의 끝까지.」살라멘디가 대답했다.

둘은 현재 자신들이 처한 상황을 분석하기 시작했다.

살라멘디는 러시아인과 칠레인 조력자들이 언제든
목숨을 바칠 각오가 되어 있지 않다고 봤다. 최소한의

보안 조치도 없이 노인한테 무기고를 맡겨 놓은 것만 봐도 얼마나 허술한지 쉽게 알 수 있다고 했다. 더군다나 노인의 휴대 전화로 단 한 통의 전화도 걸려 오지 않았다. 이상이 없는지 확인하기 위해 전화를 걸거나 문자 메시지를 보낸 이가 아무도 없었다는 얘기다. 다행히 무기류와 군복은 노인의 지하실에 그리 오래 묵혀 두지 않았는지 여전히 기름칠로 번들거렸고 강한 아몬드 향이 코를 찔렀다. 습기와 먼지 제거에 탁월한 효능을 지닌 합성 윤활유 슬리퍼리의 냄새였다. 러시아 노인이 혼자 있었다면 기껏해야 가방 위에 무거운 양탄자와 집기들을 덮기만 했으면 몰라도, 그 무기들을 다 가방에 옮겨 놓았을 리는 만무하다. 그렇다면 누군가가 무기를 가져왔지만 러시아 비밀경찰이 개입한 것을 눈치채고는 관련자들과 함께 필사적으로 달아났을 것이다. 겁이 나서 그랬든지 아니면 미처 그것까지 신경을 쓸 틈이 없어서 그랬든지 간에 그들은 러시아 노인을 내팽개친 채 줄행랑을 친 것이 분명하다.

에스피노사는 계속 슬라바가 마음에 걸렸다. 슬라바라면 틀림없이 자기 부하들 중 최고이면서도, 그들을 잘 알고 있고 그들이 무슨 행동을 할지 훤히 내다볼 수 있는 자를 따라붙게 했을 것이다. 대체 누구일까?

에스피노사와 살라멘디는 라틴 아메리카인, 특히 칠레인 중에서 그 나라에 대해 비교적 소상히 알고 있고 눈에 띄지 않게 움직일 수 있는 자일 거라는 쪽으로 의견을 좁혔다. 주방에 앉은 채 그들은 소련과 쿠바 그리고 독일 민주 공화국과 니카라과의 사정을 잘 아는 칠레인의 명단을 작성하기 시작했다. 우선 이미 사망한 이들과 1990년대 이후에 칠레로 돌아온 이들을 명단에서 삭제하자 몇 명의 이름밖에 남지 않았다. 둘은 머리를 맞대고 게릴라전에 참여한 경험이 있는 이들을 골라 봤지만, 딱히 마땅한 인물이 떠오르지 않았다.

「참, 로디온 말리놉스키 군사 학교에서 유독 말이 없던 그 친구 있잖아? 스나이퍼 말이야. 그 친구 이름이 뭔지 기억나나?」에스피노사가 물었다.

「벨몬테. 맞아. 그는 니카라과에서 탈출해서 독일로 망명했지. 아마 함부르크로 갔을 거야. 하지만 그에 관해서는 아는 게 별로 없다네. 언젠가 슬라바 아니면 어떤 KGB 장교에게 그의 경력에 대해 물어본 적이 있지. 그때 알아낸 거라고는 그가 좌파들 중에서 가장 강경한 노선을 고수하던 〈엘레노스〉, 즉 민족 해방군 소속 투쟁가라는 것밖에 없어. 사람들 눈에 거의 띄지 않던 골수 체 게바라 추종자들 말이야.」

카자흐인들은 텔레비전 앞에 앉아서 술을 마시고 있었다. 살라멘디는 눈 깜짝할 사이에 칼라시니코프에서 공이를 모두 빼냈고, 우지 소총들 중에서는 하나만 빼냈다.

내일 아침, 작전 계획을 점검할 때 만일의 사태에 대비하기 위해서였다. 세 명의 카자흐인은 아직 술이 덜 깬 상태로 산티아고 지도 앞에 둘러앉았다. 그들이 있던 안전 가옥에서 페냐롤렌의 호세 아리에타가 9,540번지까지는 차로 30분 거리였다. 바로 그곳에 10미터 길이의 철제문과 가시철조망 그리고 네 개의 감시탑으로 둘러싸인 코르디예라 교도소가 자리 잡고 있었다. 그곳에서 가장 큰 건물, 즉 칸타브리아풍의 2층 건물은 수용소 본부로 쓰이고 있었고, 죄수들은 방갈로 스타일로 된 작은 건물에 분산 수용되어 있었다. 그들의 작전 목표는 수용소의 뒤편, 즉 풀포기가 드문드문 나 있는 땅과 안데스산맥을 바라보고 있는 건물이었다. 수용소 곳곳에 감시 카메라가 설치되어 있었지만, 모스크바에서 검토한 사진에 따르면 시스템 자체가 매우 제한적으로 운용

되고 있었다. 수용소 정면에도 감시 카메라가 있었지만 밤이 되면 거리 쪽의 울창한 나뭇잎에 가리기 때문에 무용지물이었다. 작전 참가자들 중 두 명, 즉 A와 B가 정문 쪽으로 접근해서 초병의 관심을 끄는 틈을 타, 나머지 요원들은 수용소 뒤편의 벽으로 접근하기로 했다. 그 사이 A와 B는 감시탑을 향해 엄호 사격을 할 계획이었다.

그들은 각자 맡은 임무를 반복했다. C는 RPG-7로 가장 가까운 감시탑을 날려 버리고, 그 사이 D는 RPG-7로 즉시 공격을 개시한다. 로켓탄이 본부 건물 2층에 떨어지면, 세 번째 RPG-7 로켓탄으로 다른 감시탑을 날려 버린다. 네 번째 로켓탄으로 담에 구멍을 내면, E는 그 속으로 파편 수류탄을 던져 넣는다. 작전은 1분 내로 끝나야 한다. 체첸 참전 군인들은 그 시간에 로켓 발사기를 최대 여덟 번까지 발사하고 장전할 수 있었다.

1분이 지나면, A와 B는 차를 타고 수용소 뒤편에 가서 C, D, E가 작전 목표 지점인 방갈로에 도착할 때까지 로켓 발사기와 칼라시니코프로 이들을 엄호해야 한다. 작전 목표의 인상착의는 180센티미터의 키에 몸매는 호리호리한 편이고, 하얀 머리에 파란 눈 그리고 콧수염을 기른 러시아인이다.

구출 작전은 최대 2분 내에 종료되어야 한다. 그 정도면 전투 경험이 전혀 없는 스물네 명 정도의 경비 병력을 완전히 제압하기에 충분한 시간이다.

「각자의 임무를 한 번 더 반복하도록 하시오.」에스피노사가 명령하자, 세 명의 카자흐인은 다시 산티아고의 지도를 면밀히 검토하기 시작했다.

정오가 지난 후, 그들은 철수 작전을 다시 검토했다. 모스크바에 있을 때 카자흐 조직 위원회는 작전이 개시되는 자정과 1시 사이에 15분 간격으로 서로 다른 비행 임무를 지닌 네 대의 비행기가 토발라바 비행장에서 이륙할 예정이라고 그들에게 알려 주었다. 작전을 종료하고 걸어서 비행기에 도착하는 데 15분이면 충분할 것이다. 칠레 군경이 사상자들의 수를 파악하고 사건의 진상을 파악한 뒤, 수색대를 편성하려면 족히 한 시간은 걸릴 테니까 그 정도면 시간이 촉박한 것은 아니었다. 그들이 탈 비행기는 6인승 파이퍼 PA-32 체로키로, 조종사를 포함해서 모두 여섯 명이 타고 랑카과 근방의 안데스산맥 산기슭에 있는 활주로에 도착할 예정이었다. 비행기에서 내린 뒤, 그들은 곧장 아르헨티나 국경으로 이동하게 되어 있었다.

　모스크바를 떠나기 이틀 전, 슬라바는 그에게 빈정대
는 말투로 그들의 세부 계획을 조목조목 짚어 가면서
읽어 주었다. 에스피노사는 고개를 숙이며 자기와 동지
의 이름을 걸고 명령을 따르겠다고 맹세했다. 그러곤
자신이 알고 있던 모든 것을 슬라바에게 알려 주기도
했다. 그러는 동안 저렇게 사람이 변할 수 있는 건지 에
스피노사는 마음속으로 놀라고 있었다. 신흥 재벌로 사
느라 명민하던 두뇌도 녹슬었는지 그나마 옛날 방식으
로 입수한 정보에서 중요한 사항, 즉 칠레에 도착한 후
식량 공급원이 누구인지조차 알려 주지 않았다. 그는
또한 세밀한 부분을 간과하고 있었다. 세 명의 카자흐
인은 단순한 용병이 아니라 한몫간 이상을 광적으로 추
구하는 자들이라서 자신들이 맞서 싸운 체첸의 근본주
의자들과 크게 다를 바가 없다는 사실을 말이다. 그들
과 함께라면 크라스노프가 갇혀 있는 곳에 가는 것은
큰 문제가 아닐 듯했다. 물론 거기서 살아 나올 가능성
은 높지 않겠지만, 설령 그렇게 된다고 해도 에스피노
사는 두렵지 않았다.

　식사를 마치고 다섯 번째 작전 계획을 재검토하고 있

는데, 갑자기 현관 벨이 울렸다. 다섯 명의 남자는 당황해서 서로 얼굴만 쳐다보았다. 잠시 후 살라멘디는 문에 난 구멍을 통해 밖을 살펴보았다. 철제 대문 앞에 피자 배달원이 서 있었다.

살라멘디는 어쨌든 사태를 해결하기 위해 밖으로 나갔지만, 카자흐인 한 명이 쫓아 나오려는 것을 막지는 못했다. 그는 그들 중에서도 가장 예민하고 욱하는 성질을 가진 자였다. 살라멘디는 배달이 잘못 온 것일 뿐이라고 설득했지만, 그는 러시아어로 고함을 질러 대기 시작했다. 하는 수 없이 살라멘디는 배달원에게 피자값은 물론 팁도 두둑이 준 뒤 카자흐인을 다독이며 집 안으로 들어갔다.

하지만 집 안으로 들어가자마자 심한 언쟁이 벌어졌다. 카자흐인들은 애당초 이웃은 물론 찾아오는 이도 없는 외딴 곳이 아니라 시내 한복판에 있는 집을 고른 것 자체가 잘못이라고 둘을 몰아세웠다. 그들 중 한 명은 이제부터 자기가 지휘할 테니까 당장 창고로 가서 필요한 무기가 정말 있는지 확인하자고 악을 쓰며 소리를 질렀다. 사실 카자흐인들은 칠레 놈들의 말을 애당초 믿지 않았다. 그러더니 그는 살라멘디에게 칼라시니코프를 겨누었다.

「N'et(안 돼).」에스피노사는 소음기가 달린 우지 소총을 들며 그를 만류했다.

그 순간 카자흐인이 방아쇠를 당겼지만 총알은 나가지 않았다. 어쩌면 이마 한복판에 총알구멍이 나기 직전에야 자기 총에 공이가 없다는 것을 깨달았을지 모른다. 나머지 두 카자흐인도 순식간에 쓰러졌다.

살라멘디가 차고의 철제 셔터를 올리기 위해 밖으로 달려 나간 사이, 에스피노사는 무기와 각종 서류 그리고 돈을 가방에 쓸어 넣은 뒤 주방 문을 통해 곧장 차고로 나갔다.

그들은 전속력으로 차를 몰고 나갔다. 하지만 50미터간 뒤 에스피노사는 길가에 주차되어 있던 차를 발견하자 급정거를 했다. 그 순간, 그들은 그와, 그리고 그는 그들과 눈이 마주쳤다. 예상했던 대로 말이 없고 늘 혼자 다니기를 좋아하던 그 친구였다. 로디온 말리놉스키 군사 학교의 스나이퍼, 벨몬테.

몇 시간 후 그들은 어느 쇼핑몰 주차장에 지프를 버리고 떠났다. 에스피노사는 일부러 주차되어 있던 여러 차량의 유리창을 깨뜨려 도난 경보기를 울리게 했다.

그사이 살라멘디는 선팅이 된 회색 기아 자동차의 시동을 걸어 재빨리 남부 고속도로 쪽으로 달아났다.

그들은 고속도로 첫 번째 주요소에 들어가 휘발유를 가득 채웠다. 살라멘디는 드라이버 세트를 사서 재빨리 자동차 번호판 두 개를 모두 갈아 끼웠다.

2백 킬로미터를 달린 뒤에 그들은 저녁을 먹기 위해 차를 세웠다. 식사를 마친 후 그들은 남의 눈에 띄지 않도록 카약을 잔뜩 실은 두 대의 트럭 사이에 차를 세우고 안에서 몇 시간 눈을 붙였다.

땅거미가 내려앉자 그들 앞에 있던 폭포 소리가 더 크게 들리고, 밤새들이 부근의 숲속을 날아다니며 노래를 부르기 시작했다.

「내일부터는 역할이 바뀌기 시작할 걸세. 이제 쫓는 쪽은 우리가 될 테니까 말이야.」 에스피노사가 중얼거리며 말했다.

「벨몬테, 후안 벨몬테. 만일 그가 과거를 잊지 않았다면, 우리의 입장을 이해하고 우리 편에 서게 될 거야.」 살라멘디가 덧붙여 말했다.

그동안 쌓인 피로가 한꺼번에 몰려왔다. 사실 모스크바를 떠난 후로 제대로 잠을 잔 적이 없던 탓에 누적된

피로가 경고 신호를 보냈다. 그들은 여섯 시간씩 번갈아 자기로 결정했다. 먼저 살라멘디가 침대 위로 벌렁 몸을 던졌다. 반면 에스피노사는 졸린 눈을 비비면서 밤하늘에 총총 박혀 있는 별을 쳐다보았다.

10
남위 33도

일주일 뒤, 나는 조사한 결과를 알려 주기 위해 크라
머를 만났다. 한마디로 요약하면 알아낸 것은 아무것도
없었다.

슬라바도 맡은 바 임무를 완수하고 이미 러시아로 돌
아간 상태였다. 세 명의 카자흐인을 제거함으로써 러시
아와 칠레 간의 통상 관계는 다시 정상화되었다. 그 결
과 크라스노프는 여전히 감옥신세를 면치 못했고, 언론
은 1946년 칠레로 건너온 러시아 출신의 노(老)실업가
의 죽음과 그의 집에서 발견된 미스터리한 무기고에 관
해 연일 대서특필하고 있었다.

「나는 누구든 내 신경을 거슬리게 하는 자들이 가장
싫다네. 벨몬테, 혹시 막스 프리슈 읽어 봤나? 스위스
작가인데, 집요할 정도로 수학적 관점에서 현실을 해석

하려고 했던 사람이지. 그의 작품에서는 모든 것이 정확하게 들어맞아야 한다네. 그래서 논리도 단순히 인식과 비교의 결과라기보다 오히려 확률 계산에 좌우되는 셈이지.」

「나도 『호모 파베르』를 읽어 봤는데 무지 지루하더군요. 그건 그렇고 크라머 씨, 괜히 빙빙 돌리지 말고 하고 싶은 말이 있으면 어서 하세요.」

「자네의 두 동지는 무언가 석연치 않은 점이 있어. 소콜로프 대령의 명령대로 하고 러시아로 돌아가면, 최소한 로이드 한자 보험 회사의 모스크바 지사에서 번듯한 일자리라도 얻을 게 아닌가. 그런데도 이동 계획을 바꾼 걸 보면 우리가 모르는 다른 계획이 있다는 얘기지.」

「나이가 들면서 몸이 둔해지는 이들이 있는가 하면, 머리가 둔해지는 이들도 있죠. 그런데 보아하니 당신은 뻔뻔함을 숨기는 능력을 잃어버린 것 같군요. 에스피노사와 살라멘디는 전직 정보 장교예요. 맡은 바 임무대로 세 명의 카자흐인을 제거하고 나면 자신들이 눈엣가시 같은 존재가 되리라는 것쯤은 금세 눈치챘겠죠. 러시아에서 누가 카자흐인들을 제거하라고 명령을 내렸을까요? 당신입니까, 아니면 러시아 정부입니까? 그들

228

이 다른 계획을 가지고 있었다는 건 분명해요. 모르긴
해도 슬라바가 개입하기 훨씬 전부터 계획을 가지고 있
었을 겁니다.」

나는 하는 수 없이 〈선량한 청년들〉의 도움을 받아
알아낸 사실을 크라머에게 자세히 알려 주었다. 우리는
PDI에 근무하는 연락책을 통해 확보한 주차장의 감시
카메라 영상으로 그들이 도요타 지프를 버리고 기아 자
동차로 갈아타는 모습을 확인할 수 있었다. 그리고 고
속도로 톨게이트 감시 카메라를 통해, 그들이 산티아고
에서 남쪽으로 2백 킬로미터 떨어진 곳까지 간 것도 확
인할 수 있었다. 하지만 거기서부터 남쪽으로 계속 내
려갔는지 아니면 다시 북쪽으로 올라왔는지 그리고 국
도를 따라갔는지 아니면 좁은 시골길로 갔는지 둘의 행
방이 오리무중이었다.

「시대가 변하면서 이제는 콜롬비아에서 무기를 쉽게
구할 수 있어. 심지어는 현대식 갈릴 공격용 자동 소총
도 구할 수 있다네. 콜롬비아에 있는 공장은 여러 군대
에 무기를 납품하고 있기 때문에, 몇몇 무기들이 재고
목록에만 존재한다고 해서 결코 놀랄 일이 아니야. 가
령 자네가 여덟에서 열 명의 살인 청부업자를 무장시킬

정도만 무기를 구입하고 그것을 파나마로 반출한 다음, 거기서 벨리즈나 파라과이로 옮긴다면 종착지를 추적하기는 사실상 불가능하지. 당연히 그 과정에서 뇌물을 먹여야 하는데, 그만큼의 돈이 있느냐에 성패가 달려 있다네.」시로가 말했다.

만약 그렇게 해서 무기가 어딘가에 도착했다면 그때부터는 아무런 문제가 없었을 테고, 따라서 경찰도 더 이상 그 문제를 수사 대상에 올릴 수 없었을 거라는 얘기였다. 마르코스와 브라울리오는 그 문제에 관해 생각나는 대로 이것저것 이야기해 주었다.

「애초에 그들은 자기들의 뒤를 밟고 있던 자가 누군지 몰랐을 거야. 아마 이것저것 생각하면서 과거 소련이나 쿠바, 니카라과에서 만났거나 알던 이들의 이름을 하나씩 떠올렸을 걸세. 자네도 모스크바에 있을 때 그들을 만났으니까 명단에 올라갔겠지. 그러다 자네를 봤을 때, 자기들이 유리한 고지를 점했다고 느꼈을 거야. 결국 추적자의 신원을 알아냈으니까 말이야.」브라울리오가 말했다.

「그런데 좀 이해가 안 가는 게 있어. 그 순간 왜 자네를 쏘지 않았을까? 그 상황이라면 자네는 1분에 6백 발을 발사할 수 있는 우지 소총의 손쉬운 과녁이나 마찬가지였을 텐데 말이야. 더군다나 이미 세 사람이나 해치운 터라 아드레날린이 최고치에 달했을 때잖아.」

사실 나도 그 점이 쉽게 이해되지 않았다. 그 상황에서 만일 내가 베레타 권총을 뽑아 들었다면, 그들의 우지 소총이 나를 향해 불을 뿜었을 것이다. 서로의 눈이 마주친 것은 단 몇 초에 불과했지만, 그들의 얼굴에서 과거의 흔적을 찾아내기에는 충분했다. 그들이 나를 죽이지 않은 것은, 우선 달아나는 것이 급선무였던 데다 공연히 대로에서 총격을 가했다가 자신들이 맡은 임무마저 위태로워진다고 판단했기 때문이리라. 그런데 나는 그 순간 그들의 얼굴에서 무언가를 읽을 수 있었다. 격전을 치르기 직전 자신이 무언가 중요한 일을 하고 있다는 확신에서 오는 차분함, 다시 말해 두려움을 다 가리고도 남을 정도로 평온한 마음을 말이다. 어쩌면 무기를 꽉 쥔 채 죽음을, 그 마지막 기억마저 없애지 못하겠지만 어쨌든 죽음을 맞이하기 위해 여태껏 살아온 즐거운 순간들을 떠올리는 게릴라의 침묵과 다를 바가 없었다. 에스피노사와 살라멘디는 해묵은 문제를 해결하기 위해 칠레로 돌아온 것이다. 카자흐인들과 함께

온 것은 일종의 변명이거나 자신들의 목표를 이루기 위한 수단에 지나지 않았다. 물론 그들의 계획은 나와 아무런 관계도 없는 일이었다.

「크라머 씨, 그럼 나도 눈엣가시 같은 존재인가요?」

스위스 노인은 미소를 지으며 대답했다.

「벨몬테, 자네는 안 믿을지 모르겠지만 나는 자네를 아주 높게 평가하고 있다네. 지금 이 문제는 더 이상 소콜로프 대령의 소관이 아닐세. 만약 대령이 지금 보고서를 작성한다면, 자네가 워낙 기민하게 그들을 찾아내는 바람에 그들이 패닉 상태에 빠져 버렸다고 쓸 거야. 그래서 계약 사항을 이행하기 위해 서둘러 세 명의 카자흐인을 처단하고 멀리 달아날 수밖에 없을 거라고 말이지. 이 사건은 그렇게 일단락된 셈이야. 그들의 행방을 다시 찾든지 아니면 세상 끝에 있는 자네의 은둔처로 돌아가든지 순전히 자네의 뜻에 달려 있다네. 앞으로 자네를 성가시게 굴 사람은 아무도 없을 걸세. 그리고 조만간 사례금 조로 스위스 은행에서 발행한 수표를 받게 될 거야. 자네를 다시 만나게 돼서 얼마나 기쁜지 몰라. 하지만 앞으로 20년 동안은 다시 볼 일이 없을 거라고 믿네.」

「아니요, 크라머 씨. 앞으로 절대 볼 일이 없을 겁니다.」나는 번호 한 개만 저장된 휴대 전화를 돌려주면서 작별 인사를 고했다.

「자네가 가지고 있게. 아이폰을 마다할 사람은 없잖은가. 유심 칩만 바꿔 쓰도록 하게나.」

나는 현대식 빌딩을 나왔다. 내가 무사히 밖으로 나가자 슬라바의 두 경호원 — 특히 그중 한 명 — 은 적잖이 당황스러운 표정을 지었다. 나는 그자가 예전에 내게 당한 일을 아무 예고 없이 그리고 아무런 개인적 감정도 없이 되갚아 주기를 내심 바라고 있었다.

11
남위 43도

    케욘에는 폭우가 쏟아지고 있었다. 가로등 불빛이 희미하게 비추던 해변의 산책로로 파도가 사납게 밀어 닥치고 있었다. 단단히 묶어 놓은 선박이 덜거덕거리며 흔들리는 소리가 거센 바람을 타고 아니타 아주머니의 여관 창가까지 전해졌다. 사납게 몰아치는 비바람 때문에 창문에 서 있으면 유리창을 타고 흘러내리는 빗물밖에 보이지 않았다.

    선팅이 된 기아 자동차가 폭우를 뚫고 천천히 다가오다가 여관 20미터 앞에서 멈추었다.

    「자, 그럼 시작해 볼까.」 살라멘디가 중얼거리듯 말했다.

    「나가세.」 에스피노사가 차 문을 열며 대답했다.

    두 사람은 여관을 향해 성큼성큼 걸어갔다. 저 먼 수

평선으로 번개가 치면서 그들이 들고 있던 우지 자동
소총에 섬광이 번쩍였다. 여관 정문 앞에 도착했을 때,
그들은 온몸이 비에 젖어 있었다.

어스름이 깔린 방 안에서 잠을 자던 베로니카가 그
순간 눈을 번쩍 떴다. 어디선가 덜그럭거리는 소리가
들렸기 때문이다. 사방에서 몰아치던 폭풍우나 나무로
된 집에서 흔히 나던 삐걱거리던 것과는 전혀 다른 소
리였다. 그 순간 그녀는 베개 아래로 오른손을 집어넣
었다. 마카로프 권총 손잡이의 까칠한 촉감이 손을 타
고 전해졌다. 그녀는 천둥이 치는 틈을 이용해 몸을 일
으켰다.

그녀가 대문 쪽으로 총을 겨눈 채 가만히 서 있던 중
또다시 번개가 치면서 집 안이 환해졌다. 그 순간 갑자
기 문이 벌컥 열리면서 페드로 데 발디비아가 침대 위
로 풀썩 쓰러졌다. 앞쪽으로 무장한 두 남자가 보이자
그녀는 곧장 그들을 향해 방아쇠를 당겼다.

살라멘디는 왼팔에 총알을 맞고, 그 충격으로 쓰러지
려고 했으나 간신히 벽에 몸을 기댔다.

「당장 권총을 내려놔. 안 그러면 쏠 테다.」에스피노
사는 아니타의 뒤에 몸을 숨긴 채 우지 소총의 총구를

그녀의 목에 겨누었다.

「개자식아, 그녀는 말을 못 한다고.」 페드로 데 발디
비아가 소리쳤다.

베로니카는 페드로 데 발디비아가 고통스러운 표정
을 지으며 허벅지를 붙잡고 있는 것을 보았다. 그의 바
지는 이미 피로 벌겋게 물들어 있었다. 그녀는 하는 수
없이 총을 버리고, 울음을 참으며 벌벌 떨고 있던 아니
타를 꼭 안아 주었다.

「마카로프로군. 박물관에서나 볼 수 있는 권총을 아
직도 가지고 있다니.」 에스피노사가 무기를 집으며 소
리쳤다.

베로니카는 아니타를 침대에 앉히고 서둘러 페드로
데 발디비아를 치료해 주러 갔다. 그녀는 침대 시트를
찢어 지혈대로 만들어 허벅지를 꽁꽁 동여맸다. 확인해
본 결과, 총알이 그의 다리를 관통한 상태였다. 페티소
는 평소 그녀의 눈에서 볼 수 없던 무언가를 발견했다.
증오로 이글거리던 눈빛을 말이다.

「참을 만해?」 에스피노사가 살라멘디에게 물었다.

「팔에서 살점이 떨어져 나갔네.」 그가 얼굴을 찌푸리
며 대답했다.

에스피노사는 아니타에게 구급상자를 찾아오라고 시켰지만, 그녀는 일어설 생각도 하지 못한 채 벌벌 떨면서 흐느끼기만 했다.

「그럼 당신하고 내가 갑시다.」에스피노사가 이번에는 베로니카 쪽으로 몸을 돌리며 말했다.

「망할 자식들, 반드시 대가를 치르게 될 테니까 두고 봐.」페드로 데 발디비아가 이를 악물고 말했다.

베로니카는 에스피노사와 함께 구급상자를 들고 왔다. 그녀는 페드로 데 발디비아의 상처에 소독약을 바른 다음 허벅지를 붕대로 감았다.

「됐으면 내 동지도 치료해 주시오.」에스피노사가 말했다.

살라멘디는 가위를 들고 오는 그녀를 보며 미소를 지었다. 그러곤 상처가 드러날 때까지 가위로 가죽점퍼와 셔츠를 잘라 내는 모습을 지켜보았다. 총알이 팔을 스치고 지나간 바람에 살이 몇 밀리미터 정도 떨어져 나간 상태였다.

「부인이 1미터만 뒤에서 쐈더라도 총알이 내 심장을 꿰뚫고 지나갔을 거요. 마카로프 권총은 발사되는 순간 총알이 수평으로 포물선을 그리며 날아가니까 말이오.

그 정도는 벨몬테가 가르쳐 주었을 텐데요.」

「이 개자식아, 차라리 나를 죽여라.」페드로 데 발디비아가 침을 뱉으며 말했다.

에스피노사는 아니타 아주머니 옆에 앉더니 눈물을 닦으라고 손수건을 건네주었다. 그러곤 그녀의 두 손을 부드럽게 어루만졌다.

「부인, 내 말 잘 들어요. 곧 푸에르토 카르멘에 있는 집으로 저 두 사람을 데리고 갈 겁니다. 그러니 부인은 여기 조용히 있도록 하세요. 지금 여기서 무슨 일이 일어났는지 아무한테도 알려서는 안 됩니다. 이 두 사람의 목숨은 부인에게 달려 있어요. 무슨 말인지 알겠죠? 그리고 이 종이를 받아요. 여기 적힌 번호로 전화를 해야 할 사람은 딱 한 사람, 벨몬테밖에 없다는 점을 명심하세요. 만약 다른 사람이 전화를 할 경우, 저 두 사람은 죽게 됩니다. 저들은 당신을 믿고 있어요. 그건 우리도 마찬가지지만요.」

그들이 여관을 나설 무렵 아니타도 마음이 어느 정도 가라앉았다. 이제 곧 해가 뜰 시간이 되었다. 이곳은 남극에 가까운 곳이라 여름에는 밤이 짧기 때문이다. 그녀는 에스피노사가 건네준 종이쪽지를 구기며 인적이 끊긴 해변 도로를 따라 멀어지고 있는 차를 멍하니 바라보았다.

12
남위 33도

그날 아침 나는 이상하리만큼 일찍 잠이 깼다. 하지만 2월까지 이어지던 늦더위 때문에 그런 것은 아니다. 그날도 폭염 경보는 물론, 산불 및 가뭄 주의보가 발령된 상태였다. 그런데 아무리 생각해도 앞뒤가 맞지 않았다. 여태껏 일어난 일을 이리저리 맞춰 봐도 도무지 사라진 퍼즐 조각을 찾을 수가 없었다.

나는 〈선량한 청년들〉과 함께 머리를 맞대고 여태까지 파악된 바를 여러 시간에 걸쳐 다시 검토하면서 결론을 지으려고 했다. 그렇지만 에스피노사와 살라멘디가 이미 이 나라를 떠났다는 것과 어딘가에서 자기들이 가지고 있는 정보를 판매할 방도를 궁리하고 있을 거라는 것이 유일한 결론이었다. 그렇게 되면 유럽의 일간지들이 앞다퉈 이 사실을 보도할 것이 뻔했다. 애당초

피노체트 군사 독재 시절 수백 명의 사람을 고문하고 살해한 혐의로 수감되어 있는 죄수를 구출하는 임무를 맡았지만, 다른 한편으로 러시아 비밀경찰의 지시를 받고 그와 관련된 세 명의 카자흐인을 살해한 두 용병의 고백을 말이다. 사실 그들에게 일어난 일련의 사건은 우리와 아무 관련도 없었다. 그건 역사의 끝을 알리는 사건인 셈이다. 하지만 지프를 타고 달아나는 동안 얼핏 본 에스피노사와 살라멘디의 모습을 떠올릴 때마다, 무언가 석연치 않은 점이 있다는 느낌을 지울 수가 없었다.

나는 발코니에 앉아 커피를 마시면서 앞으로 할 일을 하나씩 따져 보았다. 우선 8시에 같은 장소에서 그 여자를 만나 아파트 열쇠를 돌려주기로 했다. 그러곤 곧장 〈선량한 청년들〉 정비 공장에 들러 자동차를 돌려주고 큰 도움을 준 그들에게 고마운 마음을 전하면서 베레타 권총을 맡겨 둘 예정이었다. 공항에 도착하는 즉시, 엘라디오에게 전화를 걸어 단 며칠간이라도 푸에르토 카르멘에 내려와서 함께 시간을 보내자고 권할 생각이었다.

정오가 지날 때쯤이면 푸에르토 몬트에 도착해서 버

스를 타고 차카오 운하를 건너 케욘에 도착하게 될 것
이다. 해가 질 무렵이면 베로니카와 페티소 그리고 내
가 집 안에 들어가 벽난로에 장작불을 지피게 될 터였
다. 그리고 늘 그랬던 것처럼, 테이블에 둘러앉아 무사
히 돌아온 것을 축하하며 와인을 마실 것이다.

기대에 부풀어 여행 가방에 물건을 집어넣고 있는데,
갑자기 크라머의 휴대 전화가 부르르 떨리면서 침대 위
를 움직이기 시작했다. 배터리가 거의 다 된 상태였지
만 도착한 문자 메시지를 볼 수 있었다. 〈호출〉.

나는 잠시 망설였다. 그 순간 무언가 꺼림칙하던 느
낌이 확신으로 바뀌었다. 나는 곧장 전화를 인터넷에
연결하고 저장되어 있던 번호를 눌렀다.

「벨몬테, 골치 아픈 문제가 좀 생겼네. 칠레에 파견한
내 연락원 중 한 명이 방금 자네와 관련된 첩보를 내게
보냈더군.」

「이제는 나를 괴롭히지 않겠다고 약속했을 텐데요.
〈이 사건은 그렇게 일단락이 된 셈〉이라고 했잖아요.」

「내 생각에는 변함이 없네. 닷새 전, 〈모처〉와 관련된
어떤 이가 특별한 이유도 없이 약속 장소에 나오지 않
았다고 하더군. 무언가 불길한 느낌이 들어 동료들이

그를 찾기 시작했는데, 어제 죽은 채로 발견됐다네. 이마 한복판에 구멍이 난 채로 말일세. 우리가 보기에는 아주 낯익은 표시지. 안 그런가, 벨몬테?」

「그럴 줄 알았어요, 크라머 씨. 그래서 이 전화를 가지라고 했던 거군요.」

「그런 건 아니니까 오해하지는 말게. 내가 아무리 용렬하고 파렴치한 노인네라고 해도 나는 신의를 중시하는 사람일세. 지금 자네한테 연락한 것만 봐도 내가 어떤 사람인지 잘 알 수 있잖은가. 〈모처〉는 공식적으로 존재하지 않는 조직이니까, 그들이 보안상의 결함을 인정하기까지는 꽤나 오랜 시간이 걸릴 거야. 그런 일을 하는 자들일수록 서로를 철저하게 지켜 주려고 하니까 더 그렇지. 그게 바로 권력일세, 벨몬테. 그런데 심각한 건, 그자가 자네에 관한 모든 기록과 문서를 담당하고 있었다는 거야.」

「이름이 뭐죠? 크라머 씨, 어서 이름을 대라고요.」

「알았네. 어차피 그자는 죽음으로써 자신의 정체를 드러낸 셈이니까. 안토니오 피게로아라는 친구일세. 하지만 더 이상은 도움을 줄 수 없을 것 같네. 솔직히 말해 나는 자네의 옛 동지들이 이미 이 나라를 뜬 걸로 여기고 있었어. 그들이라면 러시아 비밀 정보기관의 손아귀를 벗어나기가 거의 불가능하다는 것을 너무도 잘 알고 있을 테니까 말이야. 하지만 그들은 베테랑인 데다 라틴 아메리카에는 숨어 지낼 만한 밀림이 사방에 널려 있으니 속단할 수는 없지. 그런데 만일 그들과 자네 사이에 풀어야 될 문제가 있다면, 그러니까 해묵은 원한이 있다면 그건 내가 관여할 바가 아니네. 아무튼 내 입장에서 일단락된 거니까 말이야. 행운을 비네, 벨몬테.」

나는 전화기를 침대에 집어 던졌다. 그런 비열한 자의 이름은 듣거나 볼 때마다 구역질이 났다. 한동안 잊고 있던 피게로아의 모습이 떠올랐다. 우리들이 힘겹게 투쟁을 이어 나가던 시절, 언제나 깨끗한 옷차림에 평생 만져 보지도 않은 무기를 들고 지도부와 함께 나타나곤 하던 인간이었다. 나는 1979년 말, 쿠바에서 그를 다시 만났다. 당시 나는 니카라과에서 입은 총상을 치료하고 쿠바의 혁명 군대[1] 병원에서 퇴원한 상태였다. 그 무렵, 쿠바의 어느 군 장교가 미닌트MININT, 즉 내무부Ministerio del Interior에서 주최한 파티에 나를 초대했다. 거기서 주름 하나 없이 말끔한 올리브색 군복

1 쿠바 혁명 직후인 1961년 창설된 쿠바의 정규군이다.

에 모의 전쟁 훈련에서 탔는지 중위 계급장을 떡하니 달고 서 있는 그를 말이다. 그런데 각국 대사들을 위한 칵테일파티에서 장관과 정부 요인들 곁에 몰려 있던 사람들 중에서 칠레 군복을 입은 이들이 그 말고도 더 있었다. 그들은 현 정부의 실세 고위 관료들이었다. 그들은 밀림의 역겨운 냄새를 맡으면서 마체테[2]를 쥐어 본 적도 없을 뿐더러 영화 말고는 피를 본 적도 없는 자들이었다. 피게로아는 독일 민주 공화국의 콧부스에서 가장 좋은 학교 — 거기는 입으로만 사회주의를 떠드는 자들이 모인 곳이다 — 를 거쳤다고 으스대곤 했다. 사회주의 국가에서는 햇빛이 여성들의 피부를 부드럽게 해줄 뿐만 아니라 비를 맞으면 탈모를 방지한다는 등의 터무니없는 통계 자료를 만들어 내는 전문가들이 모두 콧부스 학교 출신이었다. 칠레로 돌아와 보니, 공개적으로 자신의 과거를 부정하고 수많은 사람이 모인 집회에서 그동안 입었던 올리브색 군복을 태워 버리는 이들이 종종 눈에 띄었다. 이런 이들은 우파의 어릿광대로 전락한 대가로 한몫씩 챙긴 이들이었다. 반면 〈모처〉처럼 더러운 곳의 지시를 받고 게릴라 및 체제 전복 활동

2 밀림의 나무나 사탕수수를 자를 때 사용하는 긴 칼.

을 분쇄시키는 전문가로 변신한 자들도 있었다.

이제야 무슨 일인지 어렴풋이 알 것 같았다. 에스피노사와 살라멘디는 오히려 나를 쫓기는 추적자로 만들어 버린 셈이다.

나는 라 레과의 해커가 준 휴대 전화들 중 하나를 꺼내 케욘에 전화를 걸었다. 아니타 아주머니는 내 목소리를 듣자마자 와락 울음을 터뜨렸다.

「어젯밤 그자들이 쳐들어와서 베로니카와 페드로를 붙잡아 갔어요.」

「아니타 아주머니, 제발 진정하시고 무슨 일인지 말씀해 보세요.」

「두 명이에요. 한밤중에 왔는데, 모든 게 눈 깜짝할 사이에 일어났어요. 누군가 문을 부수는 소리가 들렸답니다. 페드로가 재빨리 엽총을 들고 나갔지만, 되레 총을 맞고 말았죠.」

「페드로가 죽었나요?」

「죽지는 않았어요. 다리에 총을 쐈으니까요. 페드로가 쓰러지자 베로니카가 대응 사격을 해서 그중 한 명에게 부상을 입혔죠. 아무튼 그자들은 두 사람을 차에 태우고 푸에르토 카르멘으로 떠났어요. 당신의 집으로 말이에요. 그 사람들이 그렇게 말했어요. 그러곤 전화 번호를 하나 남겨 놓았는데, 거기로 전화를 해달래요. 어쩌면 좋죠? 차라리 카라비네로스에 신고할까요?」

「안 돼요, 아니타 아주머니. 아무한테도 말해선 안 됩니다. 실바 씨한테도요. 이번 일에 대해서는 아무에게도 말하지 마세요. 아무 일 없었던 것처럼 행동하세요. 그리고 그 번호 좀 알려 주시고요.」

나는 간신히 아니타 아주머니를 진정시켰다. 비록 투쟁의 전면에 나선 적은 없었지만, 아주머니는 베로니카의 목숨을 구한 뒤로부터 침묵의 중요성을 절실히 깨닫게 되었다.

베로니카는 결연히 침입자들과 맞서 싸웠을 뿐만 아니라 그들 중 한 명에게 부상을 입히기도 했다. 칠레로 돌아온 지 몇 달 후, 나는 굳은 결심을 하고 그녀의 손에 마카로프 권총을 쥐여 주었다. 앞으로 그것을 사용할 일이 없기를 간절히 바랐지만, 일단 그녀에게 무기 사용법을 가르쳐 주었다.

그렇지, 베로니카, 우선 손으로 손잡이를 단단히 감싸 쥔 다음 엄지로 안전장치를 올리거나 내리면 돼. 그리고 탄창 탈착 버튼을 눌러. 그래, 베로니카. 그렇게 하

면 돼. 걸쇠를 풀면서 검지를 총열과 평행하게 두고 약
실에 총알을 하나 집어넣어. 그렇지, 그리고 방아쇠를
부드럽게 당기는 거야. 사격을 할 때는 뜨거운 탄피가
옆으로 튀어 나가도록 언제나 총을 세우고 있어야 해.
총을 비스듬히 누인 채로 발사하면 탄피가 얼굴로 날아
올 수 있으니까 조심해야 돼. 그렇지, 잘하는군. 그리고
베로니카는 내가 시킨 대로 했다.

나는 아니타 아주머니가 불러 준 번호로 전화를 걸고
기다렸다.

「벨몬테?」

「누구지? 에스피노사인가, 아니면 다른 친군가?」

「다른 친굴세. 드디어 동지의 목소리를 듣게 되는군.
하여간 반갑네. 그건 그렇고 아주 용감한 아내를 두셨
더구먼. 어젯밤에 하마터면 골로 갈 뻔했다네.」

「페드로 좀 바꿔 주게.」

「좀 있다가. 자네의 아내와 비서는 잘 있으니까 걱정
하지 말게. 페드로는 허벅지에 한 발 맞았을 뿐이야. 우
리는 아무도 해치고 싶지 않았거든. 자네와 연락이 닿
으려면 그럴 수밖에 없었네. 참 아름다운 곳에 살고 있
더군. 자네의 개들도 멋지고 말이야. 우리를 보자마자

덤벼들었는데, 부인이 손짓을 하니까 녀석들도 금세 잠잠해지더라고.」

「우리 사이에 풀어야 할 문제라도 있나?」

「내가 아는 한 그런 건 없네, 동지. 개인적인 감정이 있어서 그러는 건 아니니까 오해하지는 말게.」

「대체 내게 뭘 원하는 거지?」

「당분간 산티아고를 벗어나지 말아 달라는 거야. 그리고 조만간 약속을 잡을 테니까 조금만 기다리게. 동지로서 허심탄회하게 이야기를 나눠 보세나. 그러면 우리가 자네와 같은 편이라는 걸 알게 될 테니까. 그 시절에 그랬듯이 말이야. 그리고 잠시 후에 자네의 비서를 풀어 주겠네. 하지만 그 전에 충고 하나 하지. 절대로 여기를 급습할 생각은 하지 말게. 그랬다가는 정말 자네하고 우리 사이의 문제로 비화될 테니까 말이야.」

그사이 내내 악을 써서 그런지 페티소의 목소리가 심하게 갈라져 있었다. 자기의 본분을 다하지 못해 부끄럽다는 말만 되풀이했다. 나는 그를 진정시키느라 애를 먹었다. 살라멘디가 스피커를 켜놓은 채 페드로에게 전화를 넘겼기 때문에, 그의 곁에 바짝 붙어 있던 베로니카의 숨소리까지 들을 수 있었다. 나의 영원한 동지이자 영혼의 짝. 그녀의 몸속을 드나들던 숨결에서 베네데티[3]의 시구가 아련히 떠올랐다. 매일 오후, 내 손을 잡고 바다를 바라보며 들려 달라던 그 시구가 말이다. 〈다시 모두가 숨 쉴 수 있게 되기를. / 그리고 그대가 앞으로도 계속 즐거워하고 가슴 아파하기를. / 그대의 눈동자에 영혼을 담고 / 그대의 손을 내 손에 얹고서.〉 나의 영원한 동지, 베로니카여.

「진정하게. 그들이 시키는 대로만 하면 아무 일도 없을 걸세.」

「약속을 지키지 못해 대장님을 볼 면목이 없구먼요. 이럴 줄 알았으면 대문 옆에 있을 걸 그랬어요. 주방문이 훨씬 더 위험한데 괜히 거기……. 하여간 난 지지리도 못난 놈이라고요, 대장님.」

「왜 그러나, 페드로? 우리는 동지 사이가 아닌가. 그리고 난 잘 있다고 베로니카한테 전해 주게.」

「벨몬테, 자네도 잘 알겠지만, 우리가 잘 보살피고 있으니까 두 사람 걱정은 하지 말게. 다시 한번 말하지만,

3 Mario Benedetti(1920~2009). 우루과이 출신의 작가이자 언론인으로 20세기 라틴 아메리카 문학에서 가장 중요한 인물들 중 하나로 꼽힌다. 벨몬테가 떠올린 시는 「하늘을 바라보는 남자」로 베네데티의 시집 『타인들의 시』에 수록되어 있다.

자네가 산티아고를 벗어나지만 않으면 이번 일은 다 좋게 마무리될 거야. 급습을 한다든지 엉뚱한 곳에 알릴 생각은 아예 말게. 동지, 모든 것은 우리 손에 달려 있다는 것을 명심하라고.」 살라멘디가 끼어들며 말했다.

그러곤 곧 전화가 끊어졌다. 내 목숨도 저들의 손에 달려 있었다. 나는 빠르게 몇 가지 대안을 궁리하기 시작했다. 우선 내 동지들에게 도움을 청할 수도 있었다. 엘라디오, 시로, 마르코스, 브라울리오라면 주저하지 않고 내 편에 설 것이 분명했다. 당장 푸에르토 몬트로 날아가서 한밤중에 공격을 개시하는 것도 충분히 가능한 일이었다. 하지만 그렇게 빨리 움직일 수 있을까? 우리는 더 이상 1970년대의 혈기 왕성하던 청년들도 아닌 데다 언제든지 항복할 준비가 되어 있는 정부군 병사들을 상대하는 것도 아니다. 물론 나 혼자 푸에르토 카르멘까지 갈 수는 있었다. 개들이 짖어서 탄로 나는 일도 없을 테니까 그들 중 하나 정도는 처치할 수 있을 것이다. 하지만 나머지 하나는 어떻게 한단 말인가? 일단은 기다리는 수밖에 없었다. 모든 것이 저들의 손에 달려 있으니까 말이다.

나는 엘라디오에게 전화를 걸어, 그 여자와의 약속을

취소시켜 달라고 부탁했다. 그러곤 앞으로 며칠 더, 사나흘 정도 머무를 거라고 말했다. 그는 아무것도 모르고 있었다.

「괜찮으니까 걱정하지 말게, 벨몬테. 혹시 무슨 일이 생긴 건 아니지? 잘 알겠지만, 필요하면 언제든지 내게 연락해.」

「물론이지, 형제여. 도움이 필요하면 언제든지 연락할게.」

나는 〈선량한 청년들〉에게도 사건의 내막을 알리지 않았다. 산티아고에서 며칠간 더 찾아보고, 성과가 없으면 깨끗이 잊기로 했다고만 했다.

「필요하면 차를 가져가. 우리도 PDI에 있는 친구와 계속 연락을 주고받을 계획이니까, 새로운 소식이 나오는 대로 알려 줄게.」 시로가 말했다.

혼자서 생각을 정리할 시간이 필요했다. 나는 계속 베레타 권총을 분해했다가 조립했다. 그건 총이 제대로 작동하는지 확인하기 위해서가 아니라 차가운 금속에서 이미 잃어버린 과거의 신념을 느껴 보기 위해서였다. 우리처럼 험난한 시대를 살아온 이들이라면 지하 투쟁가들에게 가장 힘든 일은 고독이 아니라, 같은 인간이나 생사고락을 함께해 온 동지들보다 손에 들고 있는 무기를 더 믿게 되는 순간이 도래할 때라는 걸 잘 알고 있다.

2월 말인데도 더위는 가실 줄 몰랐다. 베로니카에 대한 생각이 단 한 순간도 내 뇌리에서 떠나지 않았다. 그리고 내 운명을 무장한 자들의 손에 맡기고 다시 당당하게 두려움에 맞선다면 어떻게 될지 골똘히 생각했다. 그녀를 되찾은 후로 우리는 몇 년의 세월을 함께 보냈다. 그사이 그녀는 서서히 — 완전히는 아니지만 — 예전 모습을 되찾아 가고 있었다. 그녀의 얼굴에 다시 웃음이 돌아오기 시작했을 뿐만 아니라, 고통스러운 고문의 기억을 피하려고 깊이를 알 수 없는 절망의 나락으로 빠져드는 일도 갈수록 줄어들었다. 하지만 위협적인 상황이 닥치면 언제든지 과거의 공포가 되살아나 그녀를 또다시 잃을 수도 있었다. 좀 더 분명하게 생각할 필요가 있었다. 하지만 여전히 가장 중요한 정보, 즉 에스피노사와 살라멘디가 대체 무엇을 원하는지 도무지 감이 잡히지 않았다.

2월 25일 밤, 여러 개의 전화 중 한 대에서 벨이 울렸다. 페드로 데 발디비아의 다급한 목소리가 수화기를 통해 흘러나왔다. 당황해서 어쩔 줄 모르는 페티소를 진정시키기 위해 어쩔 수 없이 한바탕 욕설을 퍼부어야 했다.

「놈들이 부인을 데려갔다고요, 대장님. 새로 나온 모델이었는데, 은색 기아 차였어요. 부인이 끌려가는데도 나는 침대에 묶여 있어서 아무것도 할 수가 없었다고요. 다행히 놈들이 문을 열어 놓고 가서 개들을 불렀죠. 그런데 대장님, 녀석들이 얼마나 영리한지 몰라요. 내 마음을 어떻게 알았는지, 녀석들은 내 손목에 묶어 놓은 끈을 이빨로 물어뜯어서 나를 풀어 주었어요. 놈들이 부인을 데리고 간 게 대략 오후 4시쯤이었는데, 결박을 푸느라 한 시간이나 꾸물댔지 뭡니까. 풀려나자마자 곧장 보트로 뛰어가서 케욘까지 전속력으로 몰고 갔지요. 놈들은 무기를 많이 지니고 있어요. 그것도 모자라 대장님의 권총하고 엽총도 들고 갔다니까요. 베로니카는 무사하니까 걱정 마세요, 대장님. 내 상처도 치료해 준걸요. 겁이 날 법도 한데 아주 차분하더군요. 집에서 나가기 전에 이상한 눈빛으로 나를 쳐다봤어요. 여태껏 못 보던 눈빛으로 말이에요. 하지만 나더러 가만히 있으라고 명령하는 것임을 직감으로 느꼈죠. 그건 그렇

254

고, 대장님. 이제 어떻게 하면 좋죠? 계신 곳을 말해 주시면 당장 달려가겠습니다요. 어떻게 하든 베로니카 부인을 구해야 할 것 아닙니까?」

「진정하게, 페드로. 이번 일은 아무한테도 절대 말하면 안 되네. 그리고 아니타 아주머니한테 가서 잘 보살펴 드리도록 해.」

「놈들이 쏜 총에도 맞았는데, 이제 겁날 게 뭐 있겠습니까요. 하지만 대장님. 우선 베로니카 부인을 구하고 봐야 되지 않겠어요?」

나는 전화를 끊었다. 이제 저들로부터 연락이 올 때까지 기다리는 수밖에 없었다. 산티아고는 푸에르토 카르멘에서 1천4백 킬로미터 정도 떨어져 있다. 그리고 베로니카가 나를 만나러 그 먼 길을 달려오고 있었다. 만약 그 만남이 죽음으로 이어진다고 해도 우리가 만나게 된다면, 베네데티의 시처럼 우리가 두 사람 이상의 존재라는 것을 분명히 보여 주리라.

에필로그

    귀를 막기도 전에 천지를 진동하는 천둥소리처럼 신속하고, 눈을 깜박거리기도 전에 천지를 밝히는 번개처럼 날렵하게 움직이라.

손자,『손자병법』

2월 26일 새벽, 그는 깨어 있었다. 비교적 차분한 모습이었지만 무엇인가를 골똘히 생각하는지 표정에는 긴장감이 감돌고 있었다. 어쩌면 생애의 마지막이 될지도 모르는 아침을 맞이하는 이라면 누구라도 저렇게 무기력해질 것이다. 후안 벨몬테는 심장의 고동이 아니라 시간의 느린 흐름을 따라 살아가는 느낌이 어떤 것인지 너무 잘 알고 있었다.

 살라멘디는 그와 약속을 잡기 위해 오전 7시에 전화를 걸었다.

 「부인은 잘 있네. 앞으로 부인이 무사할지 여부는 전적으로 자네 손에 달려 있어. 오후 5시에 국립 미술관 정문 앞에서 만나도록 하지. 5시 정각이네. 투우사와 같은 이름을 가진 누군가에게는 아주 익숙한 시간일 걸세. 잘 알겠지만 무기를 숨기거나 어떤 동지도 따라 나와서는 안 돼. 하여간 허튼짓은 꿈도 꾸지 말게.」 살라멘디가 지친 목소리로 말했다.

벨몬테는 먼 산을 멍하니 쳐다보면서 기다렸다. 그때 마치 잃어버린 앨범 속의 사진들처럼 여러 장면이 연속해서 그의 머릿속에 떠올랐다. 모든 장면에는 베로니카가 나왔다. 정치 집회가 열리던 날 아침, 공원의 무성한 나무 아래에 서 있던 그녀에게 조심스럽게 다가가던 장면. 하지만 그런 자신을 전혀 피하지 않던 그녀의 모습. 어느 날 오후, 손으로 부드럽게 그녀의 얼굴을 어루만지며 그녀에게 얼굴을 가까이 가져가던 순간 보이던 그녀의 빨간 입술. 우리의 사랑이 이루어질 수 있으리라고 직감하던 순간. 그날 밤, 창문으로 스며든 달빛이 그녀의 벌거벗은 몸을 부드럽게 애무하는 동안 절정의 순간에 도달한 그녀가 희열을 느끼며 두 눈을 감고 있던 모습. 동료들이 죽었다는 소식을 처음 듣고 부둥켜안고 슬프게 울던 장면. 뜻하지 않게 헤어져야만 하던 순간. 기약 없이 헤어진 채 여러 번 버스를 갈아타고 사방을 주의 깊게 살피면서도, 혹시 뒤를 쫓는 자가 있는지 확인하기 위해 가끔씩 걸음을 멈추고 주차된 자동차의 사이드 미러나 상점의 쇼윈도를 힐끗힐끗 쳐다보면서 마침내 어느 방에 도착했을 때, 베로니카와 그의 가슴속에 밀려오던 낯선 느낌. 지하 활동을 하는 이들에게 사랑은 금물이었다. 결국 더 이상 만나지 않기로 결정하고서 흘리던 분노의 눈물. 무기를 품속에 숨긴 채 그녀를 찾아 산티아고 거리를 헤매고 다니던 남자의 모습. 분노와 슬픔이 어지러이 뒤섞인 채 군부대와 경찰서 주변을 배회하던 그의 모습. 알제리와 모스크바를 거치며 굳이 넓은 벌판이 아니라도 효과적으로 살상하는 법을 배웠고, 보복할 기회를 찾기 위해 니카라과의 밀림 속으로 숨어들어 간 남자의 살갗에 문신처럼 새겨져 있던 증오와 슬픔. 그녀가 살아 돌아온 날, 함부르크의 집에서 전화기에 매달려 있던 남자의 모습. 많이 배우지 못했지만 선량한 여인의 안내를 받으며 산티아고의 허름한 집 안으로 들어가던 남자의 모습. 의자에 앉은 채, 저 담벼락과 공기 너머로, 그리고 사랑과 검은색 긴 머리카락을 부드럽게 쓸어 넘기며 자신의 이마에 입을 맞추던 남자 너머로 멍한 시선을 보내고 있던 베로니카의 모습. 비행기를 타고 함부르크로 가는 내내 베로니카의 손을 꼭 잡고 있던 남자의 모습. 고문 피해자 치료 전문의인 크리스티안센 박사의 병원에 들어가기 전, 코펜하겐의 잿빛 바다를 망연히 바라보던 그녀의 시선. 조금씩 나타나던 회복의 기미들. 자신의 이름을 물어볼 때마다 또박또박 대답하다가도 밤만 되면 악몽에 시달린 나머지 비명을 지르고 흐느껴 울던 그녀. 하지만 잠에서 깨어나면 언제나 자기 사진을 붙들고 놓지 않던 그녀. 그의 부드러운 손길을 느낄 때나 그의 어깨 위에 살포시 머리를 기댈 때, 그리고 푸에르토 카르멘의 차가운 바다를 바라보며 후안 헬만[1]이나 마리오 베네데티의 시를 들으면서 얼굴에 가벼운 미소가 피어오를 때마다 30년 이상 자신을 가두었던 침묵이 한꺼번에 무너져 내리던 장면. 마치 눈 덮인 산꼭대기에 언제든지 문을 열 수 있는 열쇠가 있기라도 한 것처럼 코르코바도 화산을 멍하니 바라보던 베로니카의 모습.

벨몬테는 베레타 권총을 아파트에 두고 거리로 나갔다. 오후 4시가 되자 해변이나 시골에서 주말을 보내기 위해 도시를 떠나는 자동차 행렬이 도로를 가득 메우고 있었다. 어느덧 2월도 얼마 남지 않았다. 머지않아 새

---

1 Juan Gelman(1930~2014). 아르헨티나 출신의 시인이자 언론인으로 세르반테스상과 후안 룰포 문학상 등을 받았다.

정부가 들어서면, 미첼 바첼레트도 이루지 못한 삼색 어깨띠의 맹세를 세바스티안 피녜라에게 물려주게 될 것이다. 방학이 끝나고 새 학기가 시작되면, 더위도 한 풀 꺾이기 시작할 것이다.

살라멘디가 마포초강을 가로지르는 다리에서 국립 미술관 정문으로 다가오고 있었다. 그는 야구 모자를 깊숙이 눌러쓰고 있었지만, 며칠 동안 면도를 못 했는지 얼굴에 수염이 덥수룩했다. 겉으로 보기에는 무기를 지니고 있지 않은 듯했다.

「굳이 포옹까지 할 필요는 없겠지, 벨몬테? 차는 강 건너편에 세워 두었으니까 거기까지 걷도록 하지. 숨긴 것은 없겠지?」 살라멘디가 인사를 건넸다.

「무기도 없고 급습하는 일도 없을 테니까 걱정하지 말게.」 그가 대답했다.

살라멘디는 벨몬테와 동갑이거나 두 살 정도 어린 것 같았다. 그의 걸음걸이와 무표정한 얼굴, 충분한 시야를 확보하기 위해 가볍게 고개를 돌리는 걸 보면, 아직도 건재하다는 것을 알 수 있었다. 그러나 눈 밑에 잡힌 주름은 피로가 누적되어 있음을 여실히 보여 주었다.

「슬라바 영감은 이미 조국 러시아로 돌아간 걸로 알

고 있네. 지금쯤 러시아의 어느 사무실에서 쥐도 새도 모르게 우리를 처치할 방도를 궁리하고 있겠지. 혹시 그게 자네의 임무였나?」 기아 자동차에 타자마자 그가 물었다.

「나는 자네와 달라, 이고르. 나는 용병 나부랭이가 아니란 말일세.」 벨몬테가 불쑥 말했다.

「이고르라, 나는 그 이름이 참 마음에 들어. 자네는 예전에, 아니 지금도 슬라바를 위해 일하지. 그런 점에서 자네는 나와 다를 바가 없네. 도덕이나 윤리 따윈 베를린 장벽과 함께 무너져 버렸으니까, 동지.」

살라멘디는 차의 시동을 걸었다. 안전벨트를 매던 중 벨몬테는 도어 포켓에 있던 드라이버를 발견했다. 그는 몰래 그것을 집어 들고 살라멘디의 목을 겨누었다.

「움직이면 이걸로 당장 네 목을 따버리겠어. 내 동지 베로니카가 있는 곳이 어디지?」

「마음대로 하게. 그랬다가는 영영 그녀를 못 만날 테니까. 지금 그녀한테 가고 있는 걸세. 만약 우리가 정해진 시간 내에 도착하지 못하면, 내 동지는 어쩔 수 없이 자신이 맡은 일을 하게 될 거야. 우선 그것부터 내려놓게. 그리고 웬만하면 주변의 관심을 끌 만한 행동을 하지 말라고.」

「그날 오후 나는 자네들 총의 사정거리 안에 있었어. 그런데 그때 왜 나를 죽이지 않은 거지?」

「거의 다 왔네. 진정하고 드라이버나 내려놓지 그래.」

살라멘디는 비쿠냐 마케나 대로 쪽으로 방향을 꺾었다. 그러면서 새로 난 길이 익숙하지 않아 아는 길로 가겠다고 양해를 구했다.

「우리가 자네의 거처를 어떻게 찾아냈는지 알고 있겠지.」

「피게로아를 통해서 알아냈겠지. 이번 사건에서 여섯 번째로 피살된 이 말일세. 혹시 더 있나?」

「아니, 더는 없네. 담배에 불 좀 붙여 주게. 참, 모스크바에 있었을 때, 종이에 담배를 말아 피우던 것 생각나나? 그래, 맞아. 피게로아를 통해 알아냈지.」

살라멘디는 운전을 하면서 피게로아에 대해 말해 주었다. 피게로아는 1980년대 중반 KGB를 거쳐 갔는데, 그 이후로 두 사람과 연을 맺었다고 한다. 피게로아가 힘을 써준 덕분에 에스피노사와 살라멘디는 1989년 아무 문제없이 칠레로 돌아올 수 있었다. 그 대가로 에스피노사와 살라멘디는 그 무렵 귀국한 칠레인들 중에서

〈모처〉의 관리 대상인 인사들에 관한 정보를 넘겨주기 시작했다. 소위 새로운 민주주의는 어떤 혁명 운동이나 비판 세력의 준동에 대해서 그런 방식으로 체제를 지켜 나갔다. 이와 동시에 존재하지도 않지만 반박의 여지가 없는 보고서 한 장이면 관료 집단이나 당 지도부로의 진입을 막거나 칠레의 성공적 경제 모델에 대한 충성심을 인정받기에 충분했다. 그런데 에스피노사와 살라멘디만 〈모처〉에 정보를 제공했던 것은 아니다. 독일 민주 공화국에 망명했던 이들도 베를린 장벽 붕괴 이후 슈타지의 상세한 기록을 놓고 〈모처〉와 협상을 벌이곤 했다.

「슬라바가 우리를 잡으려고 칠레인을 이용했으리라는 것은 삼척동자도 알 만한 일이지. 그때 가장 먼저 떠오른 이가 바로 자네였네. 자네는 로디온 말리놉스키 군사 학교에서 우리를 만났으니까. 그렇기는 해도 우리가 마주칠 때까지 확신이 서지는 않았어. 그래서 피게로아를 들볶았더니, 자네와 관련된 문서를 넘겨주더군. 나머지는 자네가 다 아는 바와 같으니까 따로 언급하지는 않겠네.」 그가 말을 마무리 지었다.

「일단 내가 자네들의 행방을 찾아낸 이상, 그 대가를

치러야겠지. 그런데 대체 원하는 것이 뭔가? 그리고 아무 죄도 없는 베로니카를 왜 이 일에 끌어들인 거지?」

「서두르지 말게, 벨몬테. 개인적인 원한 때문에 이러는 건 아니니까 말일세. 그런데 피자 배달원을 보낸 건 정말 기막히게 좋은 생각이었네. 자네의 계략 덕분에 우리 계획이 완전히 틀어져 버렸지. 그리고 어쩔 수 없이 세 명의 러시아인을 처치해야만 했어. 어쨌거나 우린 자네가 필요했어. 그게 전부야. 우리가 알고 있는 건 여기까지라네, 동지.」

「그렇다면 크라스노프를 구출하기 위해서 나를 찾았다는 말인가?」

「그렇다네. 우리가 아는 건 그게 전부야, 동지.」

벨몬테의 눈에도 산티아고는 왠지 낯설어 보였다. 그는 기억 속에 남아 있던 도시의 지도를 통해 차가 이라라사발 대로로 지나가고 있다는 것을 알았다. 그러나 호세 아리에타 대로가 나타날 때까지 남동쪽으로 이어진 대각선 도로는 전혀 생소했다. 살라멘디는 소위 평화 공원 앞을 지나갈 때, 그리고 미래 세대들이 그 공포를 잊지 않게 원형 그대로 보존해 놓은 대문 앞을 지나갈 때 벨몬테의 표정을 몰래 살폈다. 그곳은 비야 그리말디의 입구였다.

베로니카가 두 손이 묶이고 눈이 가려진 채 끌려들어간 곳도 바로 저 문이었다. 지금은 장미꽃이 피어 있는 정원이지만, 그녀는 바로 저곳에서 상상할 수도 없을 만큼 혹독한 고문을 받으면서도 끝내 입을 열지 않았다. 어느 날, 그자들이 그녀가 죽은 걸로 여기고 이미 숨이 끊어진 수많은 젊은 남자와 여자들의 시신과 함께 그녀를 끌고 나온 것도 바로 저 문을 통해서였다. 그러곤 공포감을 불러일으킴으로써 독재 정권을 지키기 위해 그들을 모두 쓰레기 처리장에 던져 버렸다.

말은 안 했지만 벨몬테는 속으로 크라머와 슬라바를 저주했다. 만일 에스피노사와 살라멘디의 임무가 크라스노프를 구출하는 것이라고 애초에 귀띔이라도 해주었더라면, 망설이지 않고 그들을 죽였을 것이다.

「맞아, 벨몬테. 거기가 바로 비야 그리말디일세. 이제 거의 다 왔어.」살라멘디가 말했다.

그들은 말없이 어딘가로 향하고 있었다. 15분쯤 지났을 무렵, 차는 목조 다락방이 있는 2층짜리 주택 앞에 멈추어 섰다. 그 집 건너편, 그러니까 거리 맞은편에는 노란색 담장과 가시철조망이 쳐져 있는 쇠창살 울타리가 우뚝 서 있었다. 그곳은 코르디예라 교도소였다. 저 담장 너머에 카자흐인 미겔 크라스노프가 중무장한 헌병들의 감시를 받으며 갇혀 있었다.

살라멘디가 리모컨으로 대문을 열자, 차는 집에 붙어 있는 차고 안으로 사라졌다.

에스피노사가 소음기를 장착한 우지 자동 소총을 겨눈 채로 그를 맞이했다. 그는 살라멘디보다 나이가 많은 듯했다. 듬성듬성하고 희어진 머리카락 때문에 얼굴이 더 초췌해 보였다. 더구나 얼굴에 푸르스름한 기미가 잔뜩 앉을 걸 보면, 피로에 지쳐 있는 것이 분명했다.

「몸을 수색해 봐. 허튼짓을 할지도 모르니까.」 에스피노사가 말하자 살라멘디는 벨몬테에게 손을 들어 벽에 대고 있으라고 명령했다.

「날 따라오게, 동지. 미리 경고하지만 조금이라도 수상한 짓을 했다가는 살아 나가지 못할 걸세.」 에스피노사가 명령했다.

그들은 지하실로 내려갔다. 갖가지 병과 연장들로 가득한 선반 끝에 철문이 하나 있었다. 그 문을 열자 베로니카의 모습이 보였다. 그런데 혼자가 아니라, 강력 접착테이프로 눈과 입을 가리고 손발이 묶인 중년 남자와 여자가 바닥에 쓰러져 있었다. 베로니카는 두 손에 수갑을 찬 채, 수도관에 매어져 있었다. 나무 상자 위에 앉아 그를 바라보는 그녀의 모습은 겁에 질려있기는커녕 의외로 담담했다. 마치 지난날 그녀의 눈빛을 보는 듯했다.

벨몬테는 그녀를 꼭 껴안으며 그들에게 그녀를 풀어 달라고 청했다.

「여기 열쇠가 있으니까 자네가 풀어 주게. 그리고 곧장 위로 올라가자고.」에스피노사가 말했다.

「저들은 어떻게 할 셈인가?」벨몬테는 여전히 베로니카를 안은 채 바닥에 쓰러져 있는 남녀를 손으로 가리키며 물었다.

「그냥 놔두게. 도미컴[2]을 주사했으니까 몇 시간 정도 잘 거야. 약한 진정제 말일세. 자, 이제 올라가지.」에스피노사가 명령조로 말했다.

거실에 들어가자 살라멘디가 손으로 소파를 가리켰다. 그도 역시 우지 자동 소총을 들고 있었다. 에스피노사는 들고 온 커피포트와 찻잔을 커피 테이블 위에 올

---

2 전신 마취제로 쓰이는 앰플형 주사제. 도미컴은 상품명이고 약의 공식 명칭은 미다졸람이다.

려놓았다. 베로니카는 그의 어깨에 머리를 기댄 채, 그의 팔을 살며시 잡고 있었다. 벨몬테는 그녀의 부드러운 손길을 느꼈다.

「벨몬테, 이게 몇 년 만인가? 로디온 말리놉스키 군사학교 연병장에서 마지막으로 본 것이 언제였는지 기억도 나지 않는구먼. 그때는 마주쳐도 가벼운 인사만 하고 지나쳤던 것 같은데, 그것이 못내 아쉽네그려. 만일 우리를 하나로 연결해 주는 것이 무엇인지 진즉 알았더라면, 이런 상황에 처하지도 않았을 텐데 말이야.」에스피노사가 말했다.

「우리 사이에는 어떤 공통점도, 하나로 연결해 주는 것도 없어. 예나 지금이나 달라진 건 없네.」

「그건 그렇지 않네, 동지.」

에스피노사는 우지 소총을 무릎 위에 올려놓은 채 자신의 청년 시절과 그때 품었던 원대한 꿈, 그리고 사랑했지만 끝내 곁을 떠나고 만 아내와 끔찍하게 잃은 아들에 관해서 이야기를 늘어놓기 시작했다. 그의 주변으로 서서히 포위망이 좁혀지자 그는 해외로 망명하라는 지령을 받았다. 그는 일단 멕시코로 간 다음, 한 달 뒤 소비에트 연방으로 건너가 고위 군 간부 훈련을 받기로

271

되어 있었다. 당시 독재 정권은 미국의 군사 고문단의 협조를 받고 있었고, 정보 장교들은 대부분 파나마에 있던 라스 아메리카스 학교[3]에서 교육을 받았다. 그 때문에 당은 그를 장차 혁명 군대의 정보 기구를 이끌 적임자로 선택한 것이다. 그 대가로 당이 생활비를 대준 덕분에 가족 걱정은 전혀 할 필요가 없었다. 그렇게 해서 그는 로디온 말리놉스키 군사 학교에서 KGB의 스타니슬라프 소콜로프 대령으로부터 교육을 받게 되었다. 하지만 그로부터 2년째 되던 어느 날, 그는 그의 가족이 맞이한 가혹한 운명을 알게 되었다. 그의 아내와 어린 아들이 특수 작전 부대에게 붙잡히고 만 것이다. 그들은 그의 아내를 묶은 채 아들이 고문당하는 장면을 지켜보도록 만들었다. 그들은 아내의 손끝 하나 건드리지 않았지만, 아들을 살과 핏덩어리로 만들어 버렸다. 아들은 혹독한 고문을 이기지 못하고 결국 그들이 보는 앞에서 숨을 거두고 말았다. 그러고 나자 그들은 그의 아내를 고문하기 시작했다. 하지만 그들이 원하는 정보

3 미군의 군사 교육을 담당하는 기관으로 1946년부터 1984년까지 파나마에 있었다. 같은 기간 동안, 라틴 아메리카 23개국의 6만 명에 달하는 군인과 경찰이 그곳에서 교육을 받았다. 그들 중 상당수는 민간인 납치 및 고문과 살해 수법을 배워 자신의 나라에서 반인류 범죄를 저질렀다.

를 거의 알지 못하던 아내는 얼마 후 실종되고 말았다.

「론드레스가 38번지의 어느 집[4]에서 고문을 자행하던 자들의 두목이 누구였는지 알고 있나? 미겔 크라스노프. 그자가 바로 우리 1백 미터 앞에 있네, 벨몬테. 그자를 구출한다고 했던 것은 우리의 목적을 이루기 위한 구실에 불과해. 일단 그를 구출한다는 명목으로 접근해서 놈에게 죗값을 치르게 하려는 거지. 우리가 처치한 그 세 명의 카자흐인은 원래 거칠고 물불 안 가리는 자들이었는데, 체첸 전쟁에 다녀온 뒤로는 더 심해졌어. 완전히 광신도 수준이라네. 그렇기는 하지만 우리 작전을 위해서는 놈들이 꼭 필요했지. 그자들은 물론 우리도 무사히 살아 돌아오기 어렵겠지만 말이야. 슬라바와 러시아 비밀경찰은 카자흐인들의 단체가 크라스노프를 구출할 음모를 꾸미고 있다는 정보를 입수하고는 이를 막으려 했지. 그래서 우리는 칠레로 가서 러시아인들을 제거하는 임무를 맡았던 것이라네. 사실 슬라바한테야 우리 같은 이들은 하찮은 존재에 불과하겠지. 소비에트 연방이 붕괴되고 남은 찌꺼기나 아무짝에도 쓸

4 칠레 중심부에 위치한 곳으로, 피노체트 군사 정권하에서 국가 정보국DINA이 반체제 인사들을 불법으로 구금하고 고문하던 장소였다.

273

모없는 퇴물 정도로 여기고 있었으니까 말이야. 한마디로 헌신짝만도 못한 신세가 되고 만 거지. 우리가 상파울루 공항에서 그자를 처치할 수밖에 없었던 것도 바로 그 때문이라네. 세 명의 러시아인을 제거하고 나면, 우리가 그자의 손에 죽게 되어 있었으니까. 우리는 미리 계획한 대로 일을 진행할 생각이었네. 그런데 그때 뜻하지 않게 자네가 쳐놓은 덫에 걸리고 만 거지. 그 바람에 계획이 틀어지고 말았네. 사실 그때까지만 해도 자네에 대해 아는 바가 거의 없었어. 그런데 자네에 대한 첩보를 건네받았는데, 정말 꼼꼼하게도 기록해 두었더구면, 하여간 그걸 읽고 나니까 자네도 우리와 같은 증오심을 품고 있으리라는 확신이 들더군. 자네 옆에 있는 동지를 보라고. 끝까지 아니라고 발뺌하지는 말게. 우린 자네가 필요해. 자네는 소비에트 연방이 길러 낸 저격수 중에서도 단연 최고가 아닌가. 동지, 만약 자네가 이번 일만 깔끔히 처리해 주면 우린 모두 살아 돌아갈 수 있어.」

벨몬테는 잠자코 그의 말을 듣기만 했다. 자신의 팔을 꼭 붙잡고 있는 베로니카의 손길과 자기의 얼굴에 와닿는 그녀의 숨결을 느끼자, 그는 심각한 내적 갈등에 휩싸이고 말았다. 이를 눈치챘는지 그녀는 갑자기 온몸을 부르르 떨었다. 그녀는 에스피노사의 이야기를 들으면서 과거의 극심한 공포가 되살아나는 듯했다. 그러나 멍하지만 여전히 빛이 넘실거리는 시선의 공허함과 허무 속으로 그녀가 다시 추락하기를 바라는 듯이 그의 이야기는 계속되었다.

해가 다 질 무렵까지, 에스피노사는 소비에트 연방에서의 생활과 아프가니스탄에서의 경험, 현실에 대한 환멸과 가슴속에서 이글거리는 증오심, 그리고 삶의 유일한 존재 이유지만 너무도 먼 거리 때문에, 또 역사적 사건들로 인해 하릴없는 넋두리로 전락한 복수심에 대한 이야기를 늘어놓았다. 살라멘디와 그는 소비에트 연방, 쿠바, 독일 민주 공화국 등에서 교육을 받은 뒤, 본격적인 투쟁을 전개하기 위해 칠레로 돌아온 마누엘 로드리게스 애국 전선의 동지들을 규합하기 위해 백방으로 뛰어다녔지만 끝내 허사였다. 모두들 당의 규율을 구실 삼아 완곡하게 거절했다. 그러나 그들은 거절의 주된 이유가 상호 간의 불신 때문이라는 것을 잘 알고 있었다. 새로운 전사(戰士)들의 행동 규범에 대해 전혀 모르던 그들은 참담한 패배를 맛본 베테랑에 불과했다. 더군다나 KGB와 가깝다는 이유로 젊은 동지들과의 연결 고리를 찾기가 어려웠다. 그들은 한꺼번에 모든 것을 잃은 셈이었다. 어떤 일이 있어도 러시아의 새 주인들의 비호를 받으며 편하게 살다 죽지 않으리라는 결의를 다지는 수밖에 없었다. 그리고 이제 그들 스스로 역사에 종지부를 찍기로 결심을 굳혔다.

「이젠 자네 차례야, 이고르. 자네가 왜 이 일에 끼어들었는지 말해 주게.」에스피노사가 명령했다.

살라멘디의 거친 말투는 그의 출신 배경과 무관하지 않은 듯했다. 아버지가 일찍 돌아가시는 바람에 가난한 어머니 밑에서 자란 그는 청소년기부터 공산주의자 청년 동맹[5]에서 활발한 활동을 펼쳤다. 당시 청년 공산주의자들의 사상에 심취한 그는 자신이 일하던 공장의 노조 활동에 적극적으로 참여했을 뿐만 아니라 밤에는 야학에서 중등 교육 과정을 가르치기도 했다. 그런 와중에도 그는 어머니와 어린 동생을 먹여 살렸다. 살바도르 아옌데가 대통령에 취임하자 그는 새로운 시대에 대한 희망과 기쁨을 맛보았다. 1972년 그는 그간 불굴의

---

5 칠레 공산당의 산하 조직으로 1932년에 창설되었다. 14세에서 28세의 청년들만이 가입할 수 있는 전국 조직이다.

의지로 활동을 벌여 온 공로를 인정받아 모스크바의 파트리스 루뭄바 인민의 벗 대학교에서 공부할 수 있도록 장학금을 지급받았다. 모스크바 유학 중에 그는 쿠데타가 일어나 군사 독재 정권이 들어섰다는 소식을 듣게 되었다. 그뿐 아니라 형을 따라 투쟁 활동을 하던 동생이 체포된 후 실종되었다는 소식도 들었다. 살라멘디에게는 청천벽력 같은 소식이었다. 아마 동생은 살해당한 뒤 바다로 던져졌거나 폭탄으로 자폭했을 것이다. 당시 청년 활동가들은 그 어떤 흔적도 남기지 않기 위해, 그리고 살인마들이 뼛조각 하나라도 찾지 못하도록 그렇게 스스로 몸을 불사르곤 했다. 그의 동생이 마지막으로 목격된 곳은 당시 잔혹한 고문이 자행되어 악명을 떨치던 호세 도밍고 카냐스 1,367번지[6]였다. 군인들이 오야게 병영이라고 부르던 그 집에서 쉰 명이 넘는 정치범들이 살해되거나 실종되었다. 브라질의 사회학자 테오토니우 도스 산투스로부터 강탈한 그 주택에서 크라스노프와 오스발도 로모는 스무 명의 군 장교 및 카라비네로스와 함께 악랄한 고문을 자행했다. 그로부터

---

6 피노체트 정권 시절 국가 정보국이 반체제 인사들을 구금 및 고문하던 장소로, 이를 오야게 병영이라고 불렀다. 비야 그리말디가 문을 열기 전까지 대부분의 고문은 론드레스가 38번지와 이곳에서 자행되었다.

몇 년 뒤, 비야 그리말디가 문을 열면서 그들은 고문 기술자로 악명을 떨쳤다.

「우리 엄마는 1970년대 말 동생을 찾아다니다 결국 돌아가셨지. 벨몬테, 잘 알겠지만 이 방 안에 있는 우리 네 사람을 하나로 묶어 주는 것은 굉장히 많다네.」 살라멘디가 말을 마쳤다.

산티아고에 어둠이 깔리자 안데스산맥 위로 둥근 보름달이 휘영청 떠올랐다. 달빛에 젖은 거리는 마치 꿈속처럼 아련하게 보였다. 밤 11시가 되자 에스피노사가 드디어 복수의 시간이 왔음을 알렸다.

망설일 이유가 뭐 있겠어? 벨몬테는 베로니카와 떨어져 다락방으로 올라가면서 속으로 생각했다. 에스피노사는 소음기를 단 우지 소총을 그에게 겨눈 채 뒤를 따라 올라왔다.

베로니카는 총을 든 채 맞은편에 서 있던 살라멘디의 눈을 빤히 쳐다보았다. 살라멘디는 그녀의 눈에서 아무런 두려움도 느낄 수 없었다. 분노와 증오의 빛이 이글거리던 그녀의 눈길에는 어느새 슬픔과 동정심 같은 것이 감돌고 있었다. 마치 크라스노프의 최후를 알리는 시곗바늘처럼 말이다.

다락방에 올라가자 기울어진 나무 벽 앞에 펼쳐 놓은 담요 한 장이 눈에 띄었다. 에스피노사는 벨몬테에게 그 담요 위에 엎드리라고 명령했다. 자세히 보니 벽에서 나무 패널 몇 개를 떼어 낸 곳에 작은 구멍이 하나 뚫려 있었다. 그 구멍으로 코르디예라 교도소를 둘러싸고 있는 담장 윗부분과 감시탑 그리고 군 범죄자들을 수용하고 있는 방갈로 형태의 감옥이 보였다.

에스피노사는 캔버스 천으로 된 가방을 열었다. 거기에서 소총 하나를 꺼내더니, 벨몬테 옆에 놓아두었다. 그러곤 우지 소총으로 그의 뒤통수를 겨누었다.

「그걸 잡아. 자네가 잘 아는 총이지. 칼라시니코프 AK-47 말이야. 그리고 탄창에는 열 발이 들어 있네. 그 시절처럼 해보라고. 우선 약실에 탄환 하나를 장전하고, 조종간을 발사 위치에 맞추게. 날 속일 생각은 하지 말게, 동지. 정 못 하겠다면 내가 하지. 그럼 자네는 앞으로 놈이 살아 있는 모습을 못 보게 될 거야.」

벨몬테는 총을 집은 뒤에 오른손으로 개머리판을, 왼손으로 핸드가드를 잡았다. 그리고 안전장치를 풀자 최근에 기름칠을 했는지 윤활유와 실리콘 냄새가 코를 찔렀다. 약실에 첫 번째 탄환이 부드럽게 장전되었다. 벨몬테는 총을 가로로 누인 뒤, 오른손 엄지로 조종간을 단발 발사 위치에 맞추었다. 그러곤 즉시 가늠좌 끝과 가늠쇠 끝이 일치하도록 오른쪽 눈을 조정했다.

「심호흡을 하게, 벨몬테. 그리고 로디온 말리놉스키에서 하던 것처럼 몸의 긴장을 풀고, 심장 박동수를 낮추도록 해. 마음의 여유를 가지고 기다려. 하지만 딴생각은 하지 말게나, 동지. 온몸의 신경을 집중시켜야 해. 궁금한 점이 많이 있을 텐데, 자네의 정신이 흐트러지지 않도록 내가 알아서 말해 주겠네. 우리가 이 집을 고른 건 순전히 다락방 때문이야. 사실 몇 군데나 둘러봐야 할지 몰라 아득한 상황이었지만, 운이 따라 준 덕분에 어렵지 않게 집을 구한 셈이지. 나는 전화를 걸어 주인을 설득하고 곧바로 이 집에 들어왔다네. 이 집의 주인은 교수 부부인데, 다행히 자식이 없어. 우리가 여기서 무사히 살아 나갈 수 있느냐 여부는 전적으로 자네에게 달려 있네.」

벨몬테는 왼손을 이용해 천천히 소총을 움직였다. 그는 가늠좌의 홈을 가늠쇠의 구멍에 일직선으로 일치시켜 조준선을 정렬했다. 보름달이 환하게 뜬 덕분에 감시탑의 초병들과 방갈로 사이를 움직이는 병사들을 선명하게 볼 수 있었다.

「아마 더 자세한 정보가 필요할 거야, 벨몬테. 다 알
려 줄 테니 조용히 들어 보게. 크라스노프는 저 뒷부분,
자네 왼편의 방갈로에 수용되어 있어. 자네로부터 목표
물까지의 거리는 대략 250미터 정도 된다네. 그는 저녁
일찍 안으로 들어가지만 잠은 거의 자지 않아. 불면증
에 시달리고 있는 것이 틀림없어. 새벽에 일어나서 주
변을 산책하거나 방갈로 앞에 있는 등나무 의자에 앉아
있곤 한다네. 그는 늘 밝은 밤색 가죽점퍼를 입고 있어.
그리고 키는 180센티미터에 마른 편이고 흰머리가 많
은 데다 콧수염을 길렀다네. 물론 1백 퍼센트 확실한 정
보는 아니야. 세 명의 러시아인한테 들은 얘기인데, 우
리가 아직 확인을 하지 못해서 말이야. 오늘 보름달이
참 밝군, 동지. 어떤 일이 있어도 목표물에서 눈을 떼서
는 안 돼.」

그 자리에서 꼼짝도 않은 채 몇 시간이 흘렀다. 새벽
3시가 되자 그의 온몸에 한기가 느껴졌다. 여름밤인데
한기라니, 이상한 느낌이 들었다. 이따금씩 우지 소총
의 차가운 총구가 그의 목덜미에 와닿았다. 여러 시간
동안 팔꿈치를 땅에 괸 채 총을 받치고 있다 보니 왼팔

281

이 저려 오기 시작했다.

망설일 이유가 뭐 있겠어? 벨몬테는 크라스노프의 방갈로를 조준하면서 속으로 같은 말을 몇 번이고 되뇌었다. 그 순간, 이와 비슷한 상황에 있던 때가 불현듯 떠올랐다. 벌써 30년도 지난 일이었다. 산디니스타 게릴라들이 니카라과의 수도 마나과에 입성하기 하루 전인 7월 18일이었다. 소모사의 경비대원들이 마나과의 주민 회관 주변의 폐허 건물에 몸을 숨긴 채 격렬하게 저항하고 있었다. 그들은 장갑차에서 떼어 낸 50밀리미터 구경 브라우닝 M2 중기관총으로 무장하고 있었다. 그때 벨몬테는 적으로부터 3백 미터 떨어진 곳에 벽과 황마(黃麻) 포대 뒤에 몸을 숨기고 있었다. 그는 M1 개런드로 적을 조준하면서 기다렸다. 남부 전선 병력은 곧 도착할 예정이었던 반면, 시몬 볼리바르 국제 여단의 전사들은 마나과 중심부로 진격하는 동안 적의 기습 공격을 차단하는 임무를 맡고 있었다. 등에가 날아와 목덜미와 손에 내려앉아 피를 빨아 먹었지만, 그는 미동도 하지 않았다. 천천히 규칙적으로 호흡을 한 덕분에 그는 무기와 한 몸이 된 느낌이 들었다. 가끔 벌레들을 쫓기 위해 혀로 입술을 핥으면 비릿한 피 냄새가 입 안에 퍼졌다. 벌레들이 눈에 내려앉으면 이들을 쫓기 위해 눈을 부릅뜨곤 했다. 그렇게 세 시간이 지날 무렵, 산디니스타 게릴라들의 트럭 소리가 멀리서 들려왔다. 그 순간 기관총 사수가 원위치로 달려오는 것이 보였다. 벨몬테가 그의 가슴을 명중시켜 쓰러뜨리자 나머지 국방 경비대원들은 황급하게 달아났다.

「왠지 몸이 으스스하네.」에스피노사가 시계를 보며 말했다. 새벽 3시 30분이었다. 이제 두 시간 뒤면 먼동이 틀 것이다. 어디선가 울부짖는 개의 울음소리가 밤의 깊은 정적을 깨뜨렸다.

바로 그 순간, 그의 모습이 보였다. 큰 키에 흰 머리카락과 콧수염을 기르고 가죽점퍼를 입은 남자였다. 그는 어깨 위에 담요를 두른 채 방갈로의 문지방에 서서 꼼짝도 하지 않았다. 드디어 크라스노프가 가늠쇠 구멍 안으로 모습을 드러냈다. 이 순간을 얼마나 꿈꿔 왔던가? 그는 눈 한 번 깜박하지 않고 냉정하게 표적을 겨냥했다. 가슴속에 타오르던 증오심조차 그의 자세를 흐트러뜨리지 못했다. 로디온 말리놉스키 군사 학교 장교 회관 입구에는 러시아 역사상 최고의 저격수인 바실리 자이체프 장군의 사진 ― 1942년 스탈린그라드 전투에서 찍은 것이다 — 이 걸려 있었다. 자이체프는 2백 명 이상의 독일군 장교를 제거했다. 어떤 종군 기자가 방아쇠를 당길 때 어떤 기분이 드는지 물어보자, 자이체프는 이렇데 대답했다. 〈반동이죠. 그 순간에는 총의 반동밖에 느껴지지 않아요.〉 망설일 이유가 뭐 있겠어? 크라스노프가 방갈로 밖으로 한 걸음 내딛자, 그의 머리를 겨누고 있던 총구도 그를 따라 움직였다.

벨몬테는 방아쇠에 걸치고 있던 검지를 이용해 목표물까지의 거리를 측정했다. 망설일 이유가 뭐 있겠어? 그는 바람 한 점 없는 날씨가 고맙기만 했다. 망설일 이유가 뭐 있겠어? 그는 총구를 살짝 내려 크라스노프의 심장을 겨누었다. 망설일 이유가 뭐 있겠어? 만일 처음 쏜 총알이 철망 울타리에 맞고 튕겨져 나간다면, 연이어 발사한 두 번째 총알을 막을 장애물이 사라지는 셈이니 공연히 걱정할 필요가 없었다. 〈인민의 이름으로〉. 1942년 체코의 레지스탕스 대원들은 하이드리히[7]의 몸뚱이를 벌집으로 만들면서 그렇게 소리쳤다. 망설일 이유가 뭐 있겠어?

7 Reinhard Tristan Eugen Heydrich(1904~1942). 게슈타포와 나치 친위대 국가 보안국의 국장을 지닌 나치의 핵심 세력으로, 유대인 대학살을 주도한 인물이기도 하다.

바로 그 순간, 그토록 간절히 듣기를 원하던 목소리가 그의 귓속 가득히, 그러곤 몸속 깊숙이 울려 퍼졌다. 어떤 대가를 치르더라도 다시 듣고 싶던 목소리였다. 베로니카의 한 마디 말을 다시 들을 수만 있다면, 목숨까지도 기꺼이 내놓을 수 있었다.

「죽이지 말아요, 후안!」 베로니카가 다락방으로 올라오는 계단 끝에 서서 소리쳤다. 살라멘디가 우지 소총으로 머리를 겨누고 있는데도 그녀는 아랑곳하지 않았다.

「어서 쏴!」 당황한 에스피노사는 벨몬테의 목덜미에 총구를 들이대며 소리쳤다.

바로 그때, 갑자기 집이 흔들리기 시작했다. 갈수록 더 심하게 흔들리더니, 급기야는 물건들이 와르르 쏟아지고 벽에 금이 갔다. 그뿐 아니라 천장에 달린 샹들리에가 떨어지기도 했다. 집 안 여기저기에서 요란한 꽹음이 났지만 세상 깊은 곳에서 솟구쳐 올라오는 우렁찬 소리에 묻혀 버렸다. 지진이었다.

벨몬테는 크라스노프가 방갈로 뒤로 급히 몸을 숨기는 모습을 보았다. 목덜미에서 우지 소총의 차가운 총구가 떨어지는 느낌이 들자, 벨몬테는 고개를 돌렸다.

에스피노사가 그에게 손을 내밀었다. 벨몬테는 그의 손을 잡고 일어났다. 그사이 집은 점점 더 심하게 흔들리고 있었다. 그들은 간신히 일어섰지만 몸을 가누기조차 어려웠다. 반면 살라멘디와 베로니카는 벽 여기저기에 부딪히면서도 지하실에 갇혀 있던 부부를 구하기 위해 어렵사리 계단을 내려가고 있었다.

리히터 지진계로 진도 8.8의 지진이 4분 동안 계속 이어졌다. 호세 아리에타 거리는 집에서 도망 나온 주민들로 바글거렸다. 그리고 코르디예라 교도소에서는 화재경보기가 요란하게 울리고 있었다.

「그자를 쏠 수도 있었어.」 땅은 여전히 흔들리고 있었지만, 벨몬테는 베로니카를 꼭 껴안고 중얼거리듯 말했다.

「거기서 평생 고통받으며 살도록 내버려 두세요. 앞으로 천년 동안 갇혀 살도록 말이죠.」 집이 흔들리는 와중에도 베로니카는 그에게 입을 맞추며 나직이 속삭였다. 땅의 분노는 그녀의 되찾은 목소리처럼 사방으로 울려 퍼졌다.

기아 자동차는 지진으로 갈라진 땅과 쓰러진 가로등

과 나무를 피해 앞으로 나아갔다. 가는 곳마다 금이 가거나 무너져 내린 담과 벽이 보였다. 거리에 나온 이들은 모두 두려움이라는 가면을 뒤집어쓴 듯 한결같은 표정이었다.

그들은 산타 루시아 언덕 부근에 차를 세웠다. 베로니카와 벨몬테가 차에서 내렸다.

「우리는 평생 만난 적도 없고, 앞으로 다시 만나는 일도 없을 걸세.」 에스피노사가 말했다.

「만나서 반가웠네, 동지들.」 살라멘디가 덧붙여 말했다.

베로니카와 벨몬테는 차가 시야에서 사라질 때까지 꼭 껴안은 채 그 자리에 서 있었다.

「동지, 우리도 집에 갑시다.」 벨몬테가 중얼거렸다.

「그래요, 동지. 집으로 가요.」 베로니카가 쾌활한 목소리로 대답했다.

대지는 여전히 경련을 일으키고 있었지만, 두 사람은 이에 아랑곳하지 않고 상처 입은 도시 속으로 걸음을 옮기기 시작했다.

감사의 말

글 쓰는 동안 많은 시간을 함께하지 못했음에도 불평한 마디도 하지 않은 카르멘과 내 아이들 그리고 손자들에게.

무한한 인내심을 가지고 기다려 준 편집자들, 특히 언제나 정확한 조언을 아끼지 않은 이탈리아 편집자 루이지 브리오스키에게.

내가 작업하는 동안 묵묵히 나를 보살펴 준 에이전트 니콜 위트에게.

어느 날 오후, 스탈린의 전속 요리사였던 칠레인 미겔 〈미샤〉 오르투사르에 관한 이야기를 들려준 좋은 친구이자 동지 호세 미겔 바라스(고이 잠드소서)에게.

『운명에 끌려간 남자, 크라스노프 *Krassnoff. arrastrado por su destino*』라는 책을 통해 이 비열한 범죄자의 이야기를 상세히 알려 준 모니카 에체베리아 아녜스에게.

그리고 글을 쓰는 동안 저녁 모임에 수차례 빠지는 바람에 얼굴도 보지 못한 친구들에게.

감사의 말을 전합니다.

이 소설에 나오는 지명 및 조직에 관해

비야 그리말디 Villa Grimaldi

산티아고 남동부의 페냐롤렌 자치구에는 칠레의 변호사이자 인문학자인 후안 에가냐[1] 소유의 큰 부동산-농장이 있었다. 그곳은 안드레스 베요,[2] 마누엘 데 살라스,[3] 벤하민 비쿠냐 막케나[4]처럼 당대를 대표하던 지식인들이 모이던 장소였다. 그러나 1973년 9월 11일 쿠데타가 일어난 후, 군사 정권은 국가 정보국DINA ── 당시

1 Juan Egaña Risco(1768~1836). 칠레 공화국 초기의 대표적인 정치인, 법률가, 작가로 1823년 헌법을 기초하기도 했다.

2 Andrés de Jesús María y José Bello López(1781~1865). 칠레-베네수엘라의 시인이자, 철학자, 교육자, 외교관으로 그의 작품은 라틴 아메리카 지적 전통의 기초를 이루고 있다.

3 Manuel de Salas y Corbalán(1754~1841). 칠레의 저명한 교육자이자 정치가로 칠레 공화국 건설에 앞장섰다.

4 Benjamín Vicuña Mackenna(1831~1886). 칠레의 작가, 언론인, 역사가이다.

피노체트로부터 직접 명령을 받아 민주 인사들을 탄압하던 조직이다 — 에게 소위 〈내부의 적〉을 상대로 추악한 전쟁을 벌이기 위해 적합한 장소를 물색하라는 지시를 내렸다. 이를 위해 국가 정보국은 당시 농장의 소유주이던 에밀리오 바사요에게 그 부동산을 매각하도록 압력을 행사했다. 1974년부터 그곳은 독재 정권 인사들 사이에서 〈테라노바 병영〉이라는 이름으로 불리기 시작했다.

비야 그리말디는 많은 무고한 사람들에 대한 불법 구금, 고문, 살해 및 실종 등 악랄한 범죄를 자행하던 최대 규모의 수용소였다. 그 당시 5천 명이 넘는 사람들이 공포의 도가니 속에서 잔혹한 고통을 겪었고, 그들 중 아직 행방이 묘연한 사람들만 해도 3백 명이 넘는 것으로 추정되고 있다.

1976년, 국가 정보국이 국가 중앙 정보부CNI로 개편되면서 지식인과 대중들에 대한 탄압이 한층 더 심해졌다. 그러던 중, 아우구스토 피노체트를 위해서라면 어떤 일도 마다하지 않던 마누엘 콘트레라스 장군의 명령으로 비야 그리말디는 불법 구금, 고문, 살해 및 실종 사건을 주도하던 중심 기관이 되었다.

1988년 군사 독재 체제가 종말을 고하기 직전, 비야 그리말디의 소유권은 당시 국가 중앙 정보부장이던 우고 살라스 웬셀에게 이전되었다. 물론 칠레의 역사에서 가장 암울했던 시기에 일어난 모든 사건의 증거와 흔적을 없애라는 명령과 함께 말이다.

현재 비야 그리말디는 국가 폭력 희생자들을 기리는 기념물로 지정되어 있다. 정원에는 공포와 고통의 자국과 흔적들이 고스란히 남아 있다.

모처 La Oficina

〈모처〉는 1989년 군사 독재 체제 말기에서 1990년 〈새로운 민주주의〉 초기에 비공식적으로 세워진 기관 혹은 단체로, 법률적으로 그것의 존재를 입증하거나 추적하기가 사실상 불가능하다. 〈모처〉는 반독재 투쟁 과정에서 등장한 극좌파 혁명 조직의 무장 투쟁 활동을 분쇄함과 동시에 사회 안정을 통해 민주주의 체제로 성공적인 이행을 실현하기 위한 목적으로 만들어졌다. 〈모처〉는 독재 체제하에서 탄압에 앞장섰던 전직 정보 요원들과 과거 혁명 활동을 하다 전향한 인물들로 구성되었다. 칠레의 공식적 역사 기록에 따르면, 〈모처〉는 존재한 적이 없는 기관이다. 공식적으로 존재하지 않았던 조직이라 청산하기도 어려운 실정이다.

크라스노프가 받은 편지

이 편지들은 실제로 크라스노프 본인과 반인륜 범죄로 유죄 판결을 받은 다른 범죄자들이 가지고 있거나 운영하고 있던 몇몇 인터넷 사이트에서 직접 확인할 수 있다.

민족 해방군 Ejército de Liberación Nacional (ELN)

민족 해방군은 1966년 게릴라전의 중심지였던 볼리비아에서 사령관 에르네스토 체 게바라와 게릴라 지휘관 로베르토 〈코코〉 페레도와 기도 〈인티〉 페레도의 통솔하에 창설된 정치-군사 조직이다.

칠레의 민족 해방군 활동가들 — 주로 사회당 출신 — 은 중도 노선을 지지한 반면, 전사들은 1966년에서 1968년 사이 볼리비아의 밀림에서 정점을 찍은 라틴 아메리카 해방 투쟁 노선을 지지했다. 볼리비아에서 사망한 칠레 출신의 ELN 전사들 중에는 엘모 카탈란과 티르소 몬티엘 그리고 아구스틴 카리요 등이 있다.

소비에트 기갑 부대 로디온 말리놉스키 군사 학교

이 학교는 소비에트 연방의 영웅이자 제2차 세계 대전 당시 나치의 무릎을 꿇게 만든 전략가들 중 하나인 로디온 야코블레비치 말리놉스키 원수의 업적을 기리기 위해 그의 이름이 그렇게 붙여졌다. 라틴 아메리카의 많은 전사가 이 군사 학교에서 훈련을 받았다.

대통령의 친구들 El GAP

살바도르 아옌데 대통령의 경호를 책임지던 칠레 사회주의당과 사회주의 청년단[5]의 당원과 활동가들로 구성된 조직이었다. 1973년 9월 11일 그들은 대통령 관저인 라 모네다궁에서 아옌데 곁에서 쿠데타군에 맞서 끝까지 항쟁했다. 칠레의 실종자 명단에 그들의 이름이 상당수 포함되어 있다.

5 칠레 사회당의 청년 조직으로 1935년 11월 4일에 창설되었다. 현재는 사회주의 청년 동맹으로 이름이 바뀌었다.

역사의 끝 그리고 이야기의 시작
─ 한 이야기꾼의 죽음을 애도하며

내가 다시는 기억하지 못할 베를렌의 시구가 있다

가까운 곳에 내 발길을 막는 골목길이 하나 있다

내 모습을 마지막으로 본 거울이 하나 있다

세상이 끝날 때까지 내가 닫아 둔 문이 하나 있다

내 서재에 있는 책들 중에는(나는 그것들을 보고 있다)

내가 끝내 펴보지 못할 책도 있다

올여름이면 나는 쉰 살이 된다

죽음이 나를 점점 사라지게 만들고 있다, 쉼 없이.

『묘비명 중에서』, (몬테비데오, 1923), 훌리오 플라테로 아에도.

호르헤 루이스 보르헤스 「경계」

얼마 전, 또 한 명의 이야기꾼이 우리 곁을 떠났다. 이 소설을 통해 〈역사의 끝Fin de la Historia〉, 〈한 이야기의 끝Fin de una historia〉을 알리고자 했던, 그리고 새로운 역사와 새로운 이야기의 시작을 그리고자 **총 대신 펜**을 들었던 루이스 세풀베다. (세풀베다에게 있어서 〈작가의 의무는 좋은 이야기를 잘 풀어 나가는 것이지 현실을 바꾸는 것이 아니다. 왜냐하면 책으로는 세계를 변화시킬 수 없기 때문이다〉.[1]) 『페드로 나디에 연대기』(1969)로부터 『우리였던 그림자』(2009)에 이르기까지 그의 소설 세계는 일관된 모습을 그려 내고 있다. 어떤 면에서는 지루하다 싶을 정도로 동일한 주제와 소재가 반복적으로 등장하기도 한다. (주제와 변주!) 〈덧없이 지나가는 순간 속에서 모든 진실을 포착하기 위해〉 기억 속의 어떤 이미지를 고정시키고 〈삶의 흐름을 잠시나마 중단시키는 이야기꾼〉[2]처럼 세풀베다 또한 어떤 삶의 경험을 — 너무 투명해져 보이지 않게 될 때까지 — 반복적으로 그리고 여러 관점에서 다룬다. 마치 어

---

[1] 〈contar bien una buena historia y no cambiar la realidad, porque los libros no cambian el mundo.〉이는 세풀베다가 여러 인터뷰에서 강조했던 말이다.

[2] Ricardo Piglia, "El fluir de la vida", *Prisión perpetua* (Buenos Aires: Editorial Sudamericana, 1988), p. 62.

떤 경험을 고갈시키는 것은 불가능하다는 것을 증명이라도 하려는 듯이 말이다. 세풀베다가 집요할 정도로 같은 이야기를 반복하는 것은 어떤 과거의 흔적(과거 경험의 이미지) 속에서 잃어버린 세계를, 더 나아가 아직은 아니지만 장차 도래할 미래의 비밀을 드러내려고 하는 것은 아닐까? 그런 면에서 그는 죽음을 통해, 육체적 현전의 소멸을 통해 이야기의 영원한 흐름으로 들어간 것이 아닐까? 다시 말해, 〈문학의 죽음〉을 운위하는 시대에 역설적으로 미래로부터 끊임없이 도래하는 이야기-기계가 된 것은 아닐까?

『역사의 끝까지』는 소위 〈추악한 전쟁 *guerra sucia*〉, 즉 과거 군사 독재 정권이 일반 대중을 대상으로 자행한 국가 폭력을 후일담 형식으로 돌이켜 보는 소설이 아니다. 오히려 독재 이후의 사회와 지식인의 변모 그리고 권력과 일상화된 공포 등 역사적 현재에 초점을 맞추고 있다. 작품에서 이를 가장 상징적으로 보여 주는 것이 바로 산티아고라는 도시의 모습이다. 세풀베다/벨몬테[3]가 보기에 민간 정부가 들어서면서 〈새로운

---

3 세풀베다의 분신이나 마찬가지인 벨몬테는 『귀향』에도 등장한다.

민주주의 체제와 그 경제 모델〉이 자리를 잡으며 비약적인 성장을 이뤘지만, 도시 전체가 〈지옥〉이고 〈함정〉이던 그 시절과 근본적으로는 다를 바가 없었다. 벨몬테의 독백처럼 도시는 〈기억에 남아 있는 모습과 너무도 변해서 낯설기만 했다. 내가 탄 타임머신이 20년 전에 멈춰 선 느낌이었다. 모든 것이 변해 있었다. 이처럼 칠레의 현실은 변화무쌍하지만 **사실은 예전 모습을 그대로 지키기 위해서 모든 것이 쉴 새 없이 바뀌는 것인지도 모른다**〉. 육체에 대한 직접적인 폭력은 사라지고 평온한 일상을 되찾은 듯 보이지만, 폭력에 대한 공포와 그 기억은 사라지지 않은 채 지금도 사람들의 머리 위를 유령처럼 떠돌고 있다. 그런 점에서 오늘날의 도시는 죽음에 대한 공포와 두려움에 의해 — 과거에는 국가 폭력에 의해, 현재에는 전 지구화된 자본주의 시장의 폭력에 의해[4] — 점령된 공간으로 알레고리화되고 있다.

4 이는 과거 로디온 말리놉스키 군사 학교의 교관이던 스타니슬라프 소콜로프, 일명 〈슬라바〉 대령이 한 말에서 단적으로 드러난다. 〈그 세 명의 친구는 체첸 전쟁에 참전했던 군인입니다. 가엾기는 하지만 쓸모없는 놈들이죠. 21세기의 이념이 다 그런 것처럼 그들도 헛된 이념에 휩쓸려 전쟁에 뛰어든 용병들이에요. 전설 속에나 나올 법한 그런 자들이죠. 요즘 세상에 삶의 이유가 한 가지 있다면, 그건 돈밖에 없어요. 그것 말고는 다 쓸데없는 짓에 불과하니까 말이오.〉

작가의 말대로 산티아고는 여전히 〈상처 입은 도시〉다.

과거 혁명과 변혁을 논의하던 지식인들은 사라진 지 오래다. 〈오래된 노란색 건물은 내가 대학교에 다니던 시절의 모습 그대로였다. 하지만 테라스를 차지하고 있는 이들은 우리 시대의 청년들과 달랐다. **히피들**은 보이지 않았고 테이블 위에는 사르트르나 프란츠 파농의 책도 없었다. 더구나 **음모**를 꿈꾸는 분위기도 감돌지 않았다.〉 그들이 남긴 빈자리를 채운 것은 현실주의의 가면을 쓴 듯 〈한결같은 표정〉을 하고 있는 순응주의자들의 무리다. 작품에 등장하는 많은 지식인 — 가령 레닌 과르디아와 안토니오 피게로아 — 처럼 이들은 혁명 투쟁 대신 국가 기구 속으로 들어가 스스로 제도화되는 길을 선택한다. 다시 말해, 이들은 〈패배자들〉의 전통을 부정하고 현실의 논리가 우선시되는 승리자의 논리를 기꺼이 받아들인다.[5] 이들은 〈공개적으로 자신의 과거를

---

5 루이스 세풀베다가 말한 것처럼, 〈역사에서 가장 훌륭한 소설은 **패배자들의 이야기**다. 왜냐하면 승리자들은 자기만의 역사를 기술하는 반면, **잊힌 자들**, 즉 패배자들의 목소리를 기록하는 것이 우리 작가들의 임무이기 때문이다.〉 따라서 『역사의 끝까지』는 이러한 논리를 탁월하게 형상화한 『우리였던 그림자』의 연장선상에 있는 작품으로 봐도 무방하다. "Entrevista con Luis Sepúlveda: Premio Primavera de Novela por 'La sombra de lo que fuimos'", *El País*, 2009. 4. 3.

부정하고 수많은 사람이 모인 집회에서 그동안 입었던 올리브색 군복을 태워 버리〉면서 〈우파의 어릿광대로 전락〉해 버렸다. 벨몬테의 눈에 비친 수많은 칠레의 지식인들은 냉소주의적이고 현실적 질서를 우선시하는 일종의 〈회의주의적 진보주의자〉[6]에 지나지 않는다.

오늘날의 지식인들이 지닌 근본적인 문제점은 현실주의 논리의 과잉 현상에서 비롯된다. 현실 정치 — 그리고 이를 확대 재생산하는 대중문화 — 는 사회가 할 수 없는 것을 판단하는 기준이 됨으로써 무엇이 현실적인 것이고 무엇이 가능한지, 또한 진실의 경계는 어디까지인지를 일방적으로 규정하는 잣대가 되었다. 따라서 오늘날의 정치인들은 진리를 판별하는 새로운 철학자로 군림하고 있는 셈이다. 더 나은 세상을 꿈꾸고 행동하던 지식인들이 이제는 정치인의 자리에서 세계를 바라보고 사유한다. 마치 자기들이 장관이나 대통령이 된 것처럼 말하고 행동하는 〈헤게모니적 경향〉은 〈일반화된 순응주의와 현실적인 것의 비중에 대한 예속〉[7]에

6 Ricardo Piglia, "Los pensadores ventrílocuos", *Rebeldes y domesticados: Los intelectuales frente al poder*, ed by Raquel Angel(Buenos Aires: Ediciones El cielo por asalto, 1992), p. 30.

7 위의 책, 30면.

서 비롯되는 것이다. 현대의 지식인들은 사회를 전복하려는 시도를 막고, 사회의 질서를 유지하는 데 필요한 합의와 다양한 주체들이 의견을 교환하는 공간으로서의 다원주의를 이상적인 모델로 규정한다.

이러한 현실주의-순응주의가 가장 극단화된 것이 바로 칠레의 〈모처〉라는 조직이다. 〈모처〉는 1989년 군사 독재 체제 말기에서 1990년 〈새로운 민주주의〉 초기에 〈반독재 투쟁 과정에서 등장한 극좌파 혁명 조직의 무장 투쟁 활동을 분쇄함과 동시에 사회 안정을 통해 민주주의 체제로 성공적인 이행을 실현하기〉 위해 비공식적으로 만들어진 기관이다. 〈독재 체제하에서 탄압에 앞장섰던 전직 정보 요원들과 과거 혁명 활동을 하다 전향한 인물들로 구성〉된 〈모처〉는 현실 논리에 기초한 담론을 지속적으로 생산하고, 이를 대중들에게 진리의 기준으로 강요하는 역할을 하고 있다. (따라서 오늘날의 정치권력은 〈현실을 이야기하는 방식〉[8]을 생산하고 유포하는 것을 그 목적으로 삼는다.) 크라머가 벨몬테에게 말한 것처럼,

8 위의 책, 32면.

어떤 대가를 치르더라도 반체제 잔존 세력을 소탕하는 것이 그것의 주된 임무였지. 그리고 실제로 그렇게 했고 말이야. 공식적으로는 절대 존재하지 않았던 그 〈모처〉는 지금도 계속 활동하고 있다네. 과거의, 그리고 필요하다면 현재의 지저분한 사건에 자네를 끌어들이려고 하는 것도 바로 거기지. 물론 좀 지나친 감은 있지만, 그렇게 함으로써 군부가 잔인무도한 적에 맞서 싸우고 있다는 사실을 **온 세상에 알리려는 거**라네.

〈법률적으로 그것의 존재를 입증거나 추적하기가 사실상 불가능〉한 〈모처〉처럼, 이제 국가는 스스로를 일종의 타부로 그리고 보이지 않는 중심으로 만듦으로써, 또 사람의 육체가 아니라 의식을 지배함으로써 권력을 행사한다.[9] 그리고 지식인들은 국가가 만들어 내는 이야기에 자발적으로 포섭됨으로써 권력의 재생산에 봉사하고 있을 뿐만 아니라 시민 사회는 군부와 〈제2의 침묵 협정〉[10]을 맺음으로써 〈권력 장악에 혈안〉이

9 호르헤 루이스 보르헤스는 「바빌로니아의 복권」에서 이러한 국가 기구의 허구적 기능과 그 변화를 압축적으로 보여 주고 있다.
10 이는 〈군사 독재가 자행한 추악한 전쟁에 대해서 발설하지 않기로〉

되어 있는 실정이다.

　잘 알겠지만, 자네와 함께 싸우던 동지 대부분은 경제 발전 모델을 지지하고 체제를 전복하려는 어떤 시도도 함께 막기로 군부와 합의했다네. 벨몬테, 지금 자네는 이처럼 급변하는 정세 한복판에 발을 디딘 셈이지. (……) 그게 바로 권력의 속성이니까 말이야.

　이처럼 혁명 대신 자본과 권력이, 투쟁 대신 타협이, 그리고 열정 대신 이해관계가 지배하는 세상은 분명 한 역사의 끝을 의미한다. 특히 체 게바라의 투쟁 노선을 지지하는 〈민족 해방군ELN〉 소속으로 볼리비아에서 게릴라 활동을 했을 뿐만 아니라 칠레에서 〈찬란하게 빛났던 사회주의 시대〉가 열리자 곧장 귀국해 아옌데 대통령의 호위대로 활약하기도 하고, 1973년 9월 11일, 피노체트가 주도하던 군부 세력이 아옌데 정부를 전복시키고 군사 독재 정권이 들어서자 무장 투쟁을 계속하

시민 사회와 군부 사이에 맺어진 협정을 말한다. 이 협정에 따르면, 《《피해자들을 보호할 목적으로》 살해 및 어린이 납치 그리고 실종 사건에 연루된 군 장교와 군부대의 이름을 50년이 지나기 전까지는 공개하지 않기로 합의한 내용〉이 담겨 있다.

기 위해 소비에트 연방의 기갑 학교 로디온 말리놉스키 군사 학교에 가서 저격수 훈련을 받은 뒤, 니카라과로 건너가 게릴라 활동을 펼치며 산디니스타 혁명에 참여한 후안 벨몬테 같은 인물이나, 소비에트 연방과 쿠바 등 사회주의 국가에서 활동하던 빅토르 에스피노사와 파블로 살라멘디 같은 인물들에게는 역사의 파국이었을 것이다. 한 역사가 종지부를 찍으면, 모든 존재의 기능과 의미도 따라서 변하기 마련이다. 후안 벨몬테 같은 게릴라는 자본에 고용된 킬러로, 에스피노사와 살라멘디 같은 정보 장교들은 테러리스트로 전락한 반면, 소비에트 군사 학교의 교관이던 슬라바 또한 러시아 지배 세력의 일원으로 부상한다. 그뿐 아니라 전 지구적 자본주의화가 진행됨에 따라 카자흐인들의 경우처럼 극단적인 민족주의가 기승을 떨치면서 다시 한번 역사의 소극(笑劇)이 펼쳐지기도 한다.

한 가지 흥미로운 점은 역사의 종말이 인물들에게는 어떤 이야기 — 혹은 역사의 기호 — 를 둘러싸고 벌어지는 해석학적 갈등과 음모로 드러난다는 사실이다. 예를 들어, 후안 벨몬테가 풀어야 하는 이야기는 실제로 크라머와 슬라바가 그를 향해 펼쳐 놓은 음모 — 세계 자본의 흐름(이 경우, 칠레와 러시아의 통상 관계)을 방해하는 시도를 사전에 차단하려는 — 의 그물일 뿐이다. 벨몬테는 이런 사실도 모른 채 불확실한 사건의 미로 속에서 길을 잃고 오히려 에스피노사와 살라멘디에게 쫓기는 신세가 되고 만다. 반면 에스피노사와 살라멘디와 동행한 세 명의 러시아인도 이들의 음모를 간파하지 못한 채, 카자흐족 아타만인 미겔 크라스노프를 구출하러 뛰어들었다가 비극적인 죽음을 맞이한다. 이처럼 작품에 등장하는 인물 대부분은 자신이 풀어내고 해결해야 하는 이야기가 타인이 비밀리에 꾸며 낸 음모라는 것을, 그리고 결국 자신의 운명을 결정하는 이야기라는 사실을 모른 채 행동에 뛰어든다. 이런 점에서 『역사의 끝까지』는 그리스 비극의 신탁과 비슷한 구조를 가지고 있다고 할 수 있다.

『역사의 끝까지』는 이처럼 비극적 운명의 뉘앙스를 강하게 풍기지만 이와 동시에 〈끝이 없는 이야기〉, 즉 〈시간의 질서를 벗어나 예측 가능한 모든 사건이 끊임없이 그리고 늘 새롭게 바뀌면서 일어나는 유토피아〉[11]

11 Ricardo Piglia, *Formas breves*(Barcelona: Editorial Anagrama, 2000), p. 124.

에 대한 은밀한 욕망을 암시하기도 한다. 우리의 삶에 존재하는 끝/결말은 망각과 분리 그리고 부재와 관련된다. 끝은 인위적 상실과 단절을 의미하는 것으로 우리의 경험을 임의적으로 분할하면서 현실에 대한 경계를 설정하는 역할을 한다. 하지만 이와 동시에 우리는 모든 이야기가 강물처럼 계속 이어지고 있다는 믿음을 — 혹은 희망을 — 버리지 않는다. 『역사의 끝까지』의 구성이 〈북위〉와 〈남위〉라는 지리적 공간을 기준으로 단편화되어 있다는 것도 그런 사실과 무관하지 않다. 다시 말해, 각 장(章)마다 완전히 끝나지 않은 이야기는 자유로운 시간의 흐름을 타고 — 우리 눈에 보이지 않게 — 계속 이어지면서 독자의 삶과 뒤섞이게 되고, 그 결과 우리의 열정과 희망으로 빚어낸 가능한 세계, 새로운 삶이 서서히 그 모습을 드러내게 된다.

「에필로그」에서 벨몬테는 에스피노사와 살라멘디 그리고 인질로 잡혀 온 베로니카를 만나게 된다. 과거의 전사들이 한자리에 모이면서 극적 긴장감은 극에 달하지만, 여태 끊어지고 단절된 이야기들이 하나의 흐름을 이루며 몰려오는 것을 느낄 수 있다. 적대적인 관계에 있던 에스피노사와 살라멘디는 그동안의 파란만장했던 삶의 경험을 벨몬테에게 털어놓으면서 뜻밖의 제안을 한다. 산티아고의 코르디예라 형무소에 수감되어 있는 미겔 크라스노프를 사살해 달라는 부탁이었다. (그들의 원래 임무는 세 명의 러시아인과 함께 미겔 크라스노프를 구출하는 것이었다.) 그 과정에서 에스피노사의 아내와 아들을 그리고 살라멘디의 동생을 죽음으로 내몬 것도 모두 미겔 크라스노프의 소행이었음이 밝혀진다. (미겔 크라스노프는 비야 그리말디에서 학생 청년과 노동자 등을 대상으로 악랄한 고문을 자행한 것으로 악명이 자자했다.) 반면 벨몬테와 이념과 사랑을 함께하던 영혼의 동지 베로니카 또한 비야 그리말디에 끌려가 모진 고문을 당해 여전히 심각한 후유증에 시달리고 있다. 서로 쫓고 쫓기던 네 사람은 미겔 크라스노프라는 인물을 통해서 하나로 연결된 셈이다.

에스피노사와 살라멘디는 저격수 벨몬테를 통해 미겔 크라스노프를 처형함으로써, 스스로 〈역사에 종지부〉를 찍으려 한다. 이들에게 있어서 미겔 크라스노프는 과거와 증오심을 의미할 뿐, 그 너머의 전망으로 이어지지 못한다. 반면 후안 벨몬테에게 있어서 미겔 크라스노프는 과거임과 동시에 미래를 의미한다. 즉, 벨몬테는 역사의 끝에서 새로운 이야기를 시작하려고 한다. 그들의 강요에 의해 벨몬테가 교도소 건물 앞에서 서성거리던 크라스노프의 심장을 겨누고 〈인민의 이름으로〉 방아쇠를 당기려던 순간, 간절하면서도 애절한 베로니카의 〈목소리가 그의 귓속 가득히, 그러곤 몸속 깊숙이 울려 퍼졌다〉. 〈죽이지 말아요, 후안!〉 그동안 목소리를 잃어버렸던 베로니카가 처음으로 입을 여는 순간이다. 에스피노사와 살라멘디가 빨리 쏘라고 그에게 총구를 들이대지만, 그 순간 강진이 일어나면서 그들의 계획은 수포로 돌아간다. 극단적인 위기의 순간에 울려 퍼지는 베로니카의 음성은 상투적인 화해와 관용의 메시지가 아니라, 새로운 역사와 새로운 이야기가 되어 세상에 퍼져 나갈 메아리가 될 것이다.

「그자를 쏠 수도 있었어.」 땅은 여전히 흔들리고 있었지만, 벨몬테는 베로니카를 꼭 껴안고 중얼거리듯 말했다.

「거기서 평생 고통받으며 살도록 내버려 두세요. 앞으로 천년 동안 갇혀 살도록 말이죠.」 집이 흔들리는 와중에도 베로니카는 그에게 입을 맞추며 나직이

속삭였다. 땅의 분노는 그녀의 되찾은 목소리처럼 사
방으로 울려 퍼졌다.

『역사의 끝까지』의 마지막에 등장하는 베로니카의
목소리는 마세도니오 페르난데스의 『영원한 여인의 소
설 박물관』에 나오는 영원한 여인 에테르나의 목소리
와 마찬가지로 과거와 현재를 아우르며 미래를 만들어
내는 문학과 이야기의 힘이 무엇인지를 선명하게 보여
준다.

이야기하는 것은 도래할 것에 대한 열정을 언어에 옮
기는 것이다(*Narrar es transmitir al lenguaje la pasión de
lo que está por venir*).[12]

2020년 6월
엄지영

---

12 Ricardo Piglia, *El fluir de la vida*, p. 53.

옮긴이 **엄지영** 한국외국어대학교 스페인어과를 졸업하고, 동 대학교 대학원과 스페인 마드리드 콤플루텐세 대학교 대학원에서 라틴 아메리카 소설을 공부했다. 옮긴 책으로는 루이스 세풀베다의 『자신의 이름을 지킨 개 이야기』, 『느림의 중요성을 깨달은 달팽이』, 『생쥐와 친구가 된 고양이』, 『길 끝에서 만난 이야기』, 『우리였던 그림자』, 그 외 공살루 M. 타바리스의 『작가들이 사는 동네』, 『예루살렘』, 로베르토 아를트의 『7인의 미치광이』, 페데리코 가르시아 로르카의 『인상과 풍경』, 리카르도 피글리아의 『인공호흡』, 마세도니오 페르난데스의 『계속되는 무』, 돌로레스 레돈도의 『테베의 태양』 등이 있다.

역사의 끝까지

발행일   2020년 6월 20일 초판 1쇄

지은이   루이스 세풀베다
옮긴이   엄지영
발행인   홍지웅·홍예빈
발행처   주식회사 열린책들

경기도 파주시 문발로 253 파주출판도시
전화 031-955-4000 팩스 031-955-4004
www.openbooks.co.kr

이 도서의 국립중앙도서관 출판예정도서목록(CIP)은 서지정보유통지원시스템 홈페이지(http://seoji.nl.go.kr)와 국가자료공동목록시스템(http://www.nl.go.kr/kolisnet)에서 이용하실 수 있습니다.(CIP제어번호:CIP2020021629)